홍수는 내 영혼에 이르고 1

홍수는 내 영혼에 이르고 1

오에 겐자부로 장편소설 김현경 옮김

洪 水 は わ が 魂 に 及 び

은행나무

차례

일러두기

1. 본문의 주는 모두 옮긴이의 것으로, 괄호 안에 글씨 크기를 줄여
   표기했습니다.
2. 원서에서 가타카나로 표기된 부분은 이탤릭체로, 강조점으로
   표기된 부분은 고딕체로 옮겼습니다.

1장

핵셸터

달을 넘어 화성을 방문하는 시대를 사는 인류가 가진 초음속 시간 감각으로 보자면 아득히 먼 옛날이라 할 시절, 미국에서 불어온 유행에 편승해 핵셸터를 규격 생산하여 판매하려던 일본인 업자가 있었다. 그리하여 일본의 핵셸터가 무사시노武蔵野 대지 서쪽 끝자락에 들어섰다. 주택이 모여 있는 언덕에서부터 시작해, 갈대와 참억새를 비롯해 돼지풀, 양미역취가 우거진 습지대로 이어지는 80도 급사면에, 즉 가파른 벼랑 아래 자락을 파헤친 곳에 철근 콘크리트로 된 3미터×6미터 지하벙커가 설치된 것이다.

그러나 기업화에는 실패해 전국에서 유일무이 이곳에서만 완성된 민간용 핵셸터는 그대로 방치되었다. 5년이 지나 핵셸터를 만든 건설회사는 이 지하벙커를 토대로 여기에 종 모양의 3층짜리 건물을 올렸다. 1층 중앙은 지하벙커와 동일한 18평방미터 직사각형 형태로, 뒤쪽은 비탈 아랫부분에 물려 들어가 있었다. 맞은편 왼쪽에는 부엌과 화장실이 붙어 있었다. 화장실 앞에 난 작은 현관 옆으로 나선계단이 있어 3층 방까지 연결해주었다. 3층은 나선계단 반대쪽 공간에 베란다가 차지하고 있어서 비좁았을 뿐 아니라, 건물의 전체적인 폭이 위로 갈수록 좁아지는 모양새가 마치 배의 조타실 같았다. 각 층의 철근 콘크리트 외벽에는 붙박이창을 이중으로 넣은 총안銃眼이 있었다.

그처럼 기묘한 외관이 된 건 핵셸터 설계를 담당했던 건축가가 지하벙커 양식과 어우러지도록 지상 건물을 만들어야 한다고 고집했기 때문이다. 1층 거실 겸 식당에 있는 잠수함 승강구 모양의 덮개를 올리면 곧은 철제 사다리를 타고 지하벙커에 내려갈 수 있다. 건물에 들어가 살 예정이었던 (그리고 현재 살고 있는) 남자는 지상 건물에 대한 건축가의 착상에 전혀 반대하지 않았지만, 지하벙커에 한해서는 딱 한 곳을 고쳐달라고 요구했다. 철제 사다리 바로 밑에 사방 30센티미터 크기로 구멍을 뚫어 콘크리트 바닥 사이로 땅을 노출시켜달라는 것이었다. 그 사각형 땅의 점토질 진흙은 늘 젖어서 어두운 암갈색을 띠었다. 건물 주인은 핵셸터에 구비된 소형 피켈을 사용해 사방 30센티미터 크기의 밭을 갈고 또 갈았다. 물이 너무 스며들 때는 사각형 땅가운데에 구덩이를 만들고 그곳에 고인 물을 주석 컵을 사용해 떠냈다. 폭우가 쏟아지면 뒤편 비탈을 따라 흘러내려 지면으로 스며든 물이 이 사방 30센티미터 크기의 밭 위로 솟아 나왔다.

절대적으로 반기능적인 사각형 구멍은 건물 주인의 명상용 발판으로 만들어진 것이었다. 그는 모라도 심듯 발바닥을 발판 지면에 대고, 등받이 나무 의자에 반듯이 앉아 명상을 했다. 차가운 진흙이 기분 좋게 느껴지는 여름에도 매섭게 서릿발이 선 발바닥을 마비시키는 겨울에도……. 그가 하는 명상이라는 건 지상에 편재하는 나무와 바다의 고래와 교감하는 것이었다. 그는 예전에는 권력에 근접한 한 보수 정치가의 사위로 장인의 가장 깊은 곳에 관여하는 비서였다가, 이어서 장인 소유의 건축회사에서 핵셸터 생산·판매에 대비해 선전 기획을 담당하게 되었다. 그러던 어느 날 그동안 자신의 아이덴티티를 구성하던 여러 요소를 최대한 포기하고 아들을 데리고 은둔 생활에 들어갔다. 그때 그는 이 세상에서 가장 선량한 것, 즉 고래와 나무를 위한 대리인을 스스로 떠맡았다. 그는 이름마저 그 대리인으로서의 본

질을 시사하는, 오키 이사나大木勇魚로 바꾸었다.

그는 명상하고 나무·고래와 교감하고 '나무의 혼'·'고래의 혼'에게 호소하면서 비로소 확실히 사고할 수 있게 되었다. 고래의 다양한 생태 사진을 바라보고 녹음된 고래 소리를 듣고, 핵셸터 총안으로 7×50, 73도 프리즘 쌍안경을 이용해 집 밖의 나무를 관찰하는 것이 그의 일과였다. 잎사귀를 달고 있는 동안 모든 나뭇가지 끝은 자연스러운 방향성을 갖추고 있지만, 한겨울 검어진 나뭇가지 끝은 그와 달리 울적한 모양으로 꺾이고 구부러져 있다. 그 부분이 해 질 녘의 희부연 하늘을 배경으로 프리즘 쌍안경 렌즈 전체에 들어오니 죽은 것처럼 보였다. 가지 끝을 찬찬히 살펴보던 어느 아침, 마침내 나뭇가지가 조용하고 신속하게 진한 수액을 소생시켜 싹을 틔우기 위한 힘을 갖춘 것을 발견하였다. 그 순간부터 겨우내 섭씨 37도의 피 냄새를 풍기던 이사나의 내부, 어둠 가운데 말라 시들어 있던 부분에도 싹이 움트려 한다. 극히 미세한 천둥소리를 내며 움직이기 시작한다……

이 응축된 짧은 계절에 그는 이제 막 탈피한 게처럼 경계 태세를 갖추면서도 싹을 틔우는 낙엽교목을 둘러보고 싶은 유혹에 마음이 흔들렸다. 결국 그는 종종걸음으로 나갔다.

싹이 회갈색 혹은 갈색을 띤 단단한 잎눈의 갑옷에 싸여 있던 동안에는 그 또한 자신이 마치 그 갑옷 속의 방추형 겨울 싹이라도 된 양 안전하다고 느꼈다. 그러나 그 잎눈 안에서 무섭도록 음란한 어린 것, 부드러운 연두색 싹이 나오기 시작하자 알 수 없는 깊은 불안으로 얼어붙을 것만 같았다. 그 일대만 따져도 몇억이 될지 모르는, 나뭇가지에 돋아난 싹은 그에게 동요를 전염시켰다. 맹악하기 그지없는 조류들이 이토록 부드럽고 유혹적인 싹을 일제히 쪼아 먹기 시작한다면 세계는 붕괴되고 마는 게 아닐까?

실제로 이 무렵에는 예를 들면 야생 동백꽃이 우거진 가운데 술에 취한 아이들처럼, 꽤나 위험한 폭발력이 내재된 천진난만한 것들이 모여 피우는 소란과 종종 맞닥뜨렸다. 그럴 때 그는 나무의 대리인으로서 숨 막힐 정도로 얼굴을 새빨갛게 부풀리며 어쩔 줄 몰라 했다.

그럼에도 그는 유혹적이고도 무서운 외출을 할 때마다, 싹을 틔우거나 틔우려는 여러 종류의 작은 가지를 꺾어서 바지 주머니에 쑤셔 넣고 돌아와, 셸터 테이블에 흩뿌려놓았다. 처음에 그는 작은 나뭇가지를 관찰하며 싹 틔우는 힘, 싹 틔우는 의미를 새해에야말로 완벽하게 밝혀보리라 단단히 별렀다. 그러나 그는 꺾이자마자 급작스럽게 시들기 시작하는 애처로운 싹의 모습을 오래 주시하지 못했다. 부러진 작은 가지가 눈 속에 파고든 것처럼 그는 지그시 고개를 젖히고 점자를 읽듯이 손가락 끝으로 그 가지를 만져볼 뿐이다. 테이블 위 작은 나뭇가지는 버려진 물건처럼 건조해져 그를 위협하던 험악한 새의 다리를 닮아간다……

비록 싹이 나오기는 했어도 아직 발아할 징후가 없는 동안, 나무의 혼은 밑동에 오므린 채 겨울잠을 자고 있다. 나무와 교감하길 늘 바라는 그는 그 견고한 동면에서 배우는 것이 있었다. 겨울바람이 나무 우듬지로 불어대는 밤에도, 악몽 한 번 꾸지 않았다. 그러나 벌거숭이 나무가 움트기 시작하자마자 그는 온몸에 털이 솟는 기분이 들었다. 그것은 자신에게 위해危害가 가까이 다가오는 것을 기다리는 기분이기도 했고 정체를 알 수 없는 대상을 향해서 발정하는 기분이기도 했다. 당장이라도 징조가 나타나서 그를 단호하게 몰아내고 말 것이라는 예감이 들기도 했다. 그리고 이와 같은 전환기에는 거울 속의, 전 육체·전 의식을 다하여 무엇인가를 향해 탐욕스럽게 열려 있는 스스로에게 질려, 수염을 자를 때도 손으로 더듬어가며 잘랐다. 그는 거울에 비치는 자기 목을 공격하지 않도록 자신의 팔을 제어해야 했다. 어떠한 도발에도 응하면 안 되었다. 그는 의사들에게 백치라는 진단을 받았어도 눈은 깊고 조용하고 영롱하며 귀의 예민함은 누구와도 비교 불가한, 진이라는 다섯 살 아이를 보호하며 이 셸터에 살고 있기 때문이었다. 3층에 위치한 진과 그의 침실에는 유아가 독립적인 생활권을 누리기 위해 필요한 모든 것이 갖춰져 있었다. 그는 자기 혼의 평안을 위해 바닥에 땅을 드러낸 지하벙커에 퍼붓는 정열을 아들과 공유하는 그 방까지 연장했다. 그 방에서 진과 함께 즐거움을 나누는 것은 현실적으로 유효한 단 하나의 행위로서 셸터 생활의 핵심에 놓여 있었다.

한때 심하게 야위어 앙상했던 진은 운동 부족으로 지금은 비만 상태가 되었고 무엇보다 그의 외모는 눈이 날카롭게 올라가 있지 않은데도 다운증후군이 아닐까 의심되는 특징이 있었다. 진의 생활은 깨어 있을 때는 아버지가 여러 레코드를 테이프로 옮긴 들새 소리를 듣는 일로 이루어져 있었다. 그리고 그 새소리는 처음으로 유아에게 자발적인 '말'을 환기하는 것이기도 했다. 진이 앉거나 눕거나 하는 간이침대의 머리맡에서 테이프리코더는 작게 들새 소리를 재생한다. 진은 기계보다도 더 미세한 소리를 내기 위해 입술을 아주 좁게 열고서 말한다.

"검정개똥지빠귀, 입니다"라고…… 혹은,

"힝둥새, 입니다. 유리딱새, 입니다. 산솔새, 입니다"라
고…….

그렇게 이 지적장애아는 적어도 50종의 들새 소리를 식
별할 수 있어 그 새들의 소리를 듣는 것에서 식욕에 필적하
는 쾌락을 발견했다. 그리고 자기 내부의 울적함에 가로막
혀, 두견새나 붉은배오색딱따구리, 쏙독새 소리처럼 특징
적인 소리를 제외하고는 아무리 시간이 흘러도 대부분 구
별하지 못하는 이사나도 한없이 미세한 들새 소리와 그보
다도 더 작은 아이의 소리를 매일 몇 시간 동안이나 온화한
기쁨을 느끼며 들었다.

겨울이 끝나려나 싶다가 다시 반격하듯 눈이 내린 날, 이
사나는 프리즘 쌍안경의 둥근 공간을 물이 넘쳐흐르는 것
같은 모양으로 채워가는 눈송이를 바라보며 보냈다. 눈송
이는 거품을 일으키며 피어올랐다 멈췄다 해서 언젠가 지
상에 도달할 수는 있을까 의심스러웠다. 눈송이들의 움직
임에 여러 종류의 운동이 종합되어 있는 게 아닐까 공상하
며 이사나는 역학의 전반을 꿰뚫는 일반 법칙을 계시받은
느낌을 받았다. 빛나는 원형 공간 속에서 눈송이는 끊임없
이 피어올랐다 멈추고 들떴다가 바람에 날아가기도 하며

보는 자의 시간 감각을 빼앗는다. 눈송이가 흩날리는 그 공간 속으로 돌연 머리와 목이 새까만 새가 틈입했다. 새는 우주의 무한 공간으로 추락하며 공포와 무력감, 행복감에 몸부림치고 있었다. 이사나는 쌍안경으로 수 초 동안 새를 포착했다. 판화에 필름들의 색채가 차례차례 겹쳐 인쇄되듯 새의 등에 뚜렷한 녹황색 덩어리가 나타났다. 그리고 새는 다시 접근 불가능한 진짜 허무의 세계로 사라졌다. 이사나는 새의 행방을 덧없이 좇다가, 습지대의 오른쪽 전방에서 건장한 남자들이 달렸다 포복했다 하며 훈련하는 걸 보았다. 그것은 자위대원들의 소그룹 훈련이었다. 그 너머에 자위대가 소규모 훈련에 사용하는 부지가 있었는데 거기에는 그들이 세운 건물 몇 채도 보였다.

저녁 무렵이 되어 눈이 진눈깨비로 변한 걸 셸터 외벽에 부딪치는 소리에 깨닫고 이사나는 다시 총안으로 걸어가서 프리즘 쌍안경을 집어 들었다. 멀리서 진눈깨비를 맞고 있는 떡갈나무가 보였다. 이미 석양이 짙어 잿빛의 강인한 막대 같은 게 둥근 시야 속으로 들어왔을 뿐이지만. 그래도 그는 한참 동안 잿빛 떡갈나무를 바라보며 자기 내면에 그 떡갈나무가 상기시키는 것들을 증식하면서 결국 자신이 떡갈나무의 혼과 교감하고 있음을 인식했다. 그는 그 떡갈나무와 동일화된 듯, 진눈깨비를 맞은 나뭇가지 끝에서 물방울이 줄기를 따라 흘러내리는 것을 실내에서 느꼈다. 특히 쌍안경을 지지하며 옆으로 내뻗은 팔꿈치와 머리가 젖는 걸, 거친 균열을 만들며 말라가던 나무줄기에 촉촉한 물기가 감도는 감촉으로 받아들였다. 피와 살의 떡갈나무는 그새 한기로 떨기 시작했는데 그 의식은 동요하지 않았다. 관자놀이 주위가 근질거린다면 거기에 새가 앉아 있는 것이다. 그의 눈도 맞은편 떡갈나무에서 같은 걸 발견했다. 불어닥치는 바람을 등진 새는 평형을 유지하려 더욱 애썼다. 바람이 새의 가슴이나 옆구리의 부드러운 깃털에 치깎은 나무껍질처럼 잿빛 거스러미를 일으킨다. 가만히 있는 새는 울적한 듯하고 때때로 주둥이 바로 아래를 뚫어지게 보며 조금씩 움직이는 머리는 정말이지 어리석어 보일 정도로 작다. 이사나가 쿠르쿠르, 보, 보, 보 하고 울음소리를 따라 하자 그의 뒤에서 조용히 소리를 죽이고 밥을 먹던 아들이,

"염주비둘기입니다"라고 희미한 소리를 낸다…….

환상 속의 염주비둘기도 진의 말에 탄력을 받아 더 세게 날카로운 발톱으로 이사나의 육체 속 떡갈나무 줄기를 잡는다. 그러나 그것 역시 극히 미세한 압박에 지나지 않는다. 그는 점차 완연히 떡갈나무로 변한다. 쌍안경을 들여다

보는 그의 눈을, 달걀의 얇은 막 안과 밖에서 서로 삼투압을 높이며 경쟁하는 액체처럼, 무언가가 안팎으로 밀어붙였다. 압력은 점점 강해져 마침내 눈 자체가 찌그러질 것만 같았다. 그는 더 이상 쌍안경을 들여다보고 있을 수 없었다. 그런 상태로 떡갈나무가 되어버린 그의 내부와 외부를 투명한 시간이 왕래하며 스쳐 지나간다. 떡갈나무에서 그 자신으로 돌아오기 위해서는 또 얼마간의 시간이 필요했기에 주어진 음식만으로 충분히 빈속을 채우지 못한 진은 빈 접시를 앞에 두고 조심스러운 몸짓을 했지만 음식을 추가로 더 만들어주지 못했다. 그 꼴은 장시간 질주한 인간 그 자체로 육체 또한 지쳐 있었다.

그날 깊은 밤, 바다가 부풀어 올라 지표까지 뒤덮어버려 정의냐 악이냐 최후의 결단을 내려야만 하는 궁지에 내몰린 사멸 직전의 고래들이 그를 찾아와, 셸터 콘크리트 벽을 손바닥보다 부드럽게 젖은 무게감이 있는 것, 즉 지느러미로 계속 두드렸다. 바다에서, 바다와 함께 온 존재는 조심스러우면서도 집요한 호소의 의지를 점차 노골적으로 드러내며 벽을 두드린다. 반쯤 잠이 든 상태로 그는 자신이 그런 존재의 방문을 기다리고 있었음을 느낀다. 그렇게 자기를 부르러 오는 것을 기다리기 위해 현실 세계의 모든 관계를 포기하고 핵셸터로 옮겨 온 것이라고 꿈속에서 생각한다. 그러나 그는 자신이 기다리고 있다는 건 알아도 기다려온 것의 신호에 어떻게 대답하면 좋을지는 모른다. 그저 기다릴 수 있을 때까지 기다릴 뿐이다. 침대에 누운 채로 온몸에 열이 오를 정도로 흥분하면서 계속 기다린다. 그러나 아무리 시간이 흘러도 고래들이 셸터 벽을 부수고 침입하는 일은 없다.

이튿날 트랜지스터라디오에서 그는 습지대의 연습장에서 합숙 훈련을 하는 자위대 군악대원들이 불량소년들에게 습격을 받았고 그 가운데는 중상을 입은 자도 있다는 뉴스를 들었다. 벽을 두드린 건 손바닥을 다쳐 힘을 줄 수 없는 자위대원이었을까? 아니면 셸터에 숨어 지내는 자마저 뒤이어 습격하려고 불량소년들이 간을 본 걸까?

그날 오후 늦게 그는 셸터 뒤 고지대에 있는 전철역까지 나가서 온갖 종류의 석간을 사 왔다. 자위대가 사건 전체가 표면화되는 걸 바라지 않는 양 라디오가 전달한 것보다 자세한 기사는 없었다. 그래도 경찰의 독자적인 조사는 이루어져 이사나가 있는 곳까지 두 명의 경찰이 찾아왔다. 경찰들이 습지대 근처에서 일어난 자위대원과 불량소년의 난투뿐만 아니라 다른 새로운 사건에 대해서도 탐문 수사를 벌이고 있다며 그의 셸터 현관까지 들어왔던 것이다. 원칙적으로 이사나는 아들이 아닌 다른 어떤 사람도 셸터에 침입하는 걸 허하지 않았었다. 그는 그곳에 가까이 오려고 하는 사람들을 (그건 별거하고 있는 아내를 포함해서인데) 효과적으로 거절하는 논리를 고안해두었다. 때로는 단지 이렇듯 타인들을 거절하는 쾌감을 느끼기 위해 이 셸터에 들어온 게 아닐까 스스로 돌아보았을 정도다. 아이 냄새를 맡고 아동잡지·학습용품을 팔러 오는 세일즈맨들이 가장 집요했는데 그들을 격퇴하기 위해 복잡한 논리를 하나 짜내어둔 것이다. 그는 알지도 못하는 세일즈맨에게 자기 아들이 지적장애아라는 걸 밝힐 생각은 없었기에 거침없이 공격해오는 적을 물리치기 위해서는 철저한 준비가 필요했다.

그런데 이번에는 난투 사건에 호기심을 갖고 있었기 때문에 이사나는 그만 경찰에게 틈을 보이고 말았다. 더군다나 일단 셸터 현관까지 들어오자 경찰들은 흥미의 대상을 오히려 셸터 그 자체로 바꿨다. 경찰들은 왜 이 고립된 기묘한 구조의 건물에 사는지를 묻기 시작했다. 그것을 경찰들에게 설명하는 것은 절대로 불가능했다. 궁지에 처한 이사나는 자신과 진을 지키기 위해서 모든 난세의 '자립한 인간homo pro se'들이 갖추고 있었을 세속적 간특함을 새삼스레 발휘하지 않을 수 없었다. 그는 일찍이 이 나라에서 핵전쟁용 셸터를 고안해 양산하는 루트로 가려고 했었던 때 큰 건축회사가 시제품으로 만든 것이라고 지하벙커와 그 위에 세워진 부분에 대해 한꺼번에 설명했다. 몇 년 안에 이 셸터가 위치한 벼랑 아래와 습지대가 고속도로 건설을 위해 수용되게 됨에 따라, 건축회사로부터 그때까지 여기에 사는 걸 일로서 부여받은 것이라고, 정당한 권리를 지키기 위해.

그렇게 말한 건, 서류에 적힌 이름 하나가 경찰들에게 강한 제어력을 발휘할 걸 알았기 때문이다. 경찰들은 건축회사의 회장이며 이사나의 장인인 보수정당의 원로가 경찰계에 미치는 위력에 민감했다. 그들은 이사나에게 설령 작은 것이라도 혐의를 두는 것이 부당하며 덮어두어야 한다고 생각하기 시작한 양 지금 자신들이 당면한 사건에 관해 자세히 이야기하고 돌아갔다. 그 이야기가 이사나의 내부에 무엇을 환기시켰는지에 대해서는 전혀 관심을 나타내지 않았다. 이사나는 자신이 설명한 것의 진위가 들춰지는 번거로움을 피했다고 안도하는 가운데, 그때까지 몸속에서 지끈지끈 나는 열처럼 어디를 향해 가는 것인지 애매하게 똬리를 틀고 있던 어떤 **징조**에 대한 갈망이 더욱더 과열되는 것을 느꼈다. 게다가 그 **징조**가 애매하고 파악하기 어렵기는 해도 황백색의 미광을 발하며 마침내 그를 향해 다가올 궤도에 올랐다는 예감이 들었다. 그는 셸터의 현관과 부엌 입구에 자물쇠가 잠겨 있는지 점검하고 아들이 아직 잠들어 있는 걸 확인하며 고양감과 함께 그 소용돌이의 초점에 어두운 공허가 열린 듯한 기분을 느꼈다. 그는 발을 서로 뒤엉키듯 하며 철제 사다리를 타고 내려가서 적갈색 물이 배어 나오는 사방 30센티미터 지면 위에 맨발을 올렸다. 그리고 그 자신의 내부에 똬리 튼 징조가 역시 실재한다는 감각에 이끌리며 경찰들에게 들은 말을 스스로 보충하고 재현해보았다.

일을 끝내고 한잔하려 하고 있었어. 그 형사는 가지고 있던 권총은 그냥 집에 가져가야겠다 했는데 계집애를 만났던 거지. 자위대원의 경우도 무기가 목적이었던 것 같고 또 계집애의 유혹 방법이 독특한 것이기도 해서 속은 척하면서 따라갔어. 그랬던 거야, 마흔다섯이나 된 무척 경험 많은 형사였고 엄청난 거한이었지. "너 뭘 해줄 거야, 좋은 거? 이런! 뭐야?"라 하자, 계집애가 술집 입구 바로 밖에서 반대편을 바라보고 서서 자위를 해 보였어. 셔츠를 바지에 집어넣을 때처럼 머리를 떨어뜨리고 다리를 조금 벌리고서. 잘 안 될까 봐 걱정하는지 서둘러 부스럭부스럭 소리를 냈다지, 숨죽이면서. 형사는 "야 그만둬, 다음 순서는 나중을 위해 남겨둬"라고 동정하는 마음으로 말하고 말야. 그러고는 얼굴이 빨개져 돌아다보는 계집애의 팔을 잡고 걷기 시작했어. 다시 걸으며 형사가 수상하다고 느낀 건 그 계집아이가 그를 유혹하기 위해 자위하는 모습을 보인 게 그쯤은 아무렇지도 않게 생각하는 닳고 닳은 아이라서가 아니라 반대로 성 경험이 없이 오로지 자위하는 것밖에 몰라서가 아닌가 싶었기 때문이다. 오히려 그 아이는 소독약 냄새가 날 정도로 순결한 처녀일 거라 생각됐다. 도대체 어떤 얼굴, 몸을 한 아이였을까? 마흔다섯 거구의 형사를 유혹하려고 애처롭게도 반대편을 향해 다리를 벌리고 서서 머리는 약간 숙인 채 청바지 지퍼 사이에 손을 쑤셔 넣고 자위하는(이윽고 뒤를 돌아보는 빨개진 얼굴을 보고서는 진짜 자위였다고 형사는 확신했다고 한다) 아이는? *자꾸 걸어가기에 형사는 도대체 어디까지 가는 거지, 이 주변에 여관은 없는데, 라고 마음속으로 짚는 한편 무허가 여관을 발견할 수 있다면 횡재일 거라고 생각하며 따라갔어. 계집애는 후도*不動고개를 내려가기 시작했지. 꽤 먼 거리를 잠잠히 걸어가는 모습에, 이거 미친 건가 하고 의심했을 정도였대. 그렇지만 종종 뒤를 돌아보는 계집애의 눈빛은 정상. 그것도 지나칠 정*

도로 고지식한, 무슨 큰일을 수행하려고 긴장하고 있는 인간의 눈이었대.

　문제의 비탈길은 고지대의 주택지에서 습지대를 향해 쑥 나온 절벽을 비스듬히 깎아 만든 내리막길이다. 내려와 오른쪽으로 향하면 이사나의 셸터 앞을 지나는 좁은 길이다. 사건 뒤 경찰들이 그의 셸터를 수색하러 왔던 것도 결코 무리가 아니다. 특히 절벽 아래 습지대가 있는 쪽 근방에서 평소 사람이 살고 있는 건물이라면 그의 셸터뿐이다. 형사는 고개에 여관 같은 게 없는 거야 이미 알았고 이런 계절에 야외에서 관계를 가질 것도 아니니 슬슬 형사의 직무로 돌아가려고, 물론 그때까지도 형사로서 행동하고 있었지만, 어쨌든 후도 고개를 다 내려가기 전에 가로등이 있는 곳에서, 너희같이 젊은 여자아이가 이런 일을 하지 않으면 안 되는 것도 결국은 사회랄까, 시대랄까, 그 둘 때문이겠지, 라고 얘기해보았어. 형사가 훈방하려고 그렇게 어물쩍거리는데 이어서 직무상의 이야기를 전개할 틈도 주지 않고 가로등 노란빛에 잘려 나간 절벽의 붉은 흙을 뒤로한 계집아이가 붉은 흙보다도 더 붉은 입술을 불쑥 열어, 우리는 시대가 변해도 사회가 변해도 같은 걸 할 거야, 하고 외쳤다. '우리'라는 말에 형사는 순간 큰 새 그림자가 머리 위를 스치듯 이상한 느낌이 들기는 했지만, 그 말이 그가 '너희'라 한 것에 대한 반응이리라고 생각을 바꾸고, 그렇다면 공산국가가 되어도 너희는 매음을 할 거야? 라고 되받아쳤다. 그러자 계집아이는 구술시험에 대답하듯이, 게다가 말에 힘을 넘치게 주며, 우리는 공산국가든 뭐든 매음이랑 여러 가지 것을 할 거야, 하고 외쳤다. 그리고 형사는 바로 눈앞의 버려진 공사장 합숙소와 자갈 무더기 사이에서 네다섯 명 되는 청년들, 즉 계집아이가 말하는 '우리'가 막대기를 들고 후다닥 달려드는 걸 보았던 것이다. 형사는 수적으로 당해낼 재간이 없으니 한 놈을 잡아 도망가려고 가장 작은 녀석 쪽으로 돌아들어 가 몇 대 맞으면서도 자기가 표적이 된 걸 금세 눈치채고 움츠러든 아이에게 수갑 한쪽을 채우고 다른 한쪽을 자신의 팔목에 채웠는데 말야. 사방팔방에서 습격해오는 녀석들에게 결국 뒤통수를 맞고 기절해버렸어. 조금 지나 정신이 들고 보니 자갈밭 같은 데 끌려가 벼랑 아래 있는 샘물에 머리가 반쯤 잠겨 있었어. 뭐, 익사시키려고 한 건 아니겠지. 정신이 들었을 때 바로 코앞의 옅은 어둠 속에서 계집애는 손가락을 꼼꼼히 씻고 있었대 아하하. 권총은 뺏겼고 아이들은 수갑이 빠지지 않으니까 형사의 팔을 잘라내자는 의논을 하고 있었어. 진짜 흉포하지. 그래서 순간적으로 뛰어올라 수갑으로 연결된 녀석을 끌면서 참억새밭 안으로 도망갔더니 필사적으로 뛰며 끌려오던 아이가 도중에 뒤를 돌아보며 칼로 형사가 아닌 자기 팔목을 자르려고 했다는 거야. 수갑이 팽팽해서 나이프가 형사의 팔까지 미치지 못하기는 했지. 하지만 어쨌든 끌려가면서 자기 팔목을 자르려고 했다니까. 패거리는 뒤쫓아오지, 아이는 무겁지, 거기다 무엇보다 자신의 팔목을 자르려고 하는 아이라니 끔찍해서 결국은 스스로 수갑을 풀고 형사는 계속 도망쳐서 겨우 살았대. 그래도 한참 동안 뒤에서 아이들이 큰 소리를 지르며 달려왔다던데 그 소리 듣지 못했어? 정신이 들고 보니 형사는 머리와 팔목이 피투성이였대. 머리는 자기 피로 팔목은 아이의 피로.

경찰들이 단순화해서 참억새밭이라고 하는 습지대에 지금 말라 죽어 있는 것은 억새, 돼지풀, 양미역취의 억센 줄기이다. 늦가을, 그것들은 인간의 키를 훨씬 뛰어넘는 사나운 기세로 무수히 선 채로 말라 죽어가며 습지대의 웅덩이를 메운다. 그러던 것이 겨울을 넘어 나무들이 싹을 틔우는 계절이 되면 매일 닳아 없어지듯 키도 줄고 밀도도 엷어지고, 이윽고 새로운 풀이 무성해지는 때에는 그 사납게 날뛰던 여러 겹 덩굴풀의 자취는 녹아서 흘러간다. 그러나 지금은 아직 선 채로 말라 죽은 것들이 미로를 만들고 있는 습지대를, 머리가 피범벅이 된 거한과 수갑으로 그에게 연결된 소년이 전속력으로 횡단해간 것이다. 한밤중에. 그것도 소년은 억새, 돼지풀에다 양미역취의 마른 줄기를 헤치며 끌려가면서 어떻게든 벗어나기 위해 칼을 꽉 쥐고 자기 팔목을 자르려고 한다. 등 뒤 말라비틀어져가는 수풀에서는 불량소년들이 큰 소리로 아우성치며 우왕좌왕한다…….

스스로 자신의 팔목을 잘라버리려고 한다. 더구나 칼로 팔목을 설겅설겅 베려 한다. 그것은 단순히 팔목을 절단당하는 것과는 다른 차원의 행위임에 틀림없다. 맨발로 젖은 지면을 밟고 명상하는 남자는 그렇게 생각했다. 문어는 스스로를 먹는다. 외부의 힘에 잘린 문어의 다리는 재생되지만 스스로에게 먹힌 다리는 재생되지 않는다. 그래서 문어의 세포적 자의식에 있어서 스스로를 먹는 것은 이중 삼중으로 무서운 결단이다. 소년은 재생을 거부하는 자포자기의 용기로 자기 팔목을 칼로 자르려고 했던 것이다. 범죄단 패거리로부터 아주 잠깐 동안이라도 떨어져야 하는 것을 팔목이 영원히 재생하지 않는 것보다 더 두려워하고 칼에 의한 상처가 주는 고통보다 더욱 괴로워하며. 이사나는 내부 깊은 곳에서 치미는 은미한 구역질에 시달렸다. 그는 자신의 팔목을 보거나 혹은 그 존재감을 자각하는 것을 피하려고 애를 써야 했다. 셸터에 여러 종의 칼을 갖고 있는 것에 대해서도 의식의 전면에 그것이 점차 명료한 형태를 띠는 것을 피하려고 했다. *수갑에 묶여 끌려가던 소년은 술에 취해 있었나요?* 라고 그는 경찰에게 물어보았는데 자신이 나불거리는 이야기의 일방적인 진행만을 믿는 타입인 경찰은, *응? 술에 취해 있었든 그렇지 않았든 관계없어 이런 경우,* 라며 자기 이야기를 계속해나갔다. 그러나 수갑 채워진 팔목을 칼로 잘라버리려고 하는 소년이 술에 취해 있었든 그렇지 않았든 정말 관계가 없을까? 혹시 공포심과 절망으로 미쳐가던 소년이 술에 취해 있었다면, 희미하나마 구원의 미광이 그 어리고 달아오른 식도에서 트림처럼 올라오지 않았을까? 취했다면 자신의 팔목을 잘라버리는 건 그리 두렵지 않을지도 모르니까. 팔목을 스스로 먹는 일이 받아들이기 쉬울지 모르니까. 술에 취해 히스테릭한 고양감과 절망 사이에서 격렬하게 흔들리던 소년의 결단이, 역시 술에 취해 타인의 피부에 둘러싸여 있는 것처럼 둔하게 느껴지는 팔목에 칼을 내려치도록 한다. 그러나 이사나는 얼마간 받아들이기 쉬워진 이미지에도 금세 도톨도톨 불필요한 것이 끼어드는 것을 느낀다. 설령 술에 취해 있었다고 해도 녀석은 자기가 표적이 되었음을 눈치채고 움츠러든 걸 형사에게 들켰다. 그런 녀석인 것이다. 그 녀석이 끌려가면서도 칼로 자기 팔목을 잘라버리려고 하니까, 그것을 어떻게든 받아들이기 쉽게, 알코올에 의한 만용이라고 당의를 입히는 것은 속이 들여다보인다.

우리는 시대가 변해도 사회가 변해도 같은 걸 거야. 우리는 공산국가든 뭐든 매음이랑 여러 가지 것을 할 거야. 그는 명상용 의자에서, 드러난 땅 위로 나란히 모은 맨발에 몸의 무게를 실으며 똑바로 일어났다. 젖은 흙 속으로, 지구의 작디작은 표피 속으로 육체의 뿌리가 간신히 들어간다. 그 뿌리를 바로 뽑아내고 철제 사다리를 올라 1층의 총안 옆으로 걸어가기 위해서는 진실로 커다란 에너지가 필요하다.

언젠가 이사나는 정원사들이 전체 길이 5미터 정도 되는 동백나무를 옮기려는 노동을, 그 자신이 수백 송이 꽃과 봉오리를 단 채 뿌리째 뽑힌 오래된 동백나무가 된 기분으로 아침부터 저녁까지 바라본 적이 있다. 동백나무는 셸터와 나란히 있는 급사면에서 뽑혀 대형 트럭에 실리고 있었다. 정원사들은 통나무 세 개를 엮어 거기에 단 작은 도르래로 동백나무를 끌어올려 무거운 동백나무를 조금 움직인 후 다시 또 통나무를 늦추어 전체를 재구성하는 식으로 동백나무를 끌어올린다. 그것을 무한 번 빼기 한 번 반복하면, 무거운 동백나무를 남아메리카까지도 이동시킬 수 있다는 뻔뻔한 자신감과 단순한 태만의 경계에서 정원사들은 일하고 있다. 총안으로 엿보는 그의 눈을 혹시 정원사들이 알아챘다면(정원사들이라고는 해도 전문가다운 사람은 노인 한 명뿐이고, 다른 둘은 장발을 한 청년들로 시종 한눈을 팔았기 때문에 이사나의 집요한 관찰이 발각될 가능성은 컸다), 도대체 그렇게 오랫동안, 우리들이 휴식하는 동안에도 계속 이쪽을 스파이질하는 너는 누구냐, 무슨 꿍꿍이냐, 고 그들은 물었을 것이다. 그러면 *나는 동백나무다. 꿍꿍이도 뭣도 없다. 뿌리째 뽑힌 동백나무가 된 기분이다. 사실 뿌리째 뽑혔으니까* 하고 대답하는 걸 이사나는 생각해보았다. 몸 전체에, 머리부터 어깨, 가슴에 수백 겹의 꽃잎과 봉오리를 단 인간으로서.

지금 정말로 그는 한창 꽃을 피우던 때 뽑힌 거대한 동백나무처럼 자기 혼자 힘으로는 조금도 움직이지 못했고, 거기다 발가락과 발등까지 젖은 흙에 담그고 서 있었으니 뿌리째 뽑혔다는 감각과 연결되는 점이 있었다. 그래도 가까스로 철제 사다리를 올라가 프리즘 쌍안경을 집어 들고 전등을 끄고 어떤 불빛도 내보내지 않게 된 어두운 총안을 통해 그는 습지대를 살폈다. 짙은 어둠. 그러나 육안으로 보는 어둠과 프리즘 쌍안경으로 보는 어둠은 늘 다르다. 그는 쌍안경의 짙고 두꺼운 구면球面 속에서 범죄단 일당으로부터 홀로 떼어내진 것처럼 거구의 형사에게 연행된, *가장 작은 녀석, 자신이 표적이 된 걸 눈치채고 움츠러든 아이*를 보았다. 거친 바람이 불어 어젯밤부터 몰려와 있던 비구름을 어지럽혀놓는다. 달이 흩어지는 구름에 가려지면서도 총안에서는 보이지 않는 높이에 서서히 나타난다. 셸터와 그 뒤쪽 고지대로 바람에 꺾이고 휘면서 변형된 마른 줄기들의 배열이 어둠의 밑바닥에 수없이 많은 미세한 물결 모양을 하얗고 가늘고 짧게 일으켰다. 그것은 작은 물고기 무리처럼 허무하게 허공을 향해 있다. 그 사이를 수갑이 채워져 두려움에 떠는 아이가 끌려간다. 수갑이 이끄는 대로 끌려가며 두려움과 분노로 자기 팔목을 자르려는 아이의 억눌린 비명과 형사에게 동료가 끌려가는 변을 당하여 큰 소리로 서로를 부르면서 어두운 습지대를 뛰어다니는 불량소년들의 외침이 먼바다 고래들의 신호와 겹쳐 울려 퍼진 게 아닐까? 지상에서 직립보행하는 사람들 중 누구 하나 아직 해독한 적이 없는 암호로 된 신호와 겹쳐…….

2장

조개껍데기에서 붉어지다

이사나는 나무가 어린잎들로 뒤덮일 날을 고대하고 있었다. 나무가 잎사귀로 무장하고 나무의 정서가 안정권에 들어갈 때면 나무와 교감하는 그 또한 벌거벗은 모습이 가려져 위협받는 일 없이 복작거리는 거리를 빠져나갈 수 있으니까……. 어느 아침 셸터의 총안을 통해 물참나무의 어린 잎이 발아기를 마침내 넘기고 싱싱한 햇빛에 부드럽고 새롭게, 펼쳐진 내장 같은 잎사귀를 떨고 있는 것이 보였다. 그는 자신에게도 한겨울을 넘긴 생명력의 갱신이 이루어진 것을 느꼈다. 그는 눈을 감고 콧구멍을 넓혀 천천히 호흡하면서 내부에서 샘솟듯 일어나는 것 하나하나를 확인한다. 셸터 안의 생활에 가장 깊이 순응하고 있는 진에게도 새로운 에너지의 충전이 이루어진다. 그 얼마쯤을 발산하러 나가자고 이사나는 진에게 텔레파시를 보내기 시작했다. 시간과 인내력을 필요로 하지만, 그렇다고 어렵지는 않다. 저녁 무렵이 되어 어린나무를 옮기듯 아들을 단단히 끌어안고, 즉 건조를 막기 위해 짚으로 나무줄기를 감싸듯 스웨터와 풀색의 면바지를 입히고 털실로 짠 좁은 차양 모자를 씌우고 셸터를 나갔다. 현관과 이어지는 비탈에서 습지대 가장자리 길로 내려간다. 어린아이는 오우, 오우 하고 두려움에 위축된 신음 소리를 내며 모든 체중을 실어 저항했다. 그 일대 한쪽에 누운주름잎이 빽빽이 자라다 지상 5센티미터 높이로 작은 꽃들을 흐드러지게 피운 것을 무서워한 것이다. 그는 어린아이를 안고서 누운주름잎꽃이 피어 있는 곳을 뛰어넘었다. 습지대에 선 채로 말라버린 잎과 줄기는 부피가 더욱 줄어들고 오그라들어 있었다. 한쪽에서는 푸른 풀들이 우거지기 시작했다. 습지대는 그곳에 줄기가 긴 들풀이 무성했던 계절의 추억에 비추어보면 무척이나 움푹 파인 듯 보인다. 큰 산벚나무를 오른쪽으로 하고 걸어가 범죄소년단이 형사를 기다리고 있었다던 샘물 옆을 지나 고개를 올라가는 대신 전차가 지나다니는 길 아래 터널을 지나고 큰 배의 하부 같은 모양을 한 비탈진 밭을 향해서 내려가다가 반대쪽으로 올라가면 도심에 이르는 간선도로의 완만한 커브가 바로 눈앞에 나타난다. 거기에서 돌아다보면 대지는 습지대를 사이에 둔 섬 같다. 그 섬 아래, 아직 어린 새잎으로만 뒤덮인 비탈에 그의 셸터가 홀로 고독하게 우뚝 솟은 작은 콘크리트 덩어리를 드러내고 있다.

그는 아들과 나란히 간선도로를 달리는 노선버스의 맨 뒤에 앉아 버스가 습지대 남쪽을 크게 우회하는 동안에 셸터 콘크리트 덩어리를 물끄러미 바라보았다. 점점 더 목을 비틀며. 건물이 보이지 않게 되고 나서도 아들의 몸을 한쪽 팔로 붙잡은 채 언덕의 모습과 연관시켜 셸터의 위치를 파악하려 했다. 왜, 셸터의 위치를 그와 같이 제대로 파악하고 있지 않으면 안 될까? 그것은 한 시간 뒤에 세계의 마지막 전쟁이 일어난다면 핵폭발의 열과 충격파가 이 도시를 엄습하기 전에 공황 상태에 빠진 시민들이 우왕좌왕하는 동안 냉정함과 끈기를 가지고 진과 함께 걸어서 돌아가야 하기 때문이다. 그러고는 나무와 고래가 정당한 권리를 부여받는 순간까지 그와 아이 둘이서 인간 세계의 끝을 자발적으로 선택하고 침착하게 기다리지 않으면 안 되기 때문이다. 심한 열로 콘크리트의 외벽이 번쩍거린 다음에 이어질 충격파는 어린아이의 귀에도 울릴 것이다. 이사나는 그때 평온하게 속삭이는 듯한,

"세계의 끝, 입니다"라는 진의 목소리를 들을 수 있으면 좋겠다고 바랐다.

이사나는 버스 종점 유원지 입구에서 어린아이를 자기 다리에 기대어 세우고 회전 가로대가 달린 개찰구 속으로 들어가 좁은 눈처럼 생긴 구멍에 동전을 집어넣으려고 했다. 그런데 이사나의 손가락이 세게 튕겼다. 동전 투입구가 망가진 것이었다. 일단 나와 옆에 있는 개찰구로 옮기려고 하는데 진이 개찰구의 금속 파이프에 매달려 헉헉 신음 소리를 내며 저항하기 시작했다. 진을 향해 뭔가를 해주려 한다. 그러면 진의 안개가 낀 듯한 머릿속에서는 앞으로 전개될 루틴이 그려지며 즉각 강한 착각이 일어난다. 애초에 그러한 루틴으로 한 걸음 내딛게 한 아버지가 이번에는 그것을 변경하려 하면 진은 그 착각 위에 서서 단호히 저항한다. 한번은 착각이 복도의 막다른 곳으로 진을 이끌었다. 되돌아가려고 하자 진은 육체적인 고통이 배어 나오는 신음 소리를 내면서 막힌 벽으로 돌진했고 그의 작은 몸을 벽에서 잡아떼려던 이사나는 몹시 지쳐버렸다. 차라리 그 벽에 못 같은 걸로 구멍이라도 뚫어줄까 생각할 정도였다. 그마저 불가능하다면 괴로워 몸부림치는 소리를 내며 다른 출구로 향하는 걸 거부하는 어린아이의 머리를 착각의 틀에서 해방시켜주기 위해 벽에 그 자신을 찧어 깨부수는 모습이 생생히 보여 그를 공포에 떨게 했기 때문에…….

처음에 이사나는 소금쟁이처럼 버티는 진의 양손, 양다리를 금속 파이프에서 떼어내려고 악전고투했다. 그 시도를 단념하고는 주위를 두리번거리며 여러 물체의 거리를 눈대중하는 것으로 진의 저항에 굴복해버린 태도를 드러냈다. 그리하여 진이 착각의 루틴을 따르는 안정된 기쁨을 다시 회복하기를 기다린다. 그리고 고장 난 회전 가로대를 향해, 마치 그곳을 쉽게 빠져나갈 수 있다고 새로이 의식한 것처럼 천천히 다가가, 그대로 어린아이를 안아 올려 회전 가로대 건너편에 내려놓는다. 이제 이사나는 옆 개찰구를 향해 종종걸음으로 뛰기 시작했는데 그의 등을 향해 진은 거친 현실 세계 한가운데 내팽개쳐진 겨자씨같이 작은 영혼의 비명 소리를 냈다. 그것은 이사나가 금속 파이프에 허리를 부딪치며 달려가 동전을 넣으려다 실패하고 다시 개찰구를 돌아 나오는 동안 하염없이 도망치는 또 다른 자신이 등 뒤에서 외치는 소리인가 싶었다. 어린아이와의 사이가 유원지의 무인 개찰구로 가로막힌 것에 자기의 실재감을 희미하고 불안정하게 느낄 정도로 그는 지적장애를 지닌 아들에게 의지하는 생활을 하고 있었던 것이다.

가까스로 동전이 들어가는 회전 가로대를 발견하고 이사
나는 땅에 무릎을 꿇고 공황 상태에 빠진 어린아이를 끌어
안아 그 부드럽고 뜨거운 육체로부터 근원적 격려를 흡수
하려 했다. 그런 그의 앞에 유원지 직원이 경계하듯 거리를
두고 서 있었다. 초로의 직원은, 모골이 송연해지는 지금 저
비명은 도대체 뭐지, 유원지 안 작은 동물들이 식욕을 잃어
버리는 거 아냐! 하고 말하고 싶은 것 같았다. 그러나 이사
나와 눈이 마주치자 힘없이 이렇게 경고할 뿐이었다.

　"이미 끝났소. 지금 들어가도 동물들은 볼 수 없소. 놀이
기구도 운행하지 않고……."

　"그런데 멀리서 와서"라고 이사나는 말하고 어린아이를
안은 채 유원지 안쪽을 바라보았다.

　해 질 녘 유원지에 관람객의 인적은 없고 높은 철 기둥에
코일로 연결된 비행선과 케이지 역시 그것들이 회전할 때
원심력에 의해 퍼지며 가득 채우는 넓은 공간의 중앙에 미
덥지 못하게 오그라든 모습으로 매달려 있었다. 제트코스
터 궤도도 지금은 입체화된 미로의 골조에 지나지 않는다.
돈을 내지 않고 탈 수 있는 그네나 시소에 칠해진 빨간 페인
트와 힘없이 구부러진 나뭇가지를 소소하게 꾸며주는 초록
색 잎사귀만이 싱싱해 보였다. 이미 어떠한 음악도 이 유원

지를 장식하고 있지 않다.

"멀리서 왔다니 한 바퀴 도는 정도는 좋소. 아르바이트생들이 기계를 청소하고 있어서 모두 돌아갈 때까지 출구는 열려 있으니까" 하고 직원은 말없이 유원지를 바라보며 무릎을 꿇고 있는 이사나에게 말했다.

이사나와 진은 갇혀 있는 물새 떼가 전복 살의 주름에서 나는 냄새처럼 이상할 정도로 묵직한 냄새를 내뿜는 곳을 지나쳤다. 자신들에게 교활하고도 소소한 적의를 드러내는 위험한 산양, 빼빼 마른 돼지, 지쳐 있는 토끼 앞에 멈춰 서지 않았다. 원숭이가 원래는 군생하는 생물이라는 걸 다시 한번 느끼게 할 만큼 홀로 우리에 갇혀 털이란 털은 모두 세우고 있는 녀석 앞에도 멈춰 서지 않았다. 그와 아들이 너무 부산하게 걸어 다니는 통에 관람객들에게 둔감해져 있던 살찐 비둘기마저도 줄줄이 날아갔다. 얼마쯤 거리를 두고 지면에 있는 비둘기 떼는 모두 같은 방향을 바라보고 있다. 그걸 의식하고 보니 물새들도 원숭이들도 다른 모든 작은 동물도 한 방향을, 유원지 안 지는 해를 향하고 있었다. 그는 그 작은 것들의 자세로부터 무엇인가 암시를 받는 것 같았는데 그래도 멈춰 서지는 않았다.

원래 이사나와 진이 동물 우리 앞에 멈춰 서서 그곳에 잡혀 와 나태를 강요당하고 있는 존재들을 관찰하는 일은 없었다. 이사나는 일상을 나무 관찰에 집중적으로 소비하고 있었고 어린아이 또한 들새 소리 녹음에 영혼을 빼앗겨 오랜 기간 귀로 새를 관찰하는 데 매일 시간을 보내고 있었으니, 그들이 사물 관찰에 냉담했다고는 할 수 없다. 그저 진은 태어나자마자 받은 머리 수술의 영향으로 오른쪽 시력이 약했고 또한 실내에 틀어박혀 사느라 한쪽 눈으로 원근을 파악하는 방법에도 숙달되지 않았다. 설령 우리 구석에서 애매하게 혐오스러운 자세로 틀어박힌 너구리를 보여줘도 진은 우리의 쇠기둥 밑을 볼 뿐 너구리를 보았는지 아닌지 분명치 않았다. 도대체 시력도 지능도 미발달한 어린아이에게 생애 처음으로 만나는 너구리를 어떻게 설명해줄 수 있을까? 언제나 그는 진이 극히 한정된 조건의 상상력을 가졌음을 생각하지 않을 수 없었다.

그대로 진과 이사나는 기계로 된 놀이 기구가 펼쳐진 광장으로 나갔다. 50미터쯤 앞에 마법 찻잔을 실은 큰 판이 있었다. 그 주위에 무리 지어 있던 젊은이 몇 명이 일제히 고개를 돌려 가까이 다가가는 그와 어린아이를 바라보았다. 그러면서도 두 사람이 그곳을 향해 다가가자 어깨가 처진, 소년 같은 녀석만 남고 패거리는 썰물처럼 비스듬히 뒤편으로, 공중화장실이 있는 큰 등나무 시렁 쪽으로 물러갔다. 패거리가 자연스레 뒤로 빠지는 방법에 대해 말하자면 무의식의 주의를 끄는 데가 있어서 이사나는 거대한 찻잔들이 올라탄 회전대를 향해서 나아가는 자신과 진의 걸음이 점점 느려지는 걸 느꼈다. 그래도 일종의 자기방어 본능에 따라 물러가는 녀석들을 굳이 확인하는 일은 하지 않았다. 그는 그저 마법 찻잔에 매혹된 사람처럼 그것을 향해서 똑바로 나아가다가 어린아이가 모래주머니같이 무겁게 저항하자 점차 보폭을 좁히며 다가갔던 것이다.

혼자 남은 소년은 회전대 한쪽 구석에 벌레집 모양을 한 운전실로 들어갔다. 그는 지금 그 주변에서 물러난 자들을 실은 동료도 지인도 아니라는 듯 힐끗힐끗 쳐다보았다. 하지만 그 졸렬한 연기 속에는 지금 그를 내버려두고 가버린 동료들에 대한 유아적인 원망이 노골적으로 드러났다. 소년은 찻잔이 놓인 판 위로 올라가는 대신 우두커니 멈춰 서 있는 이사나와 진 앞에서 기계 스위치를 켰다. 그러더니 움직이기 시작한 찻잔들 사이로 이처럼 비일상적인 일에 대한 직업적인 숙련이 자아내는 초현실주의적인 분위기와 함께 허리를 구부리며 들어갔다.

마법 찻잔, 역학적으로 불안정해 보이는 커다란 1인용 찻잔들은 회전판 위에 구멍 뚫린 궤도를 이동하며 자전하였고 각각의 공전 관계들로 어지럽고 복잡한 접근과 이동을 반복하였다. 게다가 지금 찻잔 하나에 들어가 고개를 숙이고 있는, 정수리만 보이는 기계 담당, 혹은 단순히 기계를 청소하기 위해 고용된 소년이 부리는 변덕이 이 회전 관계의 또 다른 요소가 되었다. 다름 아니라, 찻잔 속 핸들 장치를 조작해 궤도 위를 움직이는 찻잔이 더욱 격렬한 기세로 자전했기 때문이다. 찻잔은 주위의 모든 빈 찻잔들과 부딪치지 않으려는 듯이 자전한다. 이윽고 한 회분의 시간이 지나고 찻잔의 공전운동이 느려지고 결국에는 정지한 이후에도 소년이 탄 찻잔만은 자전을 계속하고 있다. 마침내 찻잔이 때마침 올려다보던 이사나와 진의 바로 근처 가장자리까지 다가왔는데, 측면 문을 열고 나타난 소년은 방향감각을 잃어버린 머리를 힐끗 돌려 구원을 요청하는 것처럼 미덥지 못하게 그리고 원망스러운 듯이 그의 동료들을 바라보다 그대로 양 무릎과 손을 판에 대고 토하기 시작했다. 그 모습을 보고 어딘가 동요하는 이사나에게 발치에서 피어오르는 웃음소리가 위협을 가했다. 뜻밖에도 진이 웃고 있었던 것이다.

토하던 소년은 무릎과 손을 판에 대고 종이 호랑이처럼

수평으로 길게 내민 머리를 수직으로 쳐들고 진을 노려보았다. 이사나는 소년의 코와 입에 점성을 띠고 매달려 있는 오물이 노을 진 서쪽 하늘 빛을 받아 오렌지색으로 비치는 것이, 요란하게 칠이 되었음에도 불구하고 마찬가지로 땅거미에 퇴색되어 어두워진 큰 찻잔들 사이에서 눈부시게 보였다. 또한 소년의 눈이 구토 때문에 확대되고 기계적으로 눈물을 흘리는 상태가 되어 치어稚魚의 눈처럼 균형에 맞지 않게 크고 부드럽게 번진 색을 띠고 있는 것에 마음이 끌렸다. 소년이 오른팔을 들어 입가를 닦자 무슨 색인지 확실치 않은 줄무늬 셔츠의 소맷부리가 벌어지며 붕대로 친친 감은 팔목이 드러났다.

이어서 소년이 눈물을 훔칠 때, 뚜렷한 눈매는 금세 갑작스러운 증오로 빛났다. 진은 더 이상 웃음소리를 내지 않았다. 이사나도 소년의 눈빛에 튕겨 나가듯 머리를 돌렸다. 이윽고 그가 발견한 것은 기묘한 상황이었다. 소년의 동료들이 공중화장실 쪽에서 일종의 포위진을 치고 있었던 것이다. 그들은 화장실 출구를 막는 어살 구조를 이루고 있었다. 어살의 왼쪽 끝에 선 청년은 이쪽을 똑바로 감시하고 있고 다른 청년들은 서쪽 하늘을 바라보고 있다. 이 유원지에 갇힌 것들, 스스로 남은 것들은 비둘기도 원숭이도 정체불명의 청년들도 모두 똑같이 서쪽을 올려다보며 평온한 피로감을 드러내고 있는 듯하다. 이에 더해 청년들은 어깨나 등을 긴장으로 굳히고 어살에 걸려드는 먹이를 기다리고 있는 것이다.

이사나는 뱀의 표적이 된 개구리의 흥분을 느꼈다. 옷 밖으로 드러난 피부는 공포에 직접적인 한기를 느꼈다. 어린아이를 데리고 있는 그는 무저항을 강요당하고 있었는데, 젊고 폭력적인 일당은 그렇게 무저항 중인 그뿐만 아니라 어린아이까지도 때릴지 몰랐다. 녀석들의 폭력적인 덫 가운데로 순순히 끌려들어가는 전개가 이사나의 머릿속에 떠올랐다. 진이 딱히 소변을 보고 싶은 것 같지는 않았지만 극히 드문 외출에 흥분하여 지금이라도,

"진은, 쉬야입니다"라고 말할지도 모른다. 그리고 몇 발자국 공중화장실을 향해 걷기 시작해버리면 이후 걸음의 방향을 바꾸기 위해서는 울고불고하는 아이를 껴안고 달릴 수밖에 없다. 녀석들이 덫을 친 등나무 시렁 그늘 너머의 공중화장실에 갔다가, 타인의 오줌으로 젖어 있는 더러운 바닥 위로 아이와 함께 맞고 쓰러질 때까지 자연스러운 방향 수정은 불가능하다. 이사나는 콘크리트 바닥에 쓰러진 그의 몸을 녀석들이 구둣발로 차고 굴리며 어떻게든 자기 손

끝을 오물로 더럽히지 않으려 주의를 기울이면서 주머니를 뒤지는 모습을 상상했다. 폭력적인 육체의 어살을 이룬 그들에게 맞고 차이면 그곳에서 개처럼 고꾸라지지는 않는다 해도 한참 동안은 꼼짝 못 할 것이다. 어둡고 차가운 공중화장실 안에서 볼과 코를 콘크리트에 박고 의식을 잃은 인간의 육중한 육체가 가로놓여 있다. 역시 매를 맞은 진이 그자신은 이해할 수 없는 공포의 소용돌이로, 점차 빠르게 그리고 점차 깊이 휘말려 들어간다. 아이의 공포에 대해 상상하면 새로운 공포의 감각이 이따금 자신과 아들이 내장을 공유하고 있는 게 아닐까 하는 이사나에게 시큼하고 끈적끈적한 위액 같은 걸 맛보게 하여 안구 아래가 아플 정도였다. 되돌아가, 어린아이를 안은 엄마처럼 되돌아가! 혹시 등뒤에서 바싹 뒤따르는 자들의 낌새가 두렵다면 아이와 함께 소리를 질러! 하고 그의 의식의 확실한 부분이 말했다.

마법 찻잔 위의 소년은 청바지를 입은 무릎을 모으고 살짝 몸을 숙이고서는 자신이 토한 걸 바닥 판 위에 문질러 없애려고 조금씩 구둣발을 비벼댔다. 붕대 감은 팔목은 허리 뒤로 하고. 그러고는 아까와는 반대로 조롱하는 기세가 역력한 눈으로 이사나를 내려다보았다. 무릎을 꿇고 토한 것이 그들 부자이기라도 한 양. 그 옅은 웃음과 득의양양한 찡 그림이 뒤섞인 표정은 소년을 불량소년 나름으로는 멋져 보이게 만들었다. 그리고 그 표정이 어살 구조를 이끌며 이사나를 지켜보는 청년의 여윈 얼굴에도 공유되고 있어, 이쪽에서는 어깨와 등만 보이는 일당 모두가 다 같은 표정을 띠고 있는 게 아닐까 싶었다. 잔물결 같은 그의 옅은 웃음소리가 전해오는 것 같기도 했다. 이사나는 자포자기적 분노에 휩싸였다. 수렵단에게 포위당하여 섬유질이 약한 뿔밖에 남지 않은 인도코뿔소가 지축을 흔드는 소리를 내며 제자리걸음을 하다 거대한 두개골 안의 왜소한 뇌를 뜨겁게 하는 울분에 이끌려 돌진하는 식으로, 이사나는 진의 손을 꽉 쥐고 그들 앞에 기다리고 있는 어살을 향해 걸어갔다. 그처럼 무의미하게 자신과 진을 폭력에 노출시키는 데에 자기 조롱을 맛보며, 또한 그처럼 수동적인 자세를 돌이켜 폭력적인 것을 향해 charge(돌격)하는 행동의 궁극에 존재하는 독자성에 다름 아닌 자기 내부의 촉수가 지금이라도 닿을 것 같다고 느끼면서.

어살 입구를 통과했을 때 이사나는 똑바로 앞을 향해서 걷는 그의 시야 한쪽 구석에 들어왔다 나간 청년이 짐승의 통과(그가 의식하는 바에 따라 말하자면 charge하는 코뿔소의 통과)를 허한 뒤 수렵 중인 자기 패거리에게 방약무인하게 큰 소리로 신호를 보내는 리더처럼 이렇게 말하는 것을 들었다.

"이 작자는 토치카(콘크리트 등으로 구축한 기지)에 숨어 사는 미치광이였어, 역시……."

이사나는 진의 손을 이끌어 인간 어살 구조를 뚫고 어두운 등나무 시렁 아래를 지나가 더 어두운 공중화장실로 들어갔다. 진은 어두운 발밑을 까치발을 하고 더듬으며, 오, 오, 오 하고 위험신호를 보냈다. 그런 진을 안아 올려 오줌을 누이고 난 후 낯설고 차가운 오줌 냄새 속에서 따뜻하고 살아 있는 새로운 오줌 냄새를 맡으며 이사나 또한 오랫동안 방뇨했다.

공중화장실을 나왔을 때, 어살을 짜던 자들은 이미 모습을 감추었고 마법 찻잔 판 위에서 소년 하나가 대걸레에 기대듯 하며 느릿느릿 청소하고 있었다. 해는 뉘엿뉘엿 저물어가고 무성한 나뭇잎은 가슴에 파고드는 빛깔로 푸르디푸르렀다. 이미 판 위에 선 소년의 머리도 한 줌의 거무스름한 지푸라기였다. 소년을 어두워지는 공기층을 통해 보고 있자니 타오르는 듯한 붉고 거친 입자가 온통 섞여 들었다. 그래서 그는 비둘기나 원숭이, 그리고 육체의 어살을 이루고 있던 자들이 했던 것처럼 서쪽 하늘을 올려다보며 짙게 흐린 하늘 위 구름의 아래 윤곽선이 가느다란 금색 선으로 점점 뚜렷해지는 것을 보았다. 그사이에도 저녁 어스름은 깊어져 이사나와 진이 출구를 향해 걸어가기 시작했을 때, 마법 찻잔 판을 청소하던 소년은 대걸레를 어깨에 메고 뛰어 오르며 어스름 속으로 사라졌다.

마른 회오리바람이 이 계절 꽃의 마지막 꽃잎들을, 즉 산벚나무의 많은 꽃잎들을 셸터 근처로 날라다 주었다. 놈들이 습지대나 그 너머 은신처에 잠복하며 셸터를 관찰하고 있다면 내가 콘크리트 건물을 흐린 핑크색 꽃잎으로 장식했다고 비웃겠지, 라고 이사나는 생각했다. 무엇보다 외벽 아래쪽의 산벚나무 꽃잎들을 발견할 수 있는 거리 안에 그들이 숨어 있다면 여러 총안 중 하나쯤에서는 프리즘 쌍안경으로 감시하는 이사나의 눈에 포착될 만하다. 이사나는 그를 조소하며 입을 크게 벌리고 있는 녀석들이 지금이라도 쌍안경 안으로 들어오지 않을까 하고, 불의의 기습적 출현에 쩔쩔매지 않겠다고 마음을 다지며 오랫동안 습지대를 바라보았다. 그러나 시간이 지나도 그들은 프리즘 쌍안경에 포착되지 않았고, 그렇다고 해서 그 사실만으로 그들이 근방에 숨어 있지 않다고 확신할 수 있었던 것도 아니었기 때문에 이사나는 자기 가슴속에도 총안 밖의 건조한 회오리바람이 불어대는 듯한, 어수선한 기분이었다.

그러나 이사나는 초조해하며 그대로 셸터에 갇혀 있을 수만은 없었다. 자신과 진의 경제적 보호자에게 돈을 얻으러 가지 않으면 안 되었으므로. 어느 날 그는 셸터 3층의 자신과 아이가 함께 쓰는 침실에 정전 때는 코드를 뽑으면 내장된 전지로 작동하게 되는 테이프리코더를 장치했다. 아이의 손으로 그 조작이 쉽게 이루어질 수 있도록 콘센트 위치에 주의하면서. 그리고 그는 들새 소리가 녹음된 무한 반복 테이프를 리코더에 넣었다. 또한 방구석에 물을 담은 얕은 컵과 접시를, 그중 어떤 게 밟혀 넘어져도 마실 물이 남아 있을 수 있도록 배려하며 늘어놓았다. 지금까지 진의 생애 대부분을 함께해온 젖병에도 마실 물을 넣었다. 그러고 나서 그는 칼이나 가위를 비롯해 끝이 뾰족한 것을 편집중적으로 정리하고, 수세식 변기에는 무거운 구리 망을 떨궈두어 아이가 익사하지 않도록 하였다. 그는 또한 머리를 박고 질식하지 않도록 모든 종류의 비닐봉지를 없앴고 비스킷을 넣은 종이봉투 밑에는 칼집을 넣었다. 세제병이 굴러 내용물을 아이가 마셔버리게 되는 것도 그가 강박적으로 걱정하는 것 중 하나였다. 그래서 그는 셸터에서 혼자 외출할 때 치러야 하는 의식을 간소화하기 위해 세제류를 살 때마다 그 용기에 인식 번호를 기입해두었다.

의식儀式, 그것은 의식이다. 이사나는 아이가 자유의지로 침대 혹은 바닥에 놓인 쿠션 등, 가장 편한 곳으로 이동하는 것을 기다렸다. 그리고 테이프리코더를 작동시켰다. 들려오기 시작하는 들새 소리에 점차 아이의 의식은 닫혀간다. 진은 겨울잠에 들어간 작은 동물과 같아진다. 그리고 이사나는 뒷걸음질 치며 방을 나가 계단을 미끄러지듯 내려가 셸터에서 홀로 나간다…….

……셸터로 돌아올 때까지 밀폐된 콘크리트 상자 속 참사를 의심할 여지가 없는 경지에 이르도록 이사나의 강박관념은 고조된다. 견고한 현관문의 열쇠 구멍에 열쇠를 집어넣기가 머뭇거려진다. 그는 문 앞에 쌓인 반쯤 마른 산벚나무 꽃잎들 위에 무릎을 꿇고 열쇠 구멍에 귀를 대본다. 극히 어렴풋하지만 무한 반복 테이프의 새소리가 들려와 그를 단번에 안도시킨다. 테이프리코더가 새소리를 계속 재생하고 있다면 진이 나선계단에서 굴러떨어져 목뼈를 부러뜨릴 일도, 비닐봉지에 머리를 박고 질식할 일도, 세제를 마셔 식도가 탈 일도, 수세식 변기에서 익사할 일도 없다는 듯이. 그렇게 그는 비로소 평형을 되찾아 셸터 안으로 들어간

다. 쏙독새의 울음소리가 다양한 녹음 위치에 따라 울 때마다 미묘하게 바뀌었다. 등 뒤 문이 닫힌 현관의 어둠 속에서 그의 관자놀이에 뺨을 대고 우짖는 듯 가까이 들렸던 쏙독새 소리가 갑자기 멀어진다. 이 녹음에 관해서는 그 초과학적 실증주의에 만족하는 진도 때로는 곤혹스러운 미소를 띠며,

"쏙독새, 입니다, 이것도, 쏙독새, 입니다"라고 한다.

그런데 지금은 녹음에 답하는 진의 소리가 들리지 않아 이사나는 나선계단을 올라가 꼭대기층을 두리번거렸다. 아이는 침대 아래 노란색 플라스틱 양동이 두 개 사이에 몸을 처박고 잠들어 있었다. 산화 녹말로 얼룩이 생긴 작은 발바닥을 마치 이상한 물체라도 되는 듯 이사나는 한동안 바라보았다. 그러더니 코트조차 벗지 않고 아들 침대로 들어가 검정개똥지빠귀를 중심으로 하는 코러스와 녹음 설명서에서 본 적 있는 들새의 소리를 들었다. 그대로 이사나는 선잠이 들어 어느새 서른다섯으로 성장한 진을, 어디에서 나오는지도 모르는 미광이 비추는 꿈속에서 보았다. 그 미광은 테이프리코더의 들새 소리처럼 꿈속 아들을 비추고 또한 꿈을 꾸고 있는 그도 직접 비추어, 광선의 미세한 열이 이마 살갗에 느껴졌다. 그런데 그 꿈은 잔혹하게도 진이 두 명

의 남자에게 구타당하는 광경을 선명하게 보여주었다. 진은 아이처럼 어깨가 처진 상태로 거한으로 성장해 있었다. 머리가 전체 신장의 3분의 1 정도의 부피를 차지할 만큼 큰 것도, 물살이 찐 뚱뚱한 몸도 지금 아이 그대로의 모습으로. 살은 뺨 아래로 내려갈수록 점차 늘어져 스웨터 목 위로 삐져나오며 가슴으로 이어졌다. 그처럼 자못 얌전하고 무해한 거한, 진이 근육질 경관에게 마구 구타를 당해 엣, 엣, 에이, 에이 하는 수중 마이크로 녹음된 고래 소리를 내면서 벗어나고자 헛된 몸부림을 치고 있었다.

아들은 왜 맞는지 이해하지 못하는 건 말할 것도 없고 어떻게 하면 구타를 멈추게 할 수 있을지 알지 못해 그저 고통을 맛보며 앞으로 숙인 머리를 난타당하면서 엣, 엣, 에이, 에이 하는 소리를 내고 있었다. 자신이 낸 고래 소리에 놀라 깬 이사나는 눈 표면과 눈 속에서 넘쳐흐르고 또한 넘쳐흐르기 위해 대기하고 있는 눈물의 처리가 다 끝날 때까지 스스로가 고립무원의 상태라는 생각에 몸을 작게 웅크리고 좌우로 굴렀다 뒤집었다 했다. 상반신을 일으켜 발을 차가운 마룻바닥에 디디면서도, 아, 어떻게든 진에게 다른 사람한테 맞을 때는 단지 그 고통에 수동적으로 괴로워할 게 아니라 분노의 용수철에 자신을 태우고 반격하든지 적어도 상대방 공격의 허점을 노려 몸을 움직이지 않으면 안 된다고, 가르쳐야겠다는 생각에 잠겼다. 날은 저물고 길은 멀다. 꿈속에서 움직일 수 없었던 것으로 보아 서른다섯 살 진의 아버지, 즉 꿈속 시점의 자신은 이미 죽어 있었다. 죽은 그가, 그 사실로 인해 압도적 무력감의 바닥에 몸을 웅크리고 누워 있다가 뒹굴뒹굴 구르고 뒤집으며 억억억억 울부짖었던 것이다.

그렇지만 아직 살아 있는 이사나라 한들, 어떻게 진에게 폭한의 습격 가능성과 대처 방법을 가르쳐 실제 훈련을 시킬 수 있을까? 이사나 자신이 검은 천을 머리에 두르고, 또 비어져 나온 머리카락은 새빨갛게 칠하고 나선계단의 어둠에서 진에게 덤벼들까? 하지만 후각, 촉각, 청각이 뛰어난 진이 즉시 그 가짜 폭한이 변장한 아버지라는 걸 알아보면 대체 어떻게 될까? 진은 그가 이해할 수 없는 사정으로 머리를 검은 천으로 두르고 또 비어져 나온 부분은 새빨갛게 칠하고 매복하고 있던 아버지에게 불합리하게 구타당할 뿐이다. 이사나는 새로운 두려움을 안고 침대 밑을 내려다보며 아직 자고 있는 아이를 발견하고 오히려 격려받는 듯한 안도감을 느꼈다. 그동안 종종 그래왔던 것처럼…….

이윽고 그는 진이 눈뜰 낌새를 느끼며 다시 한번 침대 밑을 내려다보았다. 자기 얼굴도 아이 얼굴도 모두 방 조명에 비쳐 서로를 확실히 알아볼 수 있도록 각도에 주의하면서. 아이는 극히 자연스럽게 깨어나 크게 뜬 눈에 (시력이 약한 쪽도 다른 쪽과 마찬가지로) 아버지를 알아본 느슨한 기쁨을 마치 물질처럼 띄우고 있었다. 그리고 배내털이 석화 같은 진줏빛 광택을 내는 눈언저리에, 어른스러워진 눈웃음을 번쩍이며,

"산솔새, 입니다"라고 테이프 소리에 관해 말하며 좋은 향기를 내뿜는 하품을 작게 했다.

이사나의 몸속에서 기쁨이 수많은 기포를 일으키며 움직였다. 그는 비로소 코트를 벗고 잠에서 막 깨어 뜨거운 진의 몸을 침대 밑에서 안아 올려, 자기 자신의 살아 있는 육체 또한 동시에 확인하듯 끌어안고 계단을 내려갔다.

"스파게티를 삶자, 그러고 나서 오늘 무슨 일이 일어났는지 얘기해줄게"라는 말을 결국 아이가,

"스파게티를, 삶아요. 그리고 얘기해요"라고 응답할 때까지 반복했다.

이사나는 삶은 스파게티를 버터로 볶고 치즈 가루만 뿌린 것을 타인과 함께 식사하는 습관이 없는 폐쇄된 가정의 남자답게 눈 깜짝할 새 먹어버리고, 물을 많이 마셨다. 진은

허공을 노려보듯 하며, 즉 미각과 음식을 옮기는 손의 운동 외에 다른 모든 육체 기능은 가사 상태에 빠진 듯한 몰두를 보이며 정말이지 천천히 자기 접시에 맞서고 있었다. 이사나는 그런 아이를 지그시 바라보았다. 그리고 긴 시간을 들여 접시 위에 치즈가 한 자밤도 남지 않을 정도로 먹은 아이가 뭔가 더 접시에 붙어 있지는 않은지 자세히 바라보고 있는 코앞에 보존식품이나 채소 따위와 함께 사 온, 캔에 든 사탕을 놓아주었다. 그것들을 살 돈을 오늘 외출에서 얻던 것이다. 진은 혼자 힘으로 사탕 뚜껑을 열려고 노력한 끝에 마침내 성공의 기쁨을 드러내며 이사나에게 뚜껑을 건넨 후 먹기 전에 먼저 캔 속 사탕의 대열을 응시했다. 이사나도 뚜껑에 옛날 목판을 흉내 내어 인쇄한 마크를 보았다. 하프를 안은 신이 큰 물고기를 타고 파도 위에 떠 있다. 그것은 이사나의 고래에 관련된 수집품 중에도 있는, 돌고래 등에서 하프를 연주하는 Arion(아리온, 그리스 신화 속 음유시인)의 그림이다. 진이 사탕에 빠져드는 것과 동시에 이사나는 그 고래 일족의 오래된 판화 이미지에 끌렸다. 그리고 표면적으로는 진을 향해서, 그리고 나무의 혼·고래의 혼이 듣기를 희망하며 길고 긴 보고를 시작했다.

"병원에 갔더니 면회 희망자 대기실에 사복 경찰 한 사람이 눈에 띄었어. 더 있었을지도 모르지. 하지만 한 녀석을 발견한 것만으로 충분했어. 나는 공중전화 옆에 서서 면회하러 왔든지, 간병하고 있는데 환자 귀에 들어가지 않았으면 하는 이야기를 병원 외부에 하고 싶든지, 둘 중 하나인 젊은 여자가 환자의 이름과 병실 번호를 말하는 걸 듣고 그걸 외웠어. 그리고 그 김에 그 여자에게 '신문사 사람인데 특실은 몇 층인가요?' 하고 말을 걸었더니, 정치가 ○○○씨라면, 하는 식으로 바로 5층 동쪽 복도 끝이라고 가르쳐줬어.

내가 왜 관계없는 입원 환자의 병실 번호를 외웠냐면 엘리베이터에서 사복 경찰에게 붙잡혀 넌 어디에 가는 거냐고 추궁당했을 때를 대비해서였어. 나는 5층까지 쉽게 도착했어. 엘리베이터에서 내려 복도 동쪽을 바라보니, 제복을 갖춰 입은 경찰이 맨 끝에 있는 병실 문 앞에 무료한 듯서 있는 것이 보였어. 그래서 내가 어떻게 했을까? 화장실에 들어가 양변기 뚜껑을 내리고 그 위에 앉아서는 그자가 일을 보러 들어오길 기다렸지. 제복을 입은 녀석이 걷는 낌새는 금방 알아차릴 수 있으니까 말야. 그러자 쇠로 된 징을 박은 구두로 발소리를 내고 소처럼 한숨을 쉬면서 경찰이 들어왔어. 옆 칸에 들어가 버스럭버스럭하더니 엄청나게 큰 소리로 오줌을 누는 거야. 그런 채로 10초, 15초쯤 조용하더니 곧 녀석은 훗 하고 혼자서 웃었어, 목에서 흐느끼는 듯한 소리로. 나는 화장실을 나와 복도를 돌진해서 이젠 아무도 지키고 있지 않는 병실 문을 열었어. 내가 들어가자 비서가 일어나 나를 향해 오긴 했지. 그래도 나는 한순간 침대 끝에서 암에 걸린 정계의 실력자를 올려다볼 수 있었어. 진 녀의 외할아버지를. 그는 침대 기둥에 끼워 넣은 가로대를 가슴께까지 가져와 거기에 붙들어 맨 거울로 자신을 보고 있었어. 몹시 여위어 홀쭉했지. 여위고 여원 얼굴은 관자놀이가 가장 넓고 정수리와 아래턱의 뾰족한 끝까지 균일하게 오므라지는 완전한 공 모양으로 보였어. 나는 그걸 보고, 이게 바로 내 머리지 하며 그가 안도하고 있을 거라고 생각했어.

내가 그 남자의 비서였던 시절, 그는 비만이었는데, 불필요한 살과 지방 때문에 이상적인 공의 형태였던 자기 머리가 손상되었다며 신경을 쓰고 있었어. 머리 모양에서부터 시작해 자기의 비만을 하나부터 열까지 추하다고 생각했지. 아니, 그 정도로 보기 안 좋은 건 아닙니다 하고 말하면 격분하는 것까지는 아니지만 학창 시절의 머리 모양을 스케치해가며 반론했어. 그건 두개골과 최소한의 피부와 근육만으로 이루어져 있어서 정말 수박같이 동그랬어. 이제 다시 그의 머리 모양은 이상적인 형태로 돌아온 거야. 거울로 머리를 다시 관찰까지 하고서는 완전한 공 모양 머리에는 작고 새까만 공과 같은 구강이 적합하다고 결론을 내린 참이었을까? 그가 거울을 향해 동그랗게 입을 벌린 채로 침입자인 나를 흘끔 봤어. 나는 그 어둡고 어두운 구멍 속에서 후두암 덩어리를 본 것만 같았어. 암이 지닌 냄새와 몇억 개의 암세포가 거기에서 분출하는 것처럼. 그래서 나는 완전한 공 모양 머리를 한 노인에게 당신은 관료·정치가로서 긴 생애 동안 수없이 많은 거짓말을 하고는 억지로 믿게 했는데, 거짓말의 넝쿨 속에 단 하나, 머리 모양에 대해서만은 정열적인 진실의 풀 한 줄기를 심어두었다고, 공교롭게도 아무도 그것만은 믿지 않았지만, 이라고 말하려 했어. 그런데 문에서부터 환자 침대에 이르는 좁은 통로를 반밖에 나아가지 못한 내게, 암에 의해 정화되기 전의 정치가를 쫓아 비만이 된 비서가 거세게 덤벼들었어. 창문의 빛을 뒤로 하고 바라다본 그 녀석은 훈련복을 입은 개 조련사나 단순한 모래주머니 정도로밖에 안 보였는데, 후후 뱉어내는 녀석의 콧김은 은단과 마늘 냄새로 묵직했어. 환자 발밑에 앉아 있는 게 전부인 삶에서 마늘로 강화하지 않으면 안 될 정력이란 도대체 뭘까? 하긴 그 녀석의 정력은 나를 물리치는 데는 크게 제 몫을 했지. 더군다나 녀석은 내 무릎 관절을 구두로 쿵쿵 치면서 겁을 주었어. 그래도 나는 용케 저항하며 슬로건은 외쳤지. 늙은이를 향해, 그를 참회시키기 위해! *나무처럼, 발을 지면에 박아라* 하고. 너무 격하게 밀리고 발로 차이고 해서 띄엄띄엄 소리가 끊기긴 했지만 여하튼 내가 환자에게 그렇게 외치고 있자니 은단과 마늘로 무장한 비서가 여유롭게 이 일에 대해 벽 모퉁이 너머에 있는 사람에게 말하는 거야. 녀석은 *나오비 씨, 때려도 되겠습니까?* 하고 물었어. 그 와중에도 무릎 관절을 차는 것은 멈추지 않았으니 흉물스러운 놈이지? 진 엄마의 냉정한 목소리가 *괜찮아요, 때려주세요*라고 대답했어. 그러자 은단·마늘 남자는 나를 때리기 시작했고 그새 화장실에서 오줌을 누고 있던 그 경찰까지 저벅저벅 돌아와서는 뒤에서 내 겨드랑이 밑으로 양팔을 넣어 꽉 죄며 뒤통수에 박치기를 했어. 그렇게 돼서 나는 이제 최고로 적확한 메시지를 최소한으로밖에는 보낼 틈이 없다는 걸 깨닫고, 엣, 엣, 에이, 에이 하고 외쳤던 거야……."

"고래, 입니다" 하고 진이 즐거운지 작게 노래 부르듯 말했다.

3장

파수꾼과 위협

　오키 이사나의 전신前身, 즉 원래의 호적명을 썼던 남자는
한동안 잠에서 깰 때 손과 발만이 각성되고 배 속과 의식은
아직 잠의 잔재에서 벗어나지 못하는 사이, 목매달아 죽는
다면 오히려 구원이 될 것이라 느껴질 만큼 마음 깊이 우울
해지곤 했다. 어느 아침에는 전날 밤에 아직 함께 살고 있던
아내를 위해서 식칼을 갈았던 것이 자는 사이에도 살아 움
직이는 의식으로 남아, 꿈속에서 그 식칼을 십자로 그어 죽
는 자살 방법을 시도했다. 이상하리만큼 우울해지는 기분
속에서 그는 결국 경동맥을 지렛대의 원리로 절단하는 방
법을 하나 골랐고, 미리 그림을 그려 구상한 것처럼 확실한
수순을 머릿속에 넣고 동틀 녘의 차가운 침대 안에서 잠 깬
자기 자신을 발견했다. 그는 도마뱀처럼 머리를 들고 맨발

로 마루로 내려가, 최단 거리로 거길 지나 부엌으로 들어갔다. 그런데 냉장고 모터의 부웅부웅 하는 소리가 무의식 속에서 그의 육체에 제동 효과를 일으켰다. 그는 냉장고를 무시할 수 없었다. 새벽의 미광 속에서 정연하게 늘어선 식칼 세 자루를 곁눈으로 바라보며, 그는 뼈째로 오븐에 구운 돼지 갈비 덩어리를 냉장고에서 꺼내, 하얗게 덩어리진 기름도 개의치 않고 이로 고기를 물어뜯었다. 휴대용 거울로 치아를 확인할 때처럼 갈비를 양손으로 받치고 살이 잡아 뜯기는 대로 빙글빙글 돌려가며. 배가 불러오자 멀쩡한 자기 방어 본능도 각성되었다…….

그 시절 그는 새벽녘 끝없이 마음이 우울해지는 시간을 보내면서 배달되는 조간신문에 그 자신의 사망 기사, 혹은 **사는 것을 거부하던 아이, 결국 죽다**라는 사회면 기사가 인쇄되어 있지 않은 걸 오히려 하나의 우연처럼 느꼈다. 사는 것을 거부한 아이란 다름 아닌 그 당시의 진이다. 도대체 무엇이 계기가 되어 진이 그처럼 참혹한 궁지에 처했는지, 즉 주의 깊게 진을 지켜보는 자에게는 의심의 여지가 없을 만큼 확실히 살기를 거부하기 시작했는지 결국 알아낼 수가 없었다. 그가 그 사실을 깨닫고 또한 그것을 다른 의미로 해석하기는 불가능함을, 부부가 동시에 임질을 자각하기라도 한 듯 남몰래 부끄러워하며 아내와 함께 인정해야만 했을 때, 이미 사태는 극한까지 악화되어 있었다. 어린아이는 오히려 새로이 익힌 습관처럼 적극적으로 살기를 거부하는 행위를 반복했던 것이다.

물론 어린 진은 자기 육체를 의식의 적대물로 다루는 건 불가능했기 때문에 고통을 견디면서 육체를 괴롭히는 일은 없었다. 사태는 미묘했다. 어느 겨울 아침, 잠에서 깨어난 아내는 진이 아직 완전히 식지는 않았지만 미지근한 물이 든 욕조에, 물 밖으로 나와 있는 피부에는 모두 검푸른 닭살이 돋은 채로 들어가 있는 걸 보았다. 아이는 폐렴을 일으켜 오랫동안 회복되지 않았다. 오래 앓은 이유는 기껏 위胃로 보낸 유동식을 바로 토해서였다. 식도의 구조가 구강에서 위로 내려가는 데에는 장애가 나타나고 역방향으로는 원활한 양, 어렵게 씹은 무언가가 이 사이를 통과해 조금이라도 위로 내려가면 진은 숨을 내뱉듯 자동으로 구토했다. 진에게 뭐라도 먹이려는 사람은 우울해지지 않을 도리가 없었다. 단순히 고생이 수포로 돌아갔기 때문이 아니라, 인간이 그와 같은 생리적 기계 구조체라는 사실을 스스로 혐오하게 되는 성가신 형태의 우울이었다. 진은 질식의 고통을 견디며 머리를 물에 담그지는 않았기에 아이가 혼자서 일어나 욕조에 들어가 있었다는 사실에는 어젯밤의 목욕물이 맘에 들었던 나머지 다시 그것을 경험하고 싶었던 것이 아닐까 싶은 구석이 있었다. 하지만 이 사건은 타인에게 말하기 어려운 집안의 그로테스크한 일로, 그와 아내는 그것을 화제로 꺼내지도 않았다. 진이 그만큼이나 적극적으로 목욕을 좋아한다는 증거가 없었기 때문이다.

그와 아내는 이 사건을 아이의 변덕으로 해석하고 조속히 잊어버리기로 서로 암묵적 동의를 했다. 그런데 오랜 시간 걸려 폐렴에서 회복된 후 성장하는 아이에게 보이는 감각과는 정반대로 한 뼘 더 줄어든 진은 그래도 그럭저럭 평균적인 유아의 생활을 재개하더니, 이번에는 갑자기 고꾸라지며 어떠한 자기방어의 몸짓도 없이 얼굴이 부딪치는 대로 가만히 있었다. 그런 일이 하루에 몇 번씩 반복되기 시작했다. 그렇게 넘어지는 모습은 옆에서 바라보는 자 역시 생존 의지를 상실케 하는 덧없는 것으로, 그때마다 진의 얼굴은 코피투성이가 되고 미간과 귀 옆이 찢어졌다. 그와 아내는 전문가들에게 상담을 하러 다녔다. 한 병원에서는 뢴트겐 사진을 찍더니 구루병이라는 진단을 내렸다. 비전문가의 눈에도 사진 속 진의 뼈 여기저기가 휘어져 있었다. 아내의 아버지가 보낸 정형 치료 마사지사가 왔다. 그런데 치료 첫날 마사지사는 진의 정강이를 부러뜨리고 말았다. 그 사람은 아이가 고통을 일절 드러내지 않았다고 하소연하듯 변명한 후 작은 요괴라도 본 사람처럼 허둥대며 나가더니 두 번 다시 나타나지 않았다.

이사나와 아내는 결국 진을 고무 테를 두른 울타리에 넣고 거기서 꺼낼 때는 언제나 양쪽 겨드랑이를 받쳐 진이 계속 넘어지는 것에 대처해야만 했다. 울타리 안에는 미술품 포장에 사용하는 고무 판을 깔아놓았는데 거기선 비릿한 냄새가 났고 그 흐물흐물한 바닥 위에서 진이 금방 다시 넘어질 걸 애써 또 일어나려고 하는 형국은 처참했다. 아무리 부드러운 고무 판 위라 하더라도 자신의 몸을 지키려는 배려도 없이 몇 번이고 넘어지는 어린아이를 보고 있으면 창자가 한 뭉텅이 튀어나오는 걸 마주하는 것 같았고, 소극적이라고는 해도 틀림없는 유년의 자살 시도라 느껴졌다.

이윽고 진뿐만 아니라 이사나 역시 다른 사람들 사이에 서 있다가 아무런 이유도 없이 심하게 넘어지게 되었다. 또 친구와 대화를 하며 계속 손톱 끝으로 관자놀이를 두드리다가 친구의 눈에서 끔찍한 것을 마주한 자의 혐오를 읽고 손톱을 살펴보면 관자놀이 살갗에서 흘러나온 피로 더러워져 있기도 했다. 폐렴이 나았음에도 여전히 진이 음식물을 섭취하길 거부하던 때는 그도 계속되는 구역질에 시달렸고, 한번은 꿈에서 지상의 어떤 음식도 몸속에 넣을 수 없었는데 음식이 근원적인 끔찍함과 관련되어 있기 때문이라 납득하기도 했다. 진과 그는 극히 소량의 음식과 옅은 설탕물에 의지하며 살게 되었다. 당연히 그는 일을 포기하지 않을 수 없었다. 설탕물을 넣은 플라스크를 무릎 사이에 끼고 고무 테에 기대어 앉은 아버지와 테두리 안에서 똑같이 설탕물을 넣은 젖병을 말라비틀어진 손가락으로 쥔 아이 사이에 텔레파시가 통하기 시작했다.

그러던 어느 날 이사나는 아이와 함께 어디든 지금 그가 살고 있는 곳이 아닌 다른 장소로, 그러나 확실히 둘 다를 구제하기 위한 장소로 도망가지 않으면 살 수 없겠다고 아내에게 말했다. 아내 또한 두 설탕물 애호가가 보이는 무위의 침묵 옆에서 따로 텔레파시를 받은 것인지 조금도 반대하지 않았을 뿐 아니라 방치되어 있던 견본 셸터를 토대로 그들을 위한 은둔처를 만들 수 있도록 조치해주었다. 그 후 시시콜콜한 여러 일이 있었지만 건물이 완성될 때까지 병원에 들어가 있던 이사나와 진은 결국 이 셸터로 도망칠 수 있었고, 곧바로 설탕물이 아닌 다른 것을 적극적으로 섭취하기 시작했다. 일단 그런 새로운 형식을 만들어내고 보니 그들은 이미 사는 것을 거부하는 아이와 아빠가 아니었다. 실제로 진의 빠른 적응 태도가 그걸 증명해주었고 핵전쟁 용 셸터로 도피해 온 것이 어떤 이유로 진을 낫게 했는지는 불분명하지만 결과적으로 그 외 다른 타당한 길은 없었으 리라 이사나는 믿었다.

……어느 날 아침, 진을 데리고 장을 보고 돌아오는 길에 셸터 외벽을 올려다본 이사나는 3층 정면 벽 중앙에 난 총 안을 붉은 페인트가 두르고 있고 옆에 큰 가위표까지 그려 져 있는 걸 발견했다. 그것은 비탈 전체를 멀리서 바라보는 타인의 눈에는 오히려 이 괴상한 콘크리트 덩어리를 인간 화하는 장식으로 보였을 것이다. 짙은 붉은색으로 그려진 동그라미와 가위표는 페인트가 흘러 떨어진 흔적을 조금도 남기지 않았다. 그 주도면밀한 완성도는 벽면 작업이 여유 로운 시간과 충분한 인력에 의해, 즉 큰 붓으로 페인트를 칠 하는 사람과 옆에서 보조하며 불필요한 페인트를 닦아내는 여러 사람에 의해 이루어졌음을 추측게 했다.

놈들은 언제 저걸 그렸을까? 일단은 맨발로 혹은 바닥이 고무로 된 구두를 신고 건물 뒤 비탈에서 셸터 옥상으로 기 어올라 거기서 로프에 매달렸을 것이다. 진이 깨어 있었더 라면 콘크리트 외벽 너머에서 나는 소리가 혹여 스치는 정도였다 해도 흘려듣는 일은 없었을 것이다. 진의 몸은 경계심으로 굳었을 테고 결국은 이사나도 눈치를 챘을 것이다. 심야? 아니면 보름달 뜬 밤? 그러나 근래 2, 3일은 맑기는 했어도 달은 이울어 있었다. 그렇게 현실의 세세한 부분을 생각해내는 의식 작용이 마중물이 되어 캄캄한 한밤중 붉은 페인트를 적신 붓을 휘두르는 자와 그려진 동그라미와 가위표의 윤곽을 손전등으로 비추며 방울져 부풀어 오르는 페인트를 닦아내는 자의 합일된 움직임이 또렷이 상상되었다. 놈들은 이사나가 콘크리트 벽의 총안에서 관찰할 수 있는 범위 안에 있는 자들로, 이사나가 프리즘 쌍안경을 통해 나무를 관찰하는 걸 자신들의 은신처가 감시당하는 것이라 믿는 게 아닐까? 그 항의의 표현이 이 페인트 기호 아닐까? 페인트칠을 두른 총안에서 바라보자면 영업 중지 상태로 폐허가 된 촬영소가 습지대의 큰 공간을 사이에 두고 이쪽을 향해 있다.

아직 영화라는 오락이 융성하던 시절, 한 영화사가 습지대 건너편을 메워 촬영소를 만들었다. 그 후 영화사는 대지를 삼분하여 왼쪽을 새로운 오락의 대표 선수 격이라 할 자동차회사에 팔았고 오른쪽은 매립 이후에 대한 당초의 조건대로 국가에 반납했다. 그곳은 지금 자위대의 각종 소부

대가 그런 장소에 딱 맞는 소규모 훈련을 하는 곳으로 사용하고 있다. 그리고 남은 중앙의 촬영소는 거의 버려진 것과 마찬가지다. 이사나의 상상대로 촬영소터에 녀석들이 머물고 있다면 프리즘 쌍안경의 낌새에 위협을 느끼고 예방적 경고의 뜻을 표시하는 것도 당연하다. 그러나 스파이 짓을 하면 보복하겠다는 경고만을 나타내는 걸까? 녀석들이 이사나가 프리즘 쌍안경으로 관찰하는 데서 스파이 짓 이외의 걸 찾아내지는 않았을까?

이사나는 진이 사는 걸 거부하기 시작했던 시기, 잠에서 깬 직후 자기방어 본능은 오히려 더 깊이 잠들어 있을 때, 진이 스스로를 해치려 했던 것에 대해 대학 동기였던 정신과 의사에게 상담했다. 현실적인 성격의 친구는 성공하지 않은 자살 시도는 살려달라는 외침과 다르지 않다는, 뜬금없는 말을 했다. 이사나는 콘크리트 벽에 난 총안을 들여다보는 칩거자인 자신 또한 광대한 외부 세계를 향해 살려달라는 외침을 발하고 있는 것일까, 생각했다. 그것이 힌트가 되어 올려다보는 그의 눈에 커다란 붉은색 동그라미와 가위표는 너의 외침이 잘 전달되었다고 말하는 신호처럼 정겨운 것으로 금세 바뀌어가는 듯하다.

진이 꽉 깨문 이 사이에서 슈슈 하는 소리가 났다. 발밑에서 머리 위로 순간 바람이 일었다. 진은 대기의 미세한 움직임을 감지하며 전율하는 나무의 우듬지처럼 바람의 기척에 누구보다도 빨리 반응하는 아이였다. 중간중간 진이 모방하는 소리가 증폭 효과를 가져와 이사나도 바람 소리와 바람을 알아차렸다.

"좋아." 자신 또한 이를 깨문 채 이사나는 슈슈 소리를 내며 말했다. "어쨌거나 진을 박해로부터 지키지 않으면 안 돼. 내가 공격을 부르고 있는 건지 구조를 기다리고 있는 건지 나 스스로도 모르겠어. 하지만 진의 입장에서 무언가가 이 아이에게 일어난다면 그것이 구조일 리는 없으니까. 진은 구조를 청하는 어떤 소리도 지르지 않으니까……."

이사나는 오로지 진을 수호하기 위해 살고 있는 자로서 비탈을 올라 셸터에 들어가서는 거의 한 시간이나 셸터 안 자재를 어지르며 준비했다. 그러고는 그가 잠깐 부재하는 동안에 붉은색 동그라미와 가위표를 그린 그룹이 셸터 안에 있는 진을 덮치는 건 아닐까 걱정하며 헐레벌떡 자전거를 타고 달려 역 앞의 잡화상에서 녹색 페인트 한 통과 큰 붓 하나를 사 왔다. 그것으로 재료 준비는 끝이고 이제는 육체 연습을 해야 했다. 셸터에 틀어박혀 있는 동안 쇠약해진 체력을 생각하지 않고 모험을 감행하다 로프 끝에 대롱대

롱 매달리게 된다면, 습지대 혹은 그 너머 어딘가에 숨어서
망을 보고 있을 놈들이 얼마나 조롱할까? 그들은 바로 모습
을 드러내고 붉은색 페인트를 적신 빗자루 끝으로, 매달린
이사나의 엉덩이를 쿡쿡 찌르기까지 하는 건 아닐까? 그래
서 그는 자신의 의지와 체력을 시험하기 위해, 나선계단 꼭
대기에 로프를 연결하고 지하벙커까지 그 끝을 끌어당겨
콘크리트를 사각으로 도려낸 구멍 속 진짜 흙 위에 맨발로
섰다. 그리고 이사나는 자신의 몸이 벽이나 마루에 부딪쳐
서 내는 부드럽고 둔탁한 소리에 격려를 받으며 기어오르
기 시작했다.

이윽고 2층 층계참에서 탈진한 바다사자처럼 쓰러져 거
친 숨을 내쉬는 한편으로 만족감을 느끼며 휴식을 취했다.
자신의 팔 힘이 여전히 상당하다는 걸 확인한 그가 갑작스
러운 노동으로 피가 격렬하게 소용돌이치는 듯해 눈을 꼭
감자 눈꺼풀에 앞으로 그려야 할 도안이 떠올랐다. 그리고
지금 그와 벽 사이에 몸을 비집고 들어와 핫핫 하고 거세게
숨을 내뱉는 진의 반응이 이사나를 안도케 했다. 그건 아이
가 아버지의 별난 육체노동에 겁을 내기는커녕, 게임으로
서 즐기고 있다는 걸 의미하기 때문이다.

이사나는 식당에 있던 작은 나무 의자를 옮겨 와 산벚나

무 아래 놓고, 진을 앉혔다. 그가 다시 베란다에서 옥상으로 올라가 빨래 건조대에 묶은 로프를 몸에 감고 외벽을 타기 시작했을 때 진은 그대로 얌전히 앉아 있었다. 진의 등을 향해 뻗은 산벚나무의 우거진 잎새 사이로, 회오리바람을 일으키며 움직이는 새들의 등허리가 여럿 보였다. 진은 그 새들의 은밀한 소리에 귀를 기울이고 있으리라. 무엇보다 이사나에게는 자신의 시야 저 아래쪽에서 서로 싸우는 새들이 어리석게 보였다. 그는 습지대 건너편에 있는 촬영소터 건물들을 막연히 겨냥하며 멀리 시선을 보냈다. 놈들이 그곳에 숨어 있고 그들 역시 프리즘 쌍안경을 갖고 있다면 이사나는 도구로 강화된 시선에 책잡히지 않을 정도의 위엄을 나타내야만 한다. 그는 습지대에 있을 타인들과 산벚나무 아래에 있는 진에게 과감히 등을 돌리고 붓을 꽂은 페인트 통을 한 팔로 든 채, 셸터 외벽을 내려갔다. 로프에 매달려 외벽에 남아 있는, 콘크리트를 칠 때 사용된 거푸집 모양을 따라 튀어나온 곳에 발을 디뎠다. 벽면 경사에 몸을 맡기지 않으면 무게중심을 잡을 수가 없었기 때문에 그는 붉은색 가위표 위에 몸을 대고 달라붙은 상태였다. 그러고도 붉은색 페인트가 콘크리트 벽면에 도톨도톨 응고된 부분 위에 뺨마저 갖다 대지 않으면 바람이 조금만 불어도 공중으로 날아가버리겠다 싶을 만큼 불안정했다.

이사나는 그 자세에서 가슴을 오므리고 등을 구부려 만든 틈 속에 페인트 통을 끼워 넣고 페인트 방울이 몸과 콘크리트 벽 사이에 떨어지는 걸 느끼며 붓을 잡아 들었다. 가슴을 똑바로 내밀어 양 끝이 만나는 두 개의 곡선을 그리고, 그 사이에는 동그라미를 그려 넣고 색을 채웠다. 벽에 바싹 붙어 있는 그의 위치에서는 이제 막 그린 도형의 밸런스를 확인하는 일이 불가능했기에 그는 그린 선을 두껍게 덧칠하는 것에 만족해야 했다. 이사나가 붓과 페인트 통을 옥상 한쪽에 올려놓고 로프를 끌어당겨 옥상으로 돌아가 산벚나무 아래를 내려다보자, 겨자씨처럼 작게 느껴지는 진이 얌전히 나무 의자에 앉은 채 한쪽 눈을 양손으로 꾹 누르면서 위를 올려다보고 있었다. "그래, 눈이야!" 하고 그는 진에게 작업의 의미를 인정받은 기쁨을 담아 말했다. 이사나는 그와 아이가 사는 셸터 외벽, 놈들이 붉은색 동그라미와 엑스표를 그려 넣은 곳에 큰 녹색의 눈을 추가했다. 그런데 이사나가 옥상에서 몸을 내밀어 그림의 상태를 살피는 동안에도 눈동자와 눈가에서 초록 페인트가 몇 줄기나 방울져 떨어지며 벽을 더럽혔기 때문에 결국 눈물을 흘리는 눈처럼 보이지 않을까 의심스러웠다. 일단 그런 생각이 들자 진 또한 아픈 눈에서 나오는 눈물을 닦으며 고개를 들고 위를 쳐다보는 미니어처 사람처럼 보였다.

그런데 이사나조차 그가 그린 눈의 의미를 확실히 자각하지 못했음에도 불구하고 바깥세상에서는 단적인 반응이 나타났다. 반응은 먼저 고무총으로 발사되어 날아오는 돌멩이로 구체화되었다. 그날 저녁 셸터 총안의 두꺼운 유리판을 향해 금이 갈 만큼 강하지는 않아도 결코 우연한 일로 넘겨버릴 수는 없는 결연한 울림과 함께 돌멩이가 하나 명중했다. 마침 그는 자기와 진을 위해 늘 먹던 스파게티 면을 삶고 있었는데 아이를 공포에 빠뜨리지 않기 위해서 면을 삶는 일련의 흐름을 중단할 수 없었다. 그는 진을 옆에 세워둔 채 인내심을 발휘하며 끓어오르는 깊은 냄비 속을 들여다보고 있었다. 그러다 다 삶은 스파게티를 개수대 소쿠리에 건져냈을 때 자욱한 수증기가 그들을 감쌌다. 진은 그 수증기 아래서 확실히 동요하고 있었다. 이사나는 아직 식지 않은 냄비에 버터 한 덩어리를 녹이고 소용돌이치며 저항을 표하는 스파게티를 넣고 참혹하게 휘저었다. 그런 격렬함이 진을 격려하는 데 아주 유효하리라 마음속으로 느끼며. 그는 큰 접시 두 개에 스파게티를 담아 둘이 쓰는 식탁이자 그의 책상이기도 한 거실 테이블 위에 놓았고, 먼저 포크를 잡고서 의자에 앉아 있던 진은 건네받은 치즈 가루를 온몸에 넘쳐흐르는 격렬한 힘이 시키는 대로 큰 동작과 함께 스파게티에 뿌렸다.

그때 이사나는 프리즘 쌍안경을 걸치고 진의 등 뒤 좁은 틈을 빠져나와 아무렇지도 않게 거실 밖으로 향했고, 이후엔 스케이트 선수가 경주에서 스타트를 하는 것처럼 안짱다리로 나선계단을 박차며 3층으로 뛰어올라 갔다. 그는 곧바로 놈들의 첫 번째 척후병을 발견했다. 척후병은 여자아이였다. 어쩌면 미끼라고 해야 할지도 모른다. 여자아이는 갈색으로 그늘진 산벚나무가 늘어뜨린 계란형 그림자로부터 1미터 앞에 앉아 있었다. 이사나가 진을 앉히기 위해서 옮겨 내왔다가 잊어버린 나무 의자 위에서 여자아이는 살짝 턱을 치켜들고 셸터 현관을 똑바로 올려다보며 미동조차 하지 않았다. 이사나가 의자를 두고 온 곳은 산벚나무 뿌리에 더 가까웠을 터였다. 여자아이는 산벚나무 그늘의 원주 밖으로 의자를 움직임으로써 자신의 존재를 과시하는 것이다. 이사나는 산벚나무와 그 척후병 주변으로 거친 나선을 그리듯 눈을 움직이며 복병을 찾았다. 고무총으로 셸터 총안을 향해 돌멩이를 날려 보낸 녀석들의 저격수를. 그러나 어린 풀이 이미 무성하게 자라기 시작한 들쭉날쭉한 들 속에서 움직이는 것의 소재를 밝혀내기 어려웠다. 촬영소터 쪽을 바라보면 오른쪽에 극히 낮게 깔린 석양만이 빛나고 있을 뿐 건물은 온통 캄캄해서 숨은 사람이 있는지 어떤지는 밝혀내기 힘들었다.

이사나가 총안을 들여다보던 고개를 일단 원위치로 돌리자, 해 질 녘 시간을 잠깐 사이 30분 정도는 거스른 것처럼 밝아진 프리즘 쌍안경의 시야 가운데 나무 의자에 앉아 있는 여자아이가 포착되었다. 렌즈 안에 잡힌 여자아이에게서 체포된 범인을 강제로 찍은 사진에서처럼 억제된 적의와 두려움이 드러났다. 진한 갈색으로 물들이고 앞머리에 컬을 넣은 머리가 손톱 모양 얼굴 주위를 불타오르듯이 둘러싸고 있는 걸 이마를 곧게 가로지르는 구슬 끈으로 고정하고 있었다. 그 모습은 육안으로도 보였다. 그런데 렌즈는 여자아이의 입술과 눈 쪽으로 사람의 시선을 끄는 기묘한 힘을 발휘했다. 얼굴 피부는 전체적으로 지방이 없었지만 골격보다 크게 무두질한 후 다시 제자리에 돌려놓은 것처럼 매끈하게 늘어져 있었다. 쑥 내민 입술은 그 헐렁한 피부의 갈라진 자리가 말려 올라가는 걸 붙잡아두는 역할을 하는 듯했다. 세로로 주름이 자글자글하고 살이 도톰히 오른 입술을 살갗이 부드럽게 휘감으며 능선을 부각시켰다. 지금 가볍게 다문 입술 사이로 건강한 앞니 두 개가 보인다.

그리고 눈. 아이라인을 그리는 먹으로 눈의 양 끝에 불꽃 모양의 속눈썹을 그려 넣은 것인지 굉장히 강한 형태의 속눈썹임에도 눈에 음영이 지지 않았다. 여자아이는 아득히 먼 곳의 석양을 등에 짊어지고 갈색 그늘이 드리우는 빛을 두 눈에 비추이고 있는 듯했다. 외사시 기가 있는 열띤 두 눈은 셸터 입구를 향한 채 한 번도 깜빡이지 않았다.

이사나는 또다시 스케이트 선수가 얼음 위에서 발버둥 치며 스타트를 하는 것처럼 나선계단을 뛰어내려 갔다. 하지만 현관에서부터는 천천히 걸으며 산벚나무 쪽으로 갔다. 여자아이는 그가 문을 열자마자 의자에서 튀어 오르듯 그 뒤로 돌아들어 가기는 했지만 도망치지는 않았다. 이제는 모든 새가 자취를 감춰버린 산벚나무의 새까맣고 두꺼운 수풀이 드리우는 짙은 그늘 속에 숨어 있었다. 나무 의자 앞에 이르러 이사나는 여자아이의 어두운 피부와 반짝반짝 빛나는 외사시 눈을 보았다.

"뭐, 뭐야?" 하고 여자아이는 거의 알아들을 수 없을 정도의 소리로 가련하게 덤벼들었다.

"내 아이의 의자를 가지러 온 거야. 지금까지 네가 앉아 있었던 이 의자 말야" 하고 이사나는 말했다.

그대로 그가 나무 의자를 양손으로 안아 들자, 여자아이는 팅기듯이 한 걸음 물러나다가 두려움에 사로잡힌 자기 자신을 질타하듯 쉰 목소리로 뭐라 말했다. 그 순간 이사나의 귀가 그 목소리를 감지했지만 말의 의미를 알 수는 없었다. 나무 의자를 어깨에 메고 뒤로 돌아 열어둔 현관 입구를 향해서 비탈을 오르기 시작한 그에게, 여자아이는 분개하듯 큰 소리로 영화산업의 전성기에 한창 유명했던 여배우의 이름을 들먹이며 다음과 같이 외쳤다. 그리고 그제서야 아까 쉰 목소리로 속삭이던 말의 의미가 이사나의 귓속에서 확실한 맥락을 갖게 되었다.

"○○○의 분장실에서 한탕 안 할래요? 한탕 하죠!"

어두운 불꽃처럼 열을 띤 외사시의 눈을 한 여자아이가 나무 의자를 안아 든 이사나에게 속삭인 것은, *아저씨, 떡 한번 치죠!*라는 당돌한 유혹이었다. 그는 등에 나무 의자를 짊어지고 앞으로 구부린 상태에서 웃음보가 터지고 말아, 갑자기 짙어진 땅거미에 발이 빠질 것만 같았다. 현관으로 들어오자마자 등 뒤로 닫힌 문이 돌멩이에 맞는 소리가 울렸는데 그는 거기에 신경도 쓰지 않고 옮겨 온 의자에 걸터앉아 등받이에 이마를 대고 계속 웃었다. 치즈 가루 냄새를 맹렬히 풍기는 진이 곁에 서서 웃을 때마다 떨리는 그의 옆구리에 손가락을 대고 웃음의 진동을 함께 즐기려 했다.

그날 한밤중이 되자 말 여러 마리가 연달아 지면을 차는 소리가 잠에서 깨어나려는 이사나의 몸 위로 쏟아지듯 했다. 아주 잠깐의 꿈 속에서 그는 둔덕처럼 거대한 자신의 사체(그것은 분명 사후에 커진 것이다)를 얇게 덮고 있는 지표 위로 군마가 달려 지나가는 광경을 보았다. 꿈속에서 그는 진이 공황 상태에 빠질까 봐 걱정했는데, 이윽고 깨어난 그의 귀에 겁먹은 진이 괴로운 듯 끙끙 신음하는 소리가 바로 들려왔다. 옥상으로 올라온 녀석들이 발소리를 내고 있는 것이리라. 언제 놈들이 올까, 그는 기다리는 마음마저 들었는데 지금 깨고 보니 놈들이 기습적으로 그의 삶 한복판으로 대거 침입해 들어와 발소리까지 맹렬히 내고 있는 것이다!

이사나는 분노에 차 벌떡 일어나기는 했어도 불도 안 켜고 그저 자기 침대와 진의 침대 사이에 망연히 선 채로 몸서리쳤다. 자기 머리 위 콘크리트를 밟아대는 녀석들에게 반격할 방도를 찾으려 해도 구체적인 수단이 딱히 없을 걸 이미 알았던 것이다. 이 셸터에서 살기 시작하고 얼마 되지 않아 꿈을 꾼 적이 있었다. 그 악몽 속에서는 핵전쟁이 벌어졌다. 셸터 옥상에서는 핵공격을 피하려는 사람들이 무리 지어 지하벙커를 개방하라고 위협했다. 경련을 일으키는 듯한 모습으로 깨어난 그는 황황히 빛나는 전등 불빛에 꿈으로 시달린 머리를 속까지 허옇게 비추며 옥상에 모인 무리를 격퇴해보려 했지만 구체적으로 무슨 방도가 있는 것은 아니었다. 이내 그는 그런 장난에 우왕좌왕하고 있는 자신이 꿈의 속편을 또다시 꾸고 있을 뿐임을 깨달았지만 그 잠깐 사이에 전신의 힘을 다 소진해버린 무력감과 초조는 상흔 같은 경험으로 남았다.

그래서 이제 이사나는 무기를 찾으러 또다시 셸터 안을 덧없이 돌아다니는 짓은 하지 않았다. 사실 이미 그 자신과 진을 지키기 위해 오랫동안 바삐 뛰어다녔던 만큼 의욕을 잃기도 했다. 더구나 꿈에서와는 달리 옥상의 발소리에 진이 실제로 겁을 먹고 있었다. 그리고 고통을 호소하는 생생한 신음 소리를 계속 내고 있었기에 어찌할 도리가 없었다. 그도 아이처럼 끙끙 신음하고 싶을 정도였다. 그러나 그는 신음을 참은 정도가 아니라 옥상에 있는 녀석들이 그가 잠에서 깼다는 걸 눈치챌까 봐 두려워 전등조차 켜지 않고 다만 진의 몸에 양손을 대고 어떻게든 아이를 달래려고 애쓸 뿐이었다.

그러다 갑자기 발소리가 멈췄다. 녀석들은 셸터 뒤편의 급사면 곳곳에 있는 발판을 향해 뛰어가, 각자 그걸 밟고 내려가고 있는 모양이었다. 그에 이사나는 우선 안도하며 녀석들이 발소리를 낸 것이 그와 진에 대한 직접적인 가해 행위로서가 아니라 일종의 메시지 전달 행위로서 이루어졌음을 깨달았다. 그러나 지금 그는 그 메시지가 자신의 내부에 불러일으킨 메아리를 좇고 있을 수만은 없는 노릇이었다. 진이 겁을 먹어 마치 모든 세포가 부패되어 푸석푸석 붕괴된 살덩어리와 같았기 때문이다. 아이를 추스르기 위해서 이것저것 해봐야 했다.

이사나는 머리 위 콘크리트 천장을 울리는 자들에게서 자신이 받아들인 메시지에 대해선 날이 밝으면 지하벙커에 들어가 (그것도 진이 혼자 두어도 안전할 만큼 회복된 다음의 이야기이지만) 그 전체를 복원해 사리에 맞게 극복할 수 있을 때까지 그대로 방치하기로 했다. 그 자신과 진의 은거 생활을 주시하고 있는 수많은 나무의 혼·고래의 혼에게 맡겨두기로 한 것이다. 진은 거의 U자형으로 경직되어서는 듣는 이의 기력을 떨어뜨리는 괴로운 신음을 발하고 있었다. 이사나는 진의 몸을 자기 몸으로 감싸고 한쪽 팔로는 테이프리코더를 조작하며 다른 쪽 팔로는 진의 팔다리를 부지런히 쓸어내렸다. 지금 재생되기 시작한 테이프에 고장이 생겨 진의 내부 얼마간 열려 있는 미세한 채광창에 위화감을 주는 잡음이라도 내보낸다면 더 이상 진은 이사나의 손이 닿는 곳에 머물지 않을 것이다. 아찔하게 높은 곳으로 날아가버리거나 혹은 죽은 지 얼마 안 된 물고기처럼 한없이 가라앉으며. 그는 아이의 경직된 몸을 덮은, 작고 마른 비늘 덩어리 같은 피부가 손바닥을 할퀼 때마다 전율하며 그런 예감을 했다.

들릴 듯 말 듯한 소리를 내며 새가 지저귄다. 미세하지만 자연스러운 소리로 잘도 지저귄다. 이사나는 테이프리코더의 음량을 점차 올려 소리가 뒤집어지지 않는 선에서 최대한 높인다. 진짜 들새보다 열 배 정도 큰 음량을 가진 날개 달린 괴물이 셸터를 날아다닌다. 꿩, 입니까? 하고 그는 진의 얼굴에 볼을 대어, 자기 볼의 뼈와 근육에서 곧장 진의 귀로 전달되도록 어림짐작으로 묻는다. 목소리를 높인다 해도 테이프리코더로 증폭된 들새 소리의 벽에 금이 가게 하기는 어려우니까. 그러나 진은 들새에 대해 그와 대화할 마음이 없다. 이사나만이 들새 소리라는 송곳으로 뚫은 조그만 교감의 통로 속으로 스스로 들어가고 싶어 박새, 입니까? 진박새, 입니까? 라고 속삭였다. 긴꼬리딱새, 입니까? 멧새, 입니까? 쇠붉은뺨멧새, 입니까? 촉새, 입니까? 찌르레기, 입니까? 개개비, 입니까? 쇠개개비, 입니까? 오색딱따구리, 입니까?

그러면서 이사나는 어두운 알 같은 진의 의식과 무의식 전체를 마음속으로 그렸다. 껍질 속에는 삭힌 알의 흰자처럼 탁하고 흘러 움직이지 않는 액체가 꽉 차 있다. 그 가운데 진의 의식은 노른자 덩어리를 이루고 있다. 따뜻한 면 요리를 먹을 때처럼 진이 해방되어 여유로운 자신감을 느낄 때, 그 의식은 껍질의 내벽에 닿을 정도로 비대해진다. 그러나 공포 혹은 단순한 위화감에 위축되기 시작하면 어두운 액체의 양은 증대되고 작디작아진 진의 의식은 그 안에서 가련한 씨앗처럼 떴다 가라앉았다 한다. 진이 겁먹은 씨앗의 의식 상태로 절명해버릴지 모른다는 생각만으로, 이사나는 뿌리 깊은 공포심의 포로가 되어 사고력의 균형을 잃어버리기 직전이 된다…….

그렇게 이사나는 꼬박 다섯 시간 동안 들새 소리로 꽉 찬 셸터 안에서 아이의 피부를 쓸며 엎드려 있었다. 진은 방광이 부풀어 올라 오줌을 누고 싶어 했다. 그것은 회복의 징후이다. 비록 내장 감각을 통해서라고는 해도 경직되고 또 마비된 아이의 육체에 하나의 방향성을 가지는 움직임이 생긴 것이니까.

이사나는 여전히 굳어 있는 진의 몸에서 괴로움에 몸부림치는 사이 흘러내린 기저귀를 벗기고 진을 변기 위에 옮겨놓고 기다렸다. 이윽고 아주 조용히 진이 오줌을 누기 시작했고 오줌 줄기의 세기가 서서히 커졌다. 진의 몸을 지탱한 채로 뒤편 비탈을 향해 난 유리창을 열자 안개의 촉수가 달린 공기가 소용돌이치며 흘러와 화장실을 채웠고, 오줌에서 피어나는 김의 형태가 더 명확해졌다.

"호도애, 입니다, 물까치, 입니다" 하고 진이 마치 숨소리처럼 미세한 소리로 이사나에게 테이프리코더 말고 집 바깥에서 새소리가 나고 있음을 알렸다.

긴 배뇨가 끝났을 때, 진의 몸은 부드러워져 있었다. 그대로 잠이 들어 머리의 무게가 이사나의 가슴을 부드럽게 눌렀다. 흐린 아침 햇살 속에서 이사나는 감은 진의 두 눈에 김이 새로이 피어나며 눈물이 한 방울씩 맺히는 것을 보았다. 치과에서 마취 치료를 받은 후 껌처럼 씹어 부어오를 때처럼 진은 지난 밤새 아랫입술을 씹어 이제 마르기는 했어도 입가 전체를 피투성이로 만들어버렸다. 변기 옆에 걸린 어두운 거울을 바라보니 이사나의 아랫입술 또한 씹혀 갈라져 있었다. 갑자기 둔중한 통증이 솟구친다. 그가 어둠 속에서 오랫동안 맛본 것은, 다름 아닌 자기 피의 맛이었다. 그러나 그것을 확실히 안 순간 오히려 명료하게, 자신은 아들의 피를 다섯 시간 동안 맛보고 있었음을 깨달았다.

화장실 창을 닫고 테이프리코더를 끈 다음, 이사나는 흐물흐물 부드럽게 접힌 가방 같은 맨살의 작은 엉덩이를 드러내고 그에게 안겨 있는 진의 몸을 침대에 눕히고서는 자신 또한 소변을 보고 담요로 머리까지 감싸고 잠자리에 들었다. 무의식의 어둠으로 후퇴해감에 따라 자기 영혼이 공중으로 머리가 튀어나오는 로쿠로쿠비(목이 뱀처럼 늘어나는 일본의 요괴)처럼 지하벙커로 구조를 요청하러 내려가 철제 사다리 밑에 이 계절 마지막 서릿발을 밀어내고 있는 지면에 닿고, "이젠 너도 괜찮다. 잠들어라. 점심까지 쭉 잠들어라, 오후는 새로운 싸움이다"라는 나무의 혼·고래의 혼의 소리를 듣는 것을 이사나는 느꼈다.

4장

대결하다·대결당하다

오후의 전장을 향해 이사나는 그의 유일한 우군인 진을 동반한 것을 제외하면 철저히 맨주먹으로 나아갔다. 나무 의자를 두 개 가져와 산벚나무 뿌리께에 놓고 습지대를 향해 진과 나란히 앉아서 녀석들의 조직적인 움직임을 기다리기 시작했던 것이다. 어제 여자아이의 말이 분명 영화산업과 관련돼 있었던 이상 당연히 그의 프리즘 쌍안경이 포착해야 할 직접적인 대상은 습지대 너머의 촬영소터 풍경이었다. 부지는 일단 철조망과 판자로 둘러쳐져 있다. 그 너머로 큰 창고는 물론이고 나란히 들어선 기묘한 구조의 건물들이 보인다. 그 건물들이 에워싸고 있는 작은 광장에 서서 둘러본다면 각각의 건물은 독립된 건축양식을 하고 있을 테지만, 거꾸로 창고 쪽에서 보면 널빤지를 벽에 박거나 막대기를 더했을 뿐인, 인간의 거주를 거부하는 반反가옥이다. 창고가 높은 판자 울타리를 세우고 그 그늘에 숨어 있는 듯한 느낌을 자아내는 것은 그 반가옥이 늘어선 거리에서 영화를 촬영할 때 카메라 앙각에 걸리는 지붕을 호리촌트(배경을 나타내기 위해 무대 뒷면에 설치하는 막)로 덮을 수 있게끔 만들어놓은 구조 때문일 것이다. 반가옥들은 프리즘 쌍안경을 통해서는 얄팍한 측면밖에 보이지 않지만, 그럼에도 메이지 후기 도쿄의 시가지를 나타내려던 빈약한 상상력의 소산이라는 건 알 수 있다. 불운한 영화사는 러일전쟁의 한 에피소드를 영화화해 크진 않아도 마지막 한 떨기 꽃과 같은 히트를 거두었다. 그 회사가 계속해서 같은 시대를 배경으로 영화를 제작하려고 얄팍한 세트를 보강해 보존한 것이리라. 하지만 이 세트의 정면이 향하고 있는 광장에서 배우들이 연기하고 감독이 지시하고 조명판을 들어 올린 힘센 남자들이 우왕좌왕하는 일은 이후 다시 없었던 건 아닐까? 헐지 않고 그냥 둔 정도가 아니라 보강까지 해둔 세트는 오히려 영화제작자들의 실망을 더 구체적이고 반복적으로 실감케 하는 존재가 되었을 것이다.

진은 몸조리라도 하듯 막 아물기 시작한 입술 상처를 신경 쓰며 의자 위에 축 늘어져 있었다. 주위에 새소리도 안

들리고 시각적으로 그의 관심을 끄는 것도 없는 모양이다. 그러다 진은 의자에 앉은 채로 잠들었다. 숨이 끊어질 듯한 숨소리를 내며. 이사나는 아이의 몸을 감쌀 담요를 가지러 셸터로 돌아갔다. 비탈을 다시 뛰어내려 가려는 순간, 창고 2층 주위에 빛이 움직이는 것이 보였다. 그 빛은 상대편이 거꾸로 그를 감시하던 중에 망원경 렌즈에 반사된 게 아닐까? 이사나는 진을 담요로 감싸 의자 안쪽으로 더 깊숙이 밀어놓고는 창고 지붕 가까이에 나 있는 네 개의 창 하나하나를 프리즘 쌍안경으로 점검했다. 왼쪽 두 개는 닫혀 있었다. 남은 두 개는 열려 있는데 창 자체가 원래 깨져 있던 건지 아닌지는 기억이 또렷하지 않다. 이사나는 자신이 평소에 총안으로 관찰해온 창고의 전체상을 복원하고자 눈을 감았다. 어슴푸레한 기억 가운데 창고의 모든 창은 닫혀 있었다. 다시 한번 그는 열린 창 안을 들여다보았는데 두 창 모두 빛나는 물체가 다시 움직이는 일은 없었고 단지 물 밑처럼 어둡기만 하다. 창 안에 검은 막을 쳐둔 것인지도 모른다. 그 어둠에서 나는 소리가 아닌가 의심될 정도로 뚜렷이 그를 유인하던 여자아이의 목소리가 떠올랐다. *○○○의 분장실에서 한탕 안 할래요? 한탕 하죠!*

　○○○, 일본 영화산업 전체 홍보비의 10퍼센트가 그녀

를 위해 사용되었을 정도로 대스타였던 여배우의 분장실! 그 유혹, 영화 홍보 관용구를 사용하자면 그 '캐치프레이즈' 는 자못 미심쩍은 한편 실제 영화산업이 쇠퇴한 상황에서 는 부정하기 힘든 현실성 또한 내포하고 있어, 이제는 폐허로 변해버린 촬영소 근처에서 그 속삭임을 들으며 이사나는 떠올리게 되는 게 있었다. 지금은 후두암으로 신음하고 있는 늙은 정치인이 외국에서 손님이 오면 향응을 베풀기 위해 그 여배우와 계약을 맺어 이사나가 연락하러 가는 일이 있었기에, 그녀의 거실이 도무지 에로티시즘과는 거리가 먼 것임을 그는 잘 알고 있었다. 그럼에도 불구하고 지금 그는 ○○○의 분장실에서 한탕 안 할래요? 라는 캐치프레이즈에 성적인 꿈이 꿈틀대는 걸 인정할 수밖에 없었다.

이 '은막의 섹스심벌'에 대한 꿈은 단순히 이사나뿐만 아니라, 그와 같은 유혹을 받은 자들 모두의 현실 생활에 결핍되어 있는 것을 만화적 과장으로 분명하게 그리고 반증적으로 조명한다. 그들은 꿈의 무대장치가 지금은 먼지를 뒤집어쓰고 여기저기 파손된 채 황폐해진 촬영소에 방치되어 있는 광경을 상상한다. 그곳에 강하게 빛나는 눈과 부풀어 오른 상처처럼 보이는 입술을 하고 꼭 해야만 해서 그렇게 한다는 듯 추잡하고 음란한 말을 하는 여자아이와 함께 있는 상황을 상상한다. 그것은 유혹의 대상을 현실적 경계심으로부터 해방시켜 불안하게 혹은 자유롭게 하기 위해 여자아이가 사용하는 또 하나의 전술, 즉 느닷없이 자위를 해보이는 방법보다 유효하리라. 적어도 그 말은 사람을 직접적으로 난처하게 하는 비릿함이 없었기에 에로티시즘이 스스로 비대해지는 것에 브레이크를 걸지 않는다. 지금 이사나는 자신이 실제로 그 유혹에 응하는 즐거운 몽상을 하며 프리즘 쌍안경을 들여다보고 있다……

그런데 그 몽상의 현실 등가물이 예측하지 못한 모습으로 이사나의 프리즘 쌍안경에 나타났다. 쌍안경은 깊은 폭의 광경을 동등하게 하나의 시야 속에 담기 때문에, 예를 들어 서로 거리가 다른 두 나무의 경우, 관찰 대상으로 가까운 나무를 고를지 멀리 있는 나무를 고를지는 프리즘 쌍안경을 통해 바라보는 눈이 자유롭게 취할 수 있는 선택이다. 몽상에 빠진 채로 쌍안경 속 모든 대상이 흐릿하게만 보이는 시야에 갑자기 신호가 나타나 다시 창고 창에 시선을 주었더니 나무 인형 같은 전라의 여자아이가 어둠 속에서 밝은 곳으로 나아가고 있었다. 여자아이의 어깨뼈부터 위로는 창틀에 가려져서(그것은 창 안쪽에 받침대를 두고 전라의 여자가 기어오르고 있음을 나타내는 것일 테다) 이사나에게도 그 여자아이라고 단정할 근거는 없었다. 단지 짐작할 뿐이다. 아이는 온몸이 지방과는 인연이 없는 듯한데도 유방만 이상하게 솟아 있다. 그리고 풍성한 치모 위에 확실히 보이지 않아 그저 짐작하는 것이지만, 페니스 모형을 동여매고 있었다. 다음 순간 여자아이는 뒤로 돌아 네 발로 기듯 하며 동그란 엉덩이를 높이 올리고는 가랑이 사이로 주먹을 불쑥 내밀었다. 검지와 중지 사이로 엄지를 끼운 주먹을. 모조 페니스와 주먹은 빨간색으로, 즉 외벽의 동그라미와 가위표와 같은 물감으로 칠해져 있었다. 이윽고 여자아이는 이쪽으로 얼굴을 돌리지 않고 받침대 아래로 내려가더니 어둠 속으로 사라져버렸고, 이번에는 빛에 상반신을 완전히 드러내고 손에는 쌍안경을 쥔 청년이 나타나 이사나를 직시했다.

이미 이사나는 그들이 쌍안경을 가지고 거꾸로 그를 감시하는지도 모른다고 예상하고 있었다. 그러나 전라의 여자가 등장하는 잘 짜인 쇼에 이은 상대의 연출에 그는 교란되고 말았다. 이쪽이 쌍안경으로 지켜보는 걸 그만두면 상대도 쌍안경을 내릴 거라는 단순한 생각에 프리즘 쌍안경을 눈에 댔다 뗐다 한 것이다. 하지만 이사나는 그런 낭패의 순간마저도 혼자가 아니었다.

"어떤 목적으로 너는 척후병 같은 짓을 하고 있는 것이냐?" 하고 바람에 살짝 흔들리는 잎사귀 소리에 섞여 산벚나무의 혼이 머리 위에서 묻는 소리가 들렸기 때문이다.

자기 어깨 너머로 뒤돌아본 이사나는 그와 진의 의자 바로 뒤에 산벚나무 줄기를 방패 삼듯 하며 지난번 유원지에서 만났던 청년이 서 있는 걸 발견했다. 셸터 입구에 한 명, 비탈 아래 도로에도 오른쪽과 왼쪽에 각각 한 명씩, 열여덟아홉 된 소년들이 대기하고 있었다. 그들은 스스로의 몸으로 울타리를 만들었을 때처럼 모두 이사나에게서 눈을 돌리고 있었는데, 청신경만은 이사나가 몸을 꿈틀하는 기척마저도 놓치지 않으려고 집중하는 것 같았다.

"당신이 쌍안경을 들고 토치카 구멍으로 감시하고 있다는 건 전부터 알고 있었어" 하고 청년은 온화한 설득 조로 말했다. 예리한 칼날로 피부에 새긴 흉터 같은 눈에 분노의 빛을 반짝이면서. "당신도 쌍안경으로 지켜보고 있던 건 부정하지 않겠지? 도대체, 뭘 본 거야?"

이사나는 자기 얼굴이 붉어지는 게 분했다. 소년들이 시치미 떼는 얼굴을 하면서도 기쁨을 차마 감추지는 못해 꼼지락꼼지락하는 것도 느껴졌다. 그러나 눈앞의 청년은 살이 붙지 않은 창백한 얼굴을 무표정하게 유지하며, 가늘게 찢어진 긴 눈을 이사나에게서 돌렸을 뿐이다. 그는 꽉 쥔 주먹을 두 개쯤 이마에 박아 넣은 것 같은 두상을 하고 굵은 곱슬머리를 그 이마에 두르듯 한쪽으로 늘어뜨리고 있다. 돌발적인 분노를 숨기고 있는 것 같기도 하지만 폭력적인 것과는 정반대로 무척 섬세하기도 한 옆얼굴이었다. 그러나 다시 청년이 시선을 그에게로 돌려 노골적으로 잔혹해 보이는, 뚜렷한 윤곽을 가진 입술을 떨며 다음과 같이 말했을 때 이사나는 청년에게서 살짝 엿본 섬세함의 표층을 뚫고 무언가 불길한 것이 현실화되는 걸 느꼈다.

"의자를 들어서 방향을 바꿔 앉아주지 않겠어? 지난번과는 다르게 확실히 결판이 날 때까지 오늘은 당신을 놓아주지 않을 거니까. 몸을 비튼 상태로는 오래 못 버텨."

이사나는 저항하지 않고 의자에서 일어났다. 그 작은 움직임에 등 뒤에 있는 소년들이 재빠르게 반응해 마치 훈련된 사병 같다고 느꼈다. 이사나는 옆에 그대로 둔 진의 의자를 치지 않으려 주의를 기울이며 자기 나무 의자의 방향을 바꿨다.

"당신 의자 다리를 돌로 괴지 않으면 곧 자빠지겠는데?"

이사나는 바닥에 쭈그리고 앉아 의자 다리의 상태를 확인하는 한편으로 머리 위로 산벚나무 잎사귀들을 격렬하게 뒤흔드는 돌풍의 기척을 느꼈다.

"돌을 던지고 도망칠 생각이라면 그만둬. 내 동료가 당신을 지켜보고 있으니 금방 따라잡을 거야." 청년의 목소리가 새로운 잎사귀들의 술렁거림과 함께 돌을 쥐고 있는 이사나에게 꽂혔다. "더군다나 아이를 두고 도망치려고? 토치카를 떠나 어디로 가겠어?"

이사나는 의자 뒤쪽 다리에 납작한 돌 하나를 받치고 청년과의 교섭이 길어질지도 모르겠다고 일찌감치 체념하며 앉았다. 의자에 앉은 이사나를 청년이 차서 쓰러뜨리기라도 한다면 더 비참한 몰골이 되겠지만.

"나는 어디로 도망갈 생각은 없어, 여긴 내 곳이니까." 이사나가 말했다.

그는 이미 도주가 불가능할 뿐만 아니라 맞서서 저항한다 해도 청년과 그 뒤의 소년들이 힘을 합치면 당해낼 도리가 없으며 구조를 요청하려 한들 그 주변에는 지나가는 사람이 없다는 것 또한 알고 있었다. 그래서 당장이라도 위해가 가해질지도 모르는 자신의 육체에 대한 일종의 자포자기적인 무관심으로, 일부러 애매모호한 '곳'이라는 말로 항변을 한 것이다.

"우리 패거리 중엔 일단 누가 도망치면 뒤쫓아 가서 뒤에서 비틀어 넘어뜨릴 때까지 무슨 일이 있어도 그만두지 않는 녀석이 있으니까." 청년이 위협했다.

"그거 한번 보고 싶군" 하고 이사나는 말하며 자신의 말이 지나쳤던 것에 부끄러움을 느낀 청년이 순간 흥분하는 것을 보았다. 예민한 남자인 것이다.

"언제라도 보여줄 수 있어. 그런데 당신 우리 일행이 달리는 거라면 이미 보지 않았나? 감시용 구멍으로 하루 종일 우리를 감시하고 있잖아?"

"나는 분명 밖을 관찰하고 있긴 하지만 특별히 너희를 감시하고 있는 건 아니야." 이사나가 말했다. "지난번 유원지에서 만난 걸 빼면 실제 이 근방에서 너희를 본 건 지금이 처음이야."

"그럼 아까는 우연히 촬영소 창고 쪽을 보고 있었다는 거야?" 청년이 냉소했다. "우리의 아지트가 그쪽에 있다는 걸 알아낸 거겠지?"

이사나는 그런 식의 단순한 유도에는 넘어가지 않을 만큼 수비력이 있음을 보여줘야겠다 싶었다.

"너희 무리 중 여자아이가 ○○○의 분장실에서 자자고 유혹했어. 그래서 그 창고에 영화배우의 분장실이 있는지 살펴보고 있었던 거야. 그리고 뭘 보긴 했지. 하지만 너희가 아지트를 갖고 있다 해서 그게 그 창고 근처일 거라고는 지금도 생각지 않는데."

"왜?" 방어전에 돌입한 청년이 물었다.

"법률이 인정하는 매춘 여관이 아닌 이상 자기 아지트에서 매춘을 한다고 공공연히 입 밖으로 내는 짓은 안 하지 않아? 자기들 아지트로 매춘하러 오라는 식으로 여자에게 말하게 하진 않을 거 아냐? 여자가 유혹한 사람이 유혹을 거절했든 응했든 간에 나중에 경찰에 밀고하자고 들면 그 즉시 아지트는 끝나는 거잖아? 매춘하라고 꾈 때마다 상대를 죽여버릴 게 아니라면 때마다 장소를 바꾸는 것밖에 방법이 없잖아, 그런 구조로는?"

"아무나 대충 유혹하도록 했던 건 아니야." 청년은 홍조 띤 얼굴로 얇은 입술을 삐죽거리며 부정했다. "우린 매춘업소를 하는 게 아니니까. 당신의 경우, 밀고는 안 할 거라 판단했지. 요전에 경찰이 실제로 집으로 탐문 수사를 하러 왔을 때, 당신은 아무 말도 안 했잖아? 당신 토치카엔 전화선이 가설되지 않았다는 것도 알고 있어. 당신이 역 앞으로 장 보러 갈 때 미행했었는데 파출소에 들르지도 않고 공중전화를 걸지도 않더군. 우리 중 하나가 이 주위를 순찰하던 순경에게 저 토치카에는 어떤 사람이 사느냐고 물었더니,

저이는 세상 무해한 미치광이야, 원수폭을 대비해 피난 중이래, 라는 대답이 돌아왔지. 실제로 어젯밤도 오늘 아침도 당신은 파출소에 신고하지 않았어. 그건 왜지? 스스로 한번 생각해봐."

"한밤중에 낯선 자들이 옥상에서 발소리를 냈다고 신고하면 경찰이 믿을 거 같아? 더군다나 그런 일이 그래서 어떤 피해를 쳤냐고 되묻기라도 하면 나로선 결국 신고할 만한 것도 없으니까."

이사나는 진과 자신이 입은 피해를 감추고 그렇게 말했지만 어젯밤 이후 분한 마음은 풀리지 않았다. 아마도 그걸 알아차렸는지 청년은 천진난만할 정도로 득의양양한 미소를 띠었다.

"다시 묻겠는데, 왜 우릴 감시하고 있는 거야? 당신이 벽에 그린 눈 표시는 우리를 감시하고 있다는 조롱이지? 우리는 당신이 여기에서 도대체 뭘 하고 뭘 생각하고 있는지 그런 것도 모른 채 오로지 감시만 당하는 데 약이 올라. 도대체 당신, 여기서 뭘 하고 있는 거야? 왜, 우릴 감시하고 있는 거야? 뭣 하러?"

이사나는 청년의 태도에 곧바로 초조함이 드러나는 걸 알아채고 여유를 되찾았다. 그러고는,

"설마 나를 건설회사 조사원이라고 생각하는 건 아니겠지" 하며 슬쩍 조롱해보았다. "지금 내가 아들이랑 여기 숨어 살면서 이 일대를 측량하고 있고 언제라도 건축 노동자들을 데리고 와서 이 황무지를 불도저로 갈아엎어버릴 거라고 의심하는 건 아니겠지? 너희의 아지트까지 몽땅 파 엎을 거라고……."

청년이 수상쩍다는 듯 그를 내려다보며 입을 닫고 있었기에 이사나는 자기가 내뱉은 쓸데없는 말을 스스로 수습하지 않으면 안 되었다.

"그런 흉계는 없어. 이 습지대에 판매를 목적으로 집을 짓는 건 원래 안 되는 거니까. 촬영소처럼 가짜 생활권을 만드는 거 말고는. 촬영소야 사막 안에라도 만들 수 있으니 습지대 같은 건 축에도 못 들지?"

"당신, 여기서 뭘 하고 있는 거야?" 청년은 이사나의 말을 완전히 막겠다는 결의를 보이며 물었다.

"너희야말로, 내가 뭘 하고 있다고 생각하지?"

청년은 얇은 입술을 더 오므리며 얼굴 전체에 스토익한 한 마리 거북 같은 폐쇄성을 다시 한번 뚜렷이 드러냈다. 거기다 그의 눈은 삼백안이어서 생각할 때는 대각선 위쪽을 바라보느라 눈이 온통 새하얗게 보였다. 청년은 사태의 진전이 더디자 초조해하는 것 같았다. 그런데 산벚나무에 가려져 이사나에게는 보이지 않던 곳에서 불타는 듯한 갈색 머리의 여자아이가 갑자기 나타나 이사나를 전적으로 무시한 채 청년에게 이렇게 물었다.

"저 사람이랑 얘기 잘됐어? '보이'는 열이 심해서 토하고 있어. 말없이 울기도 하고."

청년은 여자아이로부터도 이사나로부터도 얼굴을 돌리듯 먼 곳을 바라보았다. 사정을 가늠하게 되자 이사나는 그들의 폭력적인 실력 행사에 느끼던 육체적 의기소침에서 어느 정도 자유로워졌다. 그리고 그는 씻어냈으나 붉은색 페인트의 흔적이 뚜렷한 여자아이의 오른쪽 손바닥을 쳐다보았다. 그 손바닥은 살갗 자체가 이사나의 시선을 느꼈나 싶게, 즉각 허리 뒤로 사라졌다.

"당신, 여기서 뭘 하고 있는 거야? 난 당신에게 그걸 묻고 있는 거야." 청년은 다시 결의를 다잡으며 질문을 반복했다.

"그게 너희들이랑 무슨 상관이지?" 이사나 또한 새로운 단계로 논의를 끌어올릴 마음으로 되물었다.

청년은 타인과 논쟁하는 데 있어 예민한 상황 감각을 지니고 있는 듯했다. 곧 실천가 타입의 빠른 포기를 보이며 어디까지 속셈을 드러낼지, 새로운 한계를 다시 정하고 있었으니.

"그렇긴 하네. 당신이 우리를 쌍안경으로 감시하고 있다 곤 해도 경찰에 밀고하거나 신문에 투서하지 않은 이상, 우리야 그저 불쾌할 뿐이지. 우리가 그걸 신경 쓰지 않기로 한다면 무슨 상관이 있는 건 아니야. 지금 우리가 당신과 관계를 맺으려고 하는 건 우리한테 필요해서야. 그러니까 우린 아무 상관도 없는 당신과, 상관이 없기 때문에 도리어 하나의 관계를 맺으려고 해. 당신이 우리가 생각하는 그런 사람이라면, 그리고 당신이 우리가 생각하는 그런 사람인지 아닌지 알기 위해서는, 역시 당신이 여기서 뭘 하고 있는지 알 필요가 있는 거지."

이사나는 청년이 갑자기 털어놓는 이야기의 우회적 논법에 저절로 흥미가 일었다. 더구나 그 빙 둘러서 하는 말에는 역시 실천가 타입의 필연성이 느껴져 그 자신 또한 정직하게 대답해야겠다는 마음이 들었다.

"나는 저 건물에 틀어박혀 아들을 돌보는 것 외에는 오로지 나무와 고래에 대해서만 생각하고 있어."

"학자야?"

"아니, 나무와 고래를 위한 대리인이라고 난 생각해. 너희가 그런 걸 믿을지 어떨지는 모르지만."

"그 자체만으론 믿고 안 믿고 할 게 없지." 청년은 주의 깊게 말했다. "나무와 고래의 대리인이라는 건 나무와 고래를 가장 소중한 것으로 생각하고 그 외 다른 것의 권리는 존중하지 않는 건가? 그 정도로 철저한 거야?"

"말한 그대로야." 이사나가 말했다.

"좋아. 당신은 우리가 기대할 수 있는 최상의 협력자군" 하고 청년은 돌연 낙관적으로 변했다. "예전에 고래잡이배를 탄 적이 있어서 고래에 대해서도 고래를 잡는 인간들에 대해서도 아는데, 고래의 대리인이라고 하면 그건 경찰 쪽 인간이 아니지. 인간은 임신한 고래든 새끼 고래든 포획할 수 있는 한 모두 피투성이로 만들어 죽이니까. 그리고 닭보다 싼 가격에 그 고기를 파니까. 고래의 대리인이라는 건 그런 인간을 적으로 한다는 거니, 당연히 경찰과 대립할 테지? 해안의 뒷골목 같은 데서 육지로 올라온 고래와 불량배가 만약 격투를 벌이고 있다면 경찰은 불량배를 구조하겠지. 그때 당신은 경찰과 대립할 수밖에 없지 않아?"

"그건 그래, 너희는 고래에 대해 잘 알고 있나?" 이사나가 청년에게 새로운 흥미를 느끼며 말했다.

"방금 한 얘기 같은 것뿐이야." 청년이 말했다. "나무에 관해서는 조금 알고 있어. 당신이 우리에게 협력해주면, 그

답례로 내가 알고 있는 걸 말할게. 알겠어? 부탁해. 우리가 당신에게 구하려는 협력이 특별한 건 아니니까. 단지 말이 야, 경찰에 밀고할 만한 사람한테는 부탁할 수가 없는 사정 이 있어서."

"뭔가 쓸데없는 큰일을 생각하고 있는 미치광이는 밀고 같은 것도 안 하고 신문에 투서 같은 것도 안 해." 여자아이 가 골똘히 생각한 듯 강한 시선을 이사나에게 보내며 끼어 들었다. "우리는 당신이 그런……."

"미치광이라고 생각하는 건 아니야." 청년이 여자아이의 말꼬리를 낚아챘다. "당신이 경찰 쪽에 설 인간이 아닐 거 라는 의미에서 경찰에 밀고할 걱정 없는 협력자라고 생각 했던 거야."

"나는 너희한테 협력하겠다고 말한 게 아니야." 이사나는 청년과 여자아이 각각을 향해 확실히 해두겠다는 의지를 드러내며 천천히 선언했다. 그것은 청년을 즉각 반발하게 만들었다.

"협력하게 될걸. 저기서 자고 있는 작은 남자아이가 무슨 잔인한 일, 인간이 새끼 고래에게 하는 일 같은 걸 당하게 하고 싶지는 않잖아?" 하고 그는, 갑자기 태도를 바꾸어 협 박했던 것이다. 그리고 지금 그 잔인한 행동을 강요받고 있다는 듯이, 다름 아닌 이사나가 그런 행동을 강제하고 있다고 말하려는 듯이, 정말로 불합리하지만 동시에 진정성이 느껴지는 적의를 분명히 드러내면서 청년은 이사나를 노려보았다. 그로 인해 여자아이까지 같은 적의를 드러냈다.

"그렇다면, 너희들이 뭘 제안할지 모르지만 그게 뭐든 난 협력하는 게 아니라 굴복당해 따를 수밖에 없겠지." 이사나는 혐오감에 얼굴을 붉히며 말했다.

청년과 여자아이의 반응은 완전히 상반된 것이었다. 여자아이는 천진난만한 안도의 빛을 나타냈지만, 청년은 이사나가 느끼는 혐오를 그대로 느끼고 말을 이어가기 전에 또다시 뛰어넘어야 할 장애물을 발견했다는 표정이었다. 그래도 그는,

"우리가 협조를 부탁하려는 건, 일원 하나가 고열로 앓아누워 있으니까 그 녀석과 또 간병하는 이 아일 당신 집에 잠시 동안 맡아달라는 거야"라고 했다.

산벚나무의 혼을 향해, 이사나는 *이건 꾸민 이야긴가 싶을 만큼 단순한 함정이야. 설사 그 일원이라는 자가 병에 걸린 게 사실이라 하더라도 하나의 핑계인 게 분명해,* 라고 호소했다. 그는 확실히 직감했다. 아니, 어째서 이 녀석들은 이렇게나 복잡한 순서를 밟는 거지? 단지 환자 하나한테,

설령 경찰에 밀고되면 귀찮은 일이 생길 수 있는 환자라고는 해도, 잠자리를 제공해달라고 부탁하는 정도의 일로? 더구나 한번 강행하기로 마음먹으면 저들은 실제로 지금처럼 그냥 협박으로 모든 걸 한꺼번에 관철시키려 하지 않을까? 하지만 그렇게 생각하면, 거꾸로 이사나 자신으로서는 지금 그들의 협박을 받아들이는 것 말고는 어떤 선택권도 없다는 얘기가 된다.

이사나는 옆에 있는 진을 돌아보았다. 진은 나무 의자 등받이 중앙에 머리를 기대고 잠들어 있었다. 진이 태어나자마자 받은 수술은 두개골 결손 부분에 원형의 플라스틱 판을 대고 그 주변을 꿰매어 덮는 수술이었다. 그로 인해 벗겨진 머리 위에 동그란 상흔이 줄 모양을 이루고 남아 있어 꿰맨 자리에 딱딱한 것이 닿으면 이물감을 더 크게 느끼는 듯했다. 그래서 진은 자는 동안에 머리가 딱딱한 것에 부딪힌대도 플라스틱 판에 직각으로 닿도록 머리를 똑바로 하고 얌전히 잤다.

"좋아, 알겠어. 너희 일원이라는 환자를 받아들이지." 이사나가 말했다.

청년은 마치 무조건 받아들이라고 압박을 받은 게 자기 쪽이라고 착각한 것처럼 순간 침묵했다. 그리고 처음으로

주저하는 자기 자신을 뿌리치듯,

"그럼 부탁해, 어두워지면 환자를 옮길 테니까" 하고 큰 소리로 말했다.

청년은 이사나의 옆을 빠져나가 농구 선수처럼 탄력 있는 걸음걸이로 습지대 가운데 아직 푸른 덤불이 사나운 성깔을 드러내지 않은 곳으로 내려갔다. 이사나는 그가 그대로 습지대를 가로질러 촬영소터로 향하는지, 우회하는지, 아니면 실제로는 다른 은신처로 향하는지 확인하지 않았다. 자신에게 스파이 취미가 없음을 자기 자신과 그들에게 나타낸 것이다. 이사나는 여전히 잠들어 있는 진을 담요째로 안아 올렸다. 어느덧 해 질 녘 기운이 다가와 마치 굴조개의 배 부분처럼 흐린 하늘 저 높이 새카만 새가 한창 춤을 추고 있었다. 하지만 우는 소리는 들리지 않아 새는 거의 먼지처럼 느껴졌다.

셸터 앞에 있던 소년도, 언덕 기슭을 돌아 돈대에 이르는 길 양쪽을 지키던 소년들도 어느새 사라지고 없었다. 지도자를 따라 은신처로 간 것이리라. 오로지 여자아이가 홀로 산벚나무 옆에 남아, 군데군데 무언가 분출한 흔적 같은 상처가 있는 그 검은 나무줄기에 손바닥을 대보고 있었다. 그는 특별히 여자아이에게 말을 걸거나 하진 않고 그대로 셸

102

터를 향해 갔는데, 바로 등 뒤에서 여자아이가 따라오는 낌새와 무언가 마른 물체가 부딪치는 소리를 감지했다. 뒤돌아보니 무척 진지한 얼굴을 한 여자아이가 그가 남기고 온 나무 의자를 양쪽 겨드랑이에 하나씩 끼고 양쪽 팔꿈치를 옆구리에 바싹 대어 그 무게를 견디며 걸어오는 중이었다. 여자아이는 맨발로, 대범하달까 될 대로 되라는 듯한 기세 좋은 팔자걸음으로 비탈을 올라왔다. 그녀의 가느다란 몸 뒤에서 나무 의자가 서로 부딪치는 소리가 났다. 이사나가 현관 앞에 서서 올라오는 여자아이를 기다리는 상황이 되었다. 저녁 어스름을 향해 급속히 빛이 사그라지는 공기 속에서 그녀의 극히 낮은 콧마루는 눈 사이에 함몰되어 있는 것처럼도 보였는데, 부푼 콧방울과 마치 거친 섬유질을 가진 과일 같은 입술은 윤곽이 또렷하게 두드러졌다. 열로 부예진 눈에 공기 속 호박색 광택이 나는 입자들이 일제히 몰려드는 상태였다. 바로 옆까지 와서야 그녀는 마침내 빛나는 눈을 돌려 이사나를 보았다. 그는 그 두 눈을, 진한 액체성 물질을 머금고 깊게 찢어져 있는 눈시울을 다시 바라보았다.

"물을 마시고 싶은데." 여자아이는 천천히 입술을 움직이며 말했다.

"안에 있어. 수도도 컵도." 이사나가 대답했다.

그러나 여자아이는 거기까지 스스로 날라 온 나무 의자를 현관에 두고, 건물 외벽에 돌출된 낮은 수도꼭지를 세게 틀어 오므린 한쪽 손바닥으로 검게 그늘진 물을 조금씩 받아 마셨다. 그러더니 한쪽 발에 다른 쪽 발을 올리고 비벼 발바닥을 씻기 시작했다. 불안정한 자세를 취한 채로 힘이 들어간, 허벅지에서 무릎까지 이르는 적나라한 근육의 뒤틀림에 이사나는 단적인 힘의 인상을 받았다. 또한 몸을 숙여 진한 갈색 피부를 감싸는 윗옷의 옷깃이 넓게 펴지자 그 사이로 성숙해 튀어나왔는지 아직 어려서 작게 몽우리 져 있는지 판단하기 어려운 가늘고 긴 원통 두 개가 나란히 보였다. 역시 강한 힘을 느끼게 하는 유방이었다. 여자아이는 뒤돌아서 이사나와 눈이 마주쳐도 두려워하는 기색도 없이 발끝으로 뛰듯 하며 그에 앞서 현관으로 들어갔다. 이사나가 진을 거실의 긴 의자에 누이자 여자아이는 바로 그 옆 바닥에 앉아 잠든 진의 얼굴을 물끄러미 쳐다보았다. 그 몸에서는 발뿐만 아니라 온몸을 씻게 했다면 좋았을 걸 하고 후회가 될 정도로 냄새가 진동했다.

이사나는 1층에 진과 자신이 잘 곳을 만들고 3층 침실은 내어줄 작정이었다. 창고 겸 서고로 사용하는 2층 방이 3층에서 나는 타인들의 소음을 차단해줄 것이다. 이사나는 맨 위층으로 올라가서 진의 침대, 테이프리코더와 테이프 상자, 사전과 몇 권의 책을 옮겼다. 그의 침대만을 남겨두고 텅 비어가는, 세로 폭은 좁고 가로는 폭은 길고 살짝 굽어 어떻게 봐도 균형미가 결여된 방에 점점이 난 총안이 검게 보였다. 거기에서 바라보자니 새카만 습지대는 땅거미에 잠겨가고 촬영소터에서 그의 셸터에 이르는 땅에는 움직이는 물체의 그림자라곤 개 한 마리조차 보이지 않았다.

이사나가 일단 옮겨야 할 모든 물건을 현관까지 다 내려다 둔 후 담요 더미를 안고 거실로 들어섰을 때 진을 눕혀둔 긴 의자 옆에서 여자아이가 잠이 든 어린아이의 얼굴을 여전히 들여다보고 있었다. 처음 그 자세에서 조금도 움직이지 않았던 것처럼. 그리고 그곳에 들어온 이사나에게 조금도 신경을 안 쓰는 것처럼. 담요를 품에 안고 멈춰 선 채 내려다보는 그에게 여자아이의 눈은 흰자위만 보였는데, 그 것은 어둠 속의 물처럼 고요했다. 윗입술의 가장자리에 하얀 실처럼 살짝 빛을 반사하는 선이 있다는 점도 넓은 이마가 주는 인상과 함께 마치 아이처럼 느껴지게 해, 어제 여자아이가 그를 유혹했던 노골적인 말이 처음으로 잔혹하게 여겨졌다. 이사나가 그렇게 느낀다는 걸 여자아이는 금방 알아챈 듯했다. 어둠 속에서도 강하게 빛나는 눈의 힘을 회복하며 뒤돌아보았으니. 눈뿐만 아니라 그녀 육체의 모든 근육이 도약하는 야생동물처럼 강인하고 농밀하게 응축된 것 같았다.

"왜 전등을 안 켜지?" 이사나는 그를 향해 덤벼들려는 상대의 주의를 딴 데로 돌리기라도 하려는 듯 말을 걸었다.

"당신이야말로, 왜 전등은 안 켜고 소란이야?" 여자아이가 되받아쳤다.

이사나가 거실과 나선계단의 스위치를 누르자 여자아이는 불빛 속 진의 얼굴을 다시 한번 들여다보았다. 그건 단지 정면으로 이사나와 얼굴을 마주치길 바라지 않는, 자기방어의 자세였을지도 모른다. 이사나는 여자아이의 옆얼굴이 불타는 듯한 정면 인상의 그늘인 양 조용하고 지적이기조차한 것에 새로운 인상을 받았다. 그건 꿈속에서 더듬는 것처럼 대상을 분명히 포착했다고는 할 수 없는 감각이기도 했다. 정면에서는 함몰되어 보이던 콧날도 옆에서 보니 오히려 완만하게 패어 있었고 그 팬 곳에서 이마까지 부드러운 선이 이어지고 쭉 뻗어 있었다. 격한 감정으로 글썽글썽하던 눈은 이제 진지하고 차분해져 진을 똑바로 바라보았다.

"내가 협조하기로 한 마음을 못 바꾸도록 내 아들을 감시하라고 지시받은 건가? 인질처럼?" 이사나가 물었다.

"그런 지시는 아무도 안 해. 예쁜 아이라서 보고 있었어." 여자아이가 말했다.

여자아이가 대놓고 진을 더 자세히 들여다보려고 하자 이사나는 서둘러 제지하려 했다. 요 몇 년간 아이가 잠에서 깨어나는 순간 이사나 외에 다른 사람의 얼굴과 그렇게 가까이서 마주친 적이 없었는데, 긴 의자 위에 누워 있는 아이가 담요에 싸인 채 조금씩 꿈틀거리며 이제 막 깨어나려고 했기 때문이다. 그런데 이사나가 말을 꺼내려 하자마자 진이 눈을 떴다. 그리고 깨어나기 전 꿈속에서부터 그 여자아이에게 미소 짓고 있었던 양 소리 없이 온화하게 웃었다.

"이 아이는 예쁘게 웃네" 하고 여자아이는 감동했다. "예쁘고 백치 같지 않아. 보통 백치는 웃어도 화를 내도 고통스러워하는 것처럼 주름이 지는데……."

"넌 백치에 대해 잘 아는구나." 이사나가 말했다. "거리낌 없이 백치, 백치라고 하는 건 좀 그렇지만, 어쨌든 백치를 잘 관찰했네."

"소두증에 걸린 오빠가 있었거든." 여자아이는 어떤 반발하는 마음도 섞지 않고 말했다.

집 밖에서 높고 맑은 휘파람 소리가 들려왔다. 짧은 시간 같은 높이로 지속되다가 그다음에는 급속히 떨리며 내려가는 명료한 한 세트의 소리, 진에게 그것은 새소리이다.

"호반새, 입니다"라고 아이는 속삭였다.

여자아이는 순수한 놀라움을 드러내며 머리를 돌려 이사나를 돌아보았다.

"뭐라고 했어, 예쁜 목소리로"라 말하며 여자아이는 완전히 흰자위가 드러날 정도로 동그랗게 눈을 떴다. "뭐라고 한 거야?"

"지금 휘파람이 흉내 낸 새, 그 이름을 말한 거야" 하고 이사나는 가르쳐주었다.

"정말? 저 휘파람이 새소리야?" 여자아이는 그렇게 말하고서야 자신의 임무를 깨닫고 "우리 동료가 환자를 옮겨 왔어" 하고 말을 이었다. "그럼 어디로 데려가면 돼?"

"3층을 내줄게. 나선계단을 올라가." 이사나가 말했다.

여자아이는 진의 웃는 얼굴을 미련이 남는 듯 내려다보고 나서 현관을 나가 맨발 그대로 밖의 어둠 속을 향해 달렸다.

"맞아, 호반새, 입니다"라고 이사나는 어린아이에게 다가가며 얼렀다.

그러고 보니 지난 일주일 정도, 그것도 밤이 되고 나서 진이 종종, 호반새, 입니다, 라고 보고하듯 말하곤 했었다. 이 계절엔 어두울 때 밖에서 그런 이름의 들새들이 우짖나 보군 하고 이사나는 마음에 두지 않았다. 놈들은 서로 휘파람으로 신호를 주고받으며 셀터 주위를 마음대로 누볐던 것이다. 그리고 진은 들새 소리를 흉내 낸 그들의 신호를 들새 소리로 잘못 들었다기보다, 가짜 호반새 집단이라고 할 만한 놈들의 기척을 감지하고 아버지에게 경고를 한 것인지도 모른다. 부드럽게 위로하듯 저 여자아이 말처럼, 예쁜 목소리로 호반새, 입니다, 라고……

그때 다시 여자아이가 혼자 돌아와서는 덤빌 듯한 원래의 말투로 물었다.

"저 아이가 우리 말곤 누구한테도 자기 모습을 보이고 싶지 않다는데, 어떤 방에서 자면 되는지 어디서 물을 마시면 좋을지 알려주겠어?"

이사나는 3층 및 나선계단의 구조와 부엌, 화장실 그리고 구급상자에 든 약품 위치까지 설명한 뒤 여전히 불타는 듯한 눈으로 똑바로 올려다보고 있는 여자아이의 얼굴을 향해서 거실 문을 닫았다.

문 저편에서 정말 청년들답게, 그러면서도 그들 나름으로 세심한 배려를 하는 느낌으로 무언가를 위층으로 옮기는 기척이 이어졌다. 그리고 그때까지 현관에서 나선계단을 이동하는 소리를 내고 있던 놈들과는 또 다른 놈들이,

"쿠션을 좀 더 훔쳐 올까? 주차된 외제차가 또 있었어" 하고 흔히 있는 일인 양 외치는 소리가 들렸다.

"괜찮아, 담요도 이미 너무 많다 싶을 정도니까." 권위 있는 목소리로 여자아이가 대답했다.

그러고 나자 급속히 모든 것이 조용해졌다. 이사나는 현관문 자물쇠가 채워져 있는지 어떤지를 확인하러 나간 김에 위층의 기척에 귀를 기울였는데 아무 소리도 들리지 않았다. 부엌은 나선계단 아래 나 있는 문을 통해서도 출입이 가능해 들어가서 보니 큰 물병과 구급상자가 사라져 있었다. 하지만 냉장고 안은 손을 타지 않았다. 그가 진과 자신을 위해 간단한 저녁을 만들어 거실로 돌아간 후에도 위층에서 말하는 소리나 사람이 움직이는 기척은 없었다. 이사나는 자신이 가장 조야하고 흉포한 자들이라고 생각했던 놈들이 분명 어떤 규율에 의한 구체적인 훈련을 받고 있음을 알아차렸다. 실제로 진은 그사이 한 번도 겁을 먹는 일없이, 거실에 들여놓은 간이침대에 금방 적응하여 식사를 마치자마자 잠이 들었다. 다만 이사나 자신은 좀처럼 잠들지 못했다. 무언가 간단한 전략을 생각해내서 놈들과의 관

계를 역전시킬 수 없을까, 당연히 그런 생각을 하고 있었던 것이다.

그리고 그 몽상은 죽음에 관한 몽상처럼 어둠의 힘에 의해서 가속되어갔다. 처음에 그는 어둠 속에 드러누운 채 나무의 혼·고래의 혼을 향해, 자신의 현재 체력으로 진을 안고 밖에서 감시하고 있을 게 분명한 녀석들의 추격을 뿌리치고 언덕 동네의 역 앞 파출소까지 뛸 수 있을까, 하고 물어보는 정도였다. *녀석들이 현직 형사를 어떻게 몰아갔는지를 생각하면 그건 불가능하단 걸 알아. 아들은 나한테 안겨 어둠 속을 달리는 걸 두려워하는데, 혹시라도 같이 습지대에 고꾸라지기라도 하는 날에는 그야말로 더 이상 돌이킬 수 없는 심리적 공황에 빠져들지 않겠어?* 그런데 그 육체적 대사업을 완수한다손 치더라도 대체 경찰관에게 어떤 호소를 한단 말인가? 그는 구체적인 폭력에 위협받았다고는 할 수 없는 상태로, 단지 환자 한 명과 그 간병인에게 방을 빌려달라고 부탁받았을 뿐이고, 그걸 받아들여 방을 내주며 협력까지 하지 않았나? 경찰관에게 단 한 가지 설득력을 가질 만한 건 지금 자신을 뒤쫓아 오고 있는 놈들이 요전에 당신들의 중년 동료를 유혹하려 했던 여자아이 일당이라고 밀고하는 것뿐일 텐데, 경찰관을 데리고 셸터로 돌아갈 때면 그녀의 자취는 사라지고 없을 것이다. 사실 그는 오늘 일어난 일에 대해 무엇 하나 제대로 된 설득력을 가지고 경찰관들에게 얘기할 수 있을 거라고 생각하지 않았다. 모조 페니스를 단 여자아이의 춤 같은 걸 얘기한다고, 누가 믿을까? 거기다 밀고에 성공하지 못해 피로감을 느끼며 셸터로 돌아간다면 그 순간을 벼르며 언덕 아래 어둠 속에서 숨어 기다리던 놈들에게 두드려 맞겠지. 고래와 나무의 대리인이라고 하더니 어떻게 금세 세속적인 권위에 매달려 우리를 팔아넘기려 할 수 있냐고 저 여자아이조차 격분하겠지. 당신이 진짜 고래와 나무의 대리인이냐고 셸터의 옥상에서 발소리를 내던 기세로, 끝없이 집요하게 추궁해댈 것이다. *만일 그걸 녀석들이 믿게끔 하면 실패한 밀고를 용서받는다 친들, 녀석들에게 어떻게 말하면 좋을까? 나의, 이런 나무의 혼·고래의 혼을 향한 호소의 열렬함 외에는 나 스스로에게조차 내가 대리인이라는 사실을 보증할 수 없는데?* 하고 이사나는 가련하게 나무의 혼·고래의 혼을 향해 말했다.

진을 안고 도망가는 것보다 그나마 현실적인 방법이 있다면 지금 나선계단을 올라가서 저 여자아이와 '환자'를 무슨 수를 써서라도 가두고 셸터를 엄중하게 잠근 후에—라고 하는 건 녀석들이 이번을 눈치채고 침입해 오지 않도록 할 필요가 있기 때문인데—지하벙커의 핵셸터용 비품 속에 있는 조명탄에 불을 붙여 구조를 요청하는 것이었다. 하지만 타인들에게, 우리들을 구조해줘, 라고 할 권리가 나에게 있을까? 이 셸터에서 그와 같이 큰 소리로 외칠 수 있을까? 나는 전 세계의 타인들과 인연을 끊고 그들을 이른바 핵전쟁의 열과 폭풍, 방사능 속에 내팽개쳐버리고 아들하고만 핵셸터 안에 틀어박혀 있는 인간인데? 설사 구조된다 해도, 다음은 놈들 대신 전 세계의 타인들이 여기에 쳐들어오게 되겠지, 하고 그는 나무의 혼·고래의 혼을 향해 말했다. 그리고 계속 하소연과도 같은 호소를 이어가고자 어둠 속에서 고조되는 몽상에 몸을 맡기다 갑자기 날카로운 이미지의 역습을 받았다. 그는 어둠 속에서 몸을 굳힌 채, 나무의 혼·고래의 혼에게 호소할 기력을 잃었다. 지금 쥐 죽은 듯 조용한 3층 여자아이와 병든 청년이야말로 나무의 혼·고래의 혼이 그에게 보낸 사자使者일지도 모르지 않나? 그렇다면 이사나는 나무·고래의 대리인이기를 바라면서 나무·고래의 호소를 액살하고 그러면서도 계속 나무의 혼·고래의 혼을 향해 이야기하고 있는 것이다. 그 액살 계획의 처음과 끝에 대해……. 그대로 잠든 이사나는 나무의 혼·고래의 혼의 법정에 자신이 끌려 나가는 꿈을 꿨다. 법정에서는 그를 규탄하는 증인으로서, 불꽃처럼 타오르는 호박색 눈을 한 여자아이와 붕대로 머리와 얼굴을 칭칭 감아 생김새를 알 수 없는 환자가 기다리고 있었다…….

5장

고래나무

눈뜨기 전 새로 꾼 꿈 속에서 이사나는 큰 무리를 이룬 나무의 혼·고래의 혼에게 에워싸여 있었다. 원생림처럼 나무의 혼이 많고 근대 고래잡이가 시작되기 전과 같이 고래의 혼도 많았다. 기괴한 꿈이 기괴한 꿈이기에 지니는 고지식한 변증법처럼 그들이 '혼'이기에 그처럼 방대한 규모에도 불구하고 지금 진과 그가 자고 있는 거실 벽에 운집할 수 있는 것임을 인지하고 있었다. 그리고 이사나는 긴 의자에 담요를 뒤집어쓰고 드러누워 점점 잠에서 깨어나면서도 여전히 나무의 혼·고래의 혼으로부터 무언의 심문을 받고 있었다. 그것도 그의 꿈의 내부 구조를 지탱하는 의미 부여에 따르자면 정신분석가가 취하는 방법으로. 이사나는 긴 의자에 드러누워 있기만 하면 되었다. *왜 내가 3층에 있는 녀석*

들을 박해하려고 하는지 묻는 거야? 오히려 내가 피해자인데? 하고 그는 개 주둥이를 덮는 입마개라도 씌워져 있어 미세하게 말할 수밖에 없는 것인지, 아니면 자기가 하는 말을 스스로 의심하고 있기 때문에 그 정도 소리밖에 낼 수 없는 것인지, 여하튼 정말 미세한 소리로 나무의 혼·고래의 혼 무리에게 호소한다…….

그러고 나서 목이 말라 그는 눈을 떴다. 꿈속에서 목이 마른다는 자각이 그대로 이어져 눈을 떠도 목이 말랐다. 그 꿈은 대체로 초현실적 요소를 내포하면서도 온갖 장치의 세부와 특정 인간들의 관계는 현실 그대로였다. 때문에 눈뜬 이사나는 현실 생활로 이동하는 것이 미묘하게 어색하게 느껴졌다. 그것이 지난 수년 동안 꿈의 정해진 양식이었다. 그러나 조금 전 꿈에서처럼 새로운 타인의 존재가 꿈에 등장하는 일은 한동안 없었다. 그대로 드러누운 상태에서 총안으로 들어오는 옅은 오전의 빛 가운데 부엌으로 통하는 문이 반쯤 열려 있는 걸 이사나는 발견했다. 그가 분명히 닫아두었던 문이다. 가만히 바라다보는데, 반쯤 열린 문 안쪽 어두운 공간을 서성거리는 자가 있었다. 이사나는 그제서야 비로소 육체도 눈을 뜬 것처럼 서둘러 몸을 일으켰다. 그리고 그걸 기다리던 여자아이가 어둡고 쉰 목소리로 말했다.

"환자가 아무것도 못 먹었는데, 뭐든 먹을 것 좀 줘요."

짐작이 빗나갔다는 기묘한 감각과 함께, 이사나는 그녀가 타인 안으로 성큼성큼 들어왔던 것과는 완전히 상반되는 음전함으로 그가 눈뜰 때까지 가만히 기다리고 있었음을 깨달았다. 영리한 개처럼 문을 반쯤 열어두고 응시하면서. 그는 옆 침대에 진이 아직 잠들어 있는 걸 확인하고 담요를 허리에 감싸고 일어나 걸어갔다.

"냉장고에 있는 거 마음대로 먹어" 하고 말하는 것만으로는 부족한 기분이 들었던 것이다.

실제로 여자아이는 바로 냉장고를 향하는 대신, 부엌으로 들어가는 그에게 쫓겨나는 듯한 모양새로 구석으로 물러서서 그를 쳐다보았다. 그녀는 이제는 화장을 씻어냈는데 여전히 눈은 불타듯 빛나고 있었고 입술의 모양도 뚜렷했다. 거무스름한 피부색이 더욱 짙어진 것만이 화장을 지운 후의 변화이다. 그건 이사나가 전에 함께 잔 어떤 어린 여자들과도 다른 인상이었다. 이사나는 냉장고에서 빵과 햄과 양상추를 꺼내 싱크대 도마 위에 올려두었다. 여자아이가 그걸 집으려고 자발적으로 움직이는 옆에서 이사나는 토스터를 콘센트에 연결해 여자아이 쪽에 놓아주었다. 그러는 동안 이사나의 시선은 여자아이의 몸에 끌렸다. 그녀는 이사나의 코듀로이 바지를 깎아낸 듯한 모양의 복부가 보이도록 입고 있었다. 그는 거기 있기가 거북해졌다. 여자아이의, 타인을 타인이라고 생각지 않는 모습과 겁쟁이라고도 할 수 있을 정도의 음전함의 일관성 없는 교차가 결국 이사나에게 그녀의 인상으로 새겨지게 되었다.

계단 위에서,

"이나고蝗(메뚜기), 이나고!" 하는, 사람을 우울하게 만드는 가련한 목소리가 가루처럼 내려앉았다.

"'이나고'라고 말하는 건가?"

"내 이름을 부르고 있는 거야. 저런 별명은 어렸을 적부터 지겹게 들었어." 여자아이가 불쾌해하며 대꾸했기 때문에 이사나는 더 이상 캐묻지 않고 그저 여자아이의 이름으로 이나코伊奈子라는 글자를 연결시켰다.

이사나는 샌드위치를 만드는 여자아이 근처에 홍차와 주전자를 놓아주었다. 그러다 이 여자아이가 부엌 가스 설비를 제대로 사용할 수 있을지 어떨지 신경이 쓰여서 직접 주전자를 가스레인지에 올렸다. 그렇게 일단 부엌일에 발을 담그자 자연스레 자신과 진의 식사를 만드는 수순으로 들어가게 되었다. 좁은 부엌에 여자아이와 둘이서 각자의 일을 하며 갇혀 있자니 약간 에로티시즘의 냄새마저 풍기는 친밀한 분위기가 나기도 했다. 식사를 만든 후 그걸 환자를 위해 나눠달라고 요구받는다면 거절할 마음은 없었다. 그는 선수를 쳐서 환자가 먹기에도 좋을 만한 식사를 준비하려고 깊은 냄비에 물을 많이 붓고 불을 붙이고, 냉동해둔 닭 반마리를 그대로 담았다. 눈을 녹인 물처럼 엷고 탁한 입자가 주위에 피어오르며 닭이 천천히 녹기 시작했다. 거기에 씻은 쌀과 통마늘을 넣었다. 중국식 죽을 만들 셈이었다. 여자아이는 샌드위치를 접시에 담고 이사나가 끓인 물로 홍차를 만들며 이쪽 요리를 살피고 있었는데 그사이 말없이 쟁반에 음식을 담아 나선계단 쪽으로 연결되는 문을 통해 나갔다.

이사나는 깊은 냄비가 끓기 시작할 때까지 자신과 진을 위해서도 홍차를 만들고 빵에 버터를 발라두었다. 그리고 가스 불을 줄이고서 거실로 돌아갔다. 진은 조용히 잠에서 깨어나 있었다. 아빠와 둘이서 아래층으로 내려와 잔 것만으로 그 어리고 부드러운 머리와 육체 속에는 얼마간의 긴장과 고양감이 이어지고 있는 듯했다. 화장실을 다녀온 후, 그들은 깊은 냄비 속 죽이 다 끓기를 기다리며 간단한 식사를 했다. 이윽고 진은 셸터 외벽 너머에서 들려오는 신호음을 감지하고,

"호반새, 입니다" 하고 이사나에게 알렸다.

휘파람만으로는 3층 여자아이의 주의를 끌기에 부족했을 것이다. 돌멩이도 하나 외벽으로 날아들었다. 그러자 비로소 나선계단을 내려와 현관으로 나가는 기척이 있었다. 한참 지나고 나서 여자아이가 다시 부엌을 통해 거실로 들어와서는 그들 무리의 리더 이름을 이사나가 이미 알고 있다는 양 언급하며,

"다카키가 만나고 싶다네, 자전거로 심부름을 가줬으면 한대"라 말했다.

이사나는 일어나서 거실 총안으로 밖을 내다보았다. 다카키, 이사나의 의식에 다카키喬木라는 글자의 형태로 인식된 청년은 산벚나무 줄기에 기대어 고개를 숙이고 있었다. 그 자세는 이사나가 그의 요청을 거절할 거라고 예상하는지 아니면 전혀 그렇지 않은지에 대해 어떠한 힌트도 주지 않았다.

"이 아이는 내가 보고 있을게." 여자아이가 총안에서 계속 밖을 보고만 있는 이사나를 재촉했다.

이사나는 일순간 그의 온몸을 관통하는 쇼크에 전율하듯 뒤돌아보았다. 갑자기 한 무리의 의사들이 그의 한쪽 넓적다리를 절단해서 가져가겠다고 덤비는 것과 같은 말을 그

여자아이가 했기 때문이다. 더구나 여자아이는 그의 답을 기다리는 대신 자신이 진을 돌보는 게 당연하다는 듯 행동했다. 지금 진은 바닥에 펼쳐놓은 도감의 좌우 양면에 극채색으로 그려진 은행나무, 주목, 억새, 나한송, 죽백나무 등의 잎과 열매를 단 작은 가지, 또 나무 전체를 굉장히 자세히 살펴보고 있었다. 여자아이는 그처럼 열중하는 아이의 모습에 경의에 가까운 감정을 나타내며 뒤쪽에서 바라다보았다. 그 모습은 이사나가 파악한 그녀의 실체가 뒤죽박죽 혼란스러워질 정도로 새로운 인상을 주었다. 그녀는 지금 이사나가 겨우내 입은 두꺼운 긴팔 셔츠를 입어, 헐렁헐렁한 목둘레에 턱까지 파묻히고 소매 둘레도 크게 늘어져 있다. 그렇게 남의 옷을 빌려 입은 것에 대해 일말의 변명조차 없는 것은 지금 인질로 붙잡힌 모양새가 된 진을 감시하겠다고 겁 없이 자청하고 나선 뻔뻔함과도 연결되었다. 그 여자아이가 진에게 감탄의 시선을 던지고 있는 것은 분명했다. 이사나가 진을 남기고 셸터에서 나갈 때 하는 백 가지 정도의 의식을 대수롭지 않게 내던지도록 하는 힘을 발휘하며……

"이 아이는 내가 보고 있을게. 환자한테 약이 필요해." 다시 이사나를 향해 눈을 들며 여자아이가 말했다.

그 반짝반짝 빛나고, 그 빛 속에 애원하는 자의 무력한 희구希求를 담은 눈이 다시 이사나에게 소름이 돋을 듯한 감각을 맛보게 했다. 가련하게 노력하는 여자아이의 눈에 비치는 무력한 희구는 아직도 이사나의 머리에 남아 있는 나무의 혼·고래의 혼의 꿈의 자취와 겹쳤다. *오히려 내가 피해자인데?* 하고 이사나는 무언의 이의 제기를 할 셈이었는데 결국 그 여자아이의 눈에 지고 말았다.

"진은 얌전하게, 나무 그림을 보고 있어요. 진은 나무 그림을, 보고 있어요." 이사나가 아들에게 말을 걸었다.

"진은 나무 그림을 보고 있어요, 입니다"라고 도감에 매혹된 어린아이는 얼굴을 들지 않고 말했다.

이사나는 자전거를 가지고 나와 언덕을 내려갔다. 그를 알아보고 바로 도로까지 뛰어올라 온 청년이 그로서는 저 여자아이처럼 자기 사명을 확신에 차 강요할 수는 없는지, 이사나의 얼굴을 바라보는 대신 자전거 핸들의 녹슨 부분을 눈썹을 찌푸리며 보다가 엷은 입술을 움직이며 말을 걸었다.

"환자의 상처가 곪아서 항생제를 사다 줬으면 해. 요즘에는 의사의 진단서가 없으면 약국이 항생제를 안 판다고 하니까. 더구나 환자가 파상풍을 무서워해서 잠들지 못한다니 수면제도 사다 주었으면 좋겠고. 수면제도 약국에서 주소와 이름을 확인하고 파니까 말야."

"수면제는 보장 못 해." 이사나는 그렇게만 대답했다.

이사나가 덤불 속에서 자전거를 뒤로 밀어 방향을 바꾸고 다시 길 위로 들어 올리는 사이에 다카키는 미군부대 야전복에 달린 커다란 주머니에서 손수건에 싼 꾸러미를 꺼냈다. 그걸 이사나에게 건네는 청년은 입술을 더욱 얇게 만들며 진지한 얼굴을 했는데, 오히려 그 표정에 마음속 만족감이 드러나는 것도 같았다.

"이건 전부 동전이야, 약국에서 수상하게 생각할지도 모르지만 말이야……."

"너희 친구들이 모금한 거?"

"시외로 직통전화를 걸 수 있는 공중전화에서 요금 통을 떼 왔어." 청년이 말했다.

이사나가 자전거를 타려 하자 청년도 안장에 한 손을 올리고 따라왔다. 처음 그는 시선을 전방 땅에 두고 걸으며 침묵하고 있었다. 그러다가 이사나를 향해서 뭔가 말하고 싶기는 한데 그 화제가 예전에 타인의 관심을 끈 적이 없었던 게 떠오르고 말았다는 듯, 조금이나마 이사나가 차가운 반응을 드러내면 입을 다물어버리려는 태세로 말했다.

"당신이 스스로를 나무와 고래의 대리인이라고 정말 믿는다 치자고. 나도 어쩐지 믿을 수 있을 것 같으니까. 그걸 전제로 하는 말인데 말야, 당신은 '고래나무'라는 이름을 들어본 적 없어? 옛날 나는 어떤 지방에든 그 지방의 고래나무가 있다는 걸 의심치 않았어. 내가 자란 지방에 그게 있어서인데, 고래나무 같은 건 사람들 앞에서는 입 밖으로 꺼내면 안 되는 거라 외지인들 귀에는 들어가지 않는 거라고 생각했어. 사실은 어떨까? 적어도 우리 지방에서는 고래나무라고 불러. 혹시 같은 게 있더라도 다른 지방에서는 다른 이름으로 부를지도 모르니 구체적으로 그게 어떤 역할을 하는 나무인지 설명하지 않으면 얘기가 안 통하겠지만⋯⋯."

"고래나무라!" 이사나는 감명을 받아 동요하며 날숨을 내뱉듯 말했다. 고래나무, 입니다, 라는 진의 목소리가 뒤따르지 않는 것을 어딘가 불안하게 느끼면서.

그런 채로 이사나는 자기 눈앞에 실제로 보이는 것과는 다른, 또 하나의 공간을 발견했다. 그것은 끝없이 넓게 펼쳐진 초원을 향해 선 자 혹은 바다를 향해 선 자만이 경험할 수 있는 광대한 공간으로서, 도시에 정주한 이래 잃어버렸으나 환영으로 재현된 그 공간을 가득 채우며 단 한 그루의 나무가 만드는 거대한 숲, 즉 고래나무가 나타났다. 굵은 나무줄기 위로 벼처럼 무성하게 뻗은 가지들에 작은 잎이 빽빽하고 방대하게 퍼져 있어, 바다 위로 솟아오르는 흰수염고래와 같은 위용을 드러냈다. 거기다 무성한 이파리가 만들어내는 머리 부분에서 작고 검으며 영리해 보이는 눈이 천진난만하게 미소 지었다. 그 고래나무 전체는 그리움 그 자체이다……

"자전거가 넘어지겠어." 청년이 말했다.

이사나는 자기 몸 쪽으로 기우는 자전거에 달린, 햇살을 반사하며 도는 바큇살을 내려다보긴 했지만 멍하니 대처를 망설였다. 이내 자전거가 그와 다카키 사이로 넘어져 바퀴가 헛되이 돌았다. 청년이 자전거를 일으켜 세우는 동안 어떻게든 그가 미소로 화답해야만 했던 고래, 무성한 잎 가운데 눈 주위에 주름을 만들며 미소 짓던 고래나무 속 고래의 환영은 사라졌다. 그러나 청년은 이사나의 방심이 의미하는 바를 정확하게 이해하고, 자전거를 건네받아 다시 밀기 시작한 이사나에게 고래나무에 대해 이야기를 이어나갔다.

"우리 멤버들은 하나같이 집단취직(지방의 중고생들이 도시의 회사나 상점에 집단으로 취직하는 것)해 도쿄에 나온 놈들이야. 언제 어디서 태어났는지 같은 건 서로 말하지 않지만, 어쨌든 난 숲이 많은 지방에서 태어났어. 그리고 우리 지방에는 고

래나무가 있었지. 당신이 태어난 곳에는 고래나무가 없었
어?"

이사나는 청년이 몇 번이나 고래나무에 대해 처음 만난
사람에게 물어보았고, 그때마다 부정적인 반응밖에 이끌어
내지 못했으리라 추측했다. 오랜 기간 울적했던 듯 불만 가
득한 표정은 어제 그가 고래와 나무의 대리인을 맡고 있다
고 말했기 때문에 하룻밤 새 이야기를 꾸며내 말하는 것은
아님을 이사나로 하여금 믿게 만들었다. 근본적으로는 고
래나무라는 말을 들은 순간부터 계속 그것을 믿고 싶다고
바라고 있는 이사나의 내부 사정이 작용했지만…….

"내가 자란 곳도 산골이었는데, 고래나무라 불리는 건 없
었어." 그가 조심스럽게 말했다. "하지만 지금 고래나무라
는 말을 듣고 내게도 곧바로 고래의 모습을 하고 바람에 따
라 고래처럼 움직이기도 하는 큰 나무가 보였어. 그리운 느
낌이야."

"그립다고?" 다카키는 그 한마디의 의미를 가늠하느라
긴장감을 드러내며 말했다. "어떤 나무가 보였지? 나로서
는 단지 고래나무라는 말을 듣기만 했지, 실제로 그걸 보러
간 건 아니어서……. 난 어렸거든. 그래서 난 고래나무를 늘
공상하곤 했어. 소년 잡지 퀴즈난에, 이 그림 가운데 동물이

몇 마리 숨어 있을까요, 같은 그림 찾기 놀이가 있잖아? 내가 공상한 것도 고래 몇십 마리가 밀치락달치락하며 하나의 나무를 이루는 고래나무였어. 나는 그 고래나무를 그림으로 그렸지."

다시 선명하게, 이번에는 고래들이 무리 지은 나무가 환영으로 나타났다. 이사나는 자기 몸 쪽으로 자전거를 끌어당겼다.

"너도 고래나무를 실제로 본 건 아니구나⋯⋯."

"하지만 우리 지방에 고래나무는 실재했고, 그 아래에선 마을 재판이 열렸어." 청년은 이사나의 부정적인 반문을 봉쇄할 기세로 빠르게 말을 쏟아냈다. "실제로 고발된 사람은 그 재판이 열린 달밤 이후로 마을 어디에도 보이지 않았으니까 말야. 고래나무는 있었던 거지."

처음부터 이사나는 고래나무를 둘러싼 어떤 일화도 의심할 마음이 없었다. 그는 자신들이 지금 고지대 마을로 가는 언덕 꼭대기 어귀에 다다른 것이 아쉬웠다. 청년이 이제 돌아갈 것이 분명했으니.

"지금 했던 그 고래나무 이야기, 다음에 이어서 들려줄 수 있어?" 이사나는 미련이 남는 듯 말했다.

"언젠간 고래나무 이야기를 진지하게 들어줄 사람을 만

날 거라고 생각하고 있었어." 다카키가 안장에 올려둔 손을 떼면서 말했다.

이사나는 그 말 한마디에, 줄에 매여 좁은 공간을 돌아다니다 결국에는 줄을 잡고 있는 사람의 무릎에 폴딱 내려서는 곡마단의 원숭이 같은 신세가 되고 말았다……. 자전거를 밀면서 언덕을 오른다. 비스듬히 앞으로 기울어진 그의 몸은, 무참히 발톱으로 긁는 소리를 내는 개처럼 격렬하게 땅을 차지 않으면 마음먹은 대로 앞으로 나아가지 못했다. 그 언덕을 자전거를 밀면서 서둘러 올라간 적이 예전에 없었음을 그는 깨달았다. 그러나 지금은 심장이 비정상적인 상태가 되도록 서두르고 있는데 그와 진에게 완벽한 타인에 불과한 그들의 의뢰 때문이다. 그리고 그의 머리는 그 생판 남인 사람들의 의미 전달조차 불충분한 기묘한 이야기에 교란되어, 새삼 정신을 차리고 보니 그 타인들의 수중에 있는 진에 대해서조차 잊어버리고 있었을 정도였다. 고래나무라! 언덕의 한쪽 비탈을 깊게 깎아내는 과정에 생긴 벽면에, 아직 살아 있는 나무뿌리가 여기저기 노출되어 있다. 그는 그곳을 통과할 때마다 단지 뿌리만을 엿보는 건 그 나무에 대한 예의가 아니라는 생각에 압도되어 높은 우듬지까지 올려다보았는데, 지금은 고개를 들지 않고 힘을 주어 자전거를 밀면서 자신이 무시하는 나무의 혼에게 이렇게 변명했다. *지금은 신호가 발신되고 있으니까, 고래나무라는 신호가 발신되고 있으니까 난 헐레벌떡 뛰어다니지 않을 도리가 없는 거야.* 그리고 언덕 정상까지 도착하자 이사나는 한숨도 돌리지도 않고 다시 자전거를 밟아 역 앞에 있는 약국을 향했다.

이사나의 선입견으로는 항생제보다도 수면제를 입수하는 게 어려울 것 같았다. 그러나 중년의 여자 약사는 그가 주소와 이름을 적자 오키 이사나라는 특이한 이름을 의심하는 듯한 기색도 없이 곧바로 수면제 한 상자를 유리 진열대 위에 내주었다. 그러면서도 항생제에 관해서는 그 용도를 자세히 물으려 했다.

"아드님을 위해서?" 하고 약사는 말하며, 이 고지대 마을 사람들에게는 투명 인간처럼 무관한 사람으로 살고 있다 생각해온 이사나에게 타인의 시선의 벽을 들이댔다. "손님이 복용할 거라면 왜 의사와 상담하지 않죠? 배우자 없는 성인 남성이, 설사 어떤 병에 걸렸다 해도 그건 부끄러운 일은 아니잖아요?"

불명예를 기꺼이 감수하고, 이사나는 약사의 오해에 응하기로 했다.

"어느 정도 양을 먹어야 부작용이랄까, 장에 해랄까, 그런 게 없을까요?" 이사나는 눈을 피하며 물었다.

"대량으로 복용하면 안 된다고 말해도 일반인의 요법으로는 누구나 필요 이상으로 먹게 되죠. 손님도 장애가 있는 아드님을 혼자 둔 채 병원에 다니는 건 어려우실 테니 대략적인 복용 규칙만 써둘게요. 그런데 어째서 부끄러워해요?"

오해로 인한 것이기는 해도 상황은 이제 궤도에 올라 있기에 이사나는 입을 다문 채 기다렸다. 그는 지금 명예롭지 못한 병을 상상하고 있는 그 약사에게뿐만 아니라 어쩌면 모든 타인에게, 입을 다물고 선 자신이 '부끄러운 남자'·'부끄러움을 자각하고 있는 남자'로 보인다는 걸 알고 있었다. 결국 필요한 약품을 모두 구해 다시 자전거에 올라탔을 때 이사나는 상점가의 사람들과 오가는 사람들에게서 새로운 타인의 얼굴을 발견했다. *난 이 역 앞 상점가를 단순히 지나치는 사람이 아니라, 절벽 아래 세워진 기묘한 집 주인으로 인식되고 있었던 거야. 나는 저 인간들을 조심하지 않으면 안 돼*, 하고 그는 배기가스에 움츠러든 역 앞 거리의 플라타너스에 깃든 나무의 혼에게 말했다. 청년들이 이사나에게 관계 맺기를 강요하는 타인으로서 출현하자마자 녀석들과는 정반대되는 성격의 시민 생활을 영위하는 타인들 또한 그에게 농밀하게 실재하기 시작한 것이다. 즉 이사나가 진과 셸터에 은둔함으로써 어떤 타인도 관계를 통해 자신들에게 실재하는 일은 없을 것이라고 생각하고 있던 상황에서, 한꺼번에 양 날개를 포위당하듯 각기 다른 종류의 타인들에게 노출되는 상태로 진입해버린 것이다. 그들은 이제 너는 우리 중 어느 쪽에 속하느냐고 서로 싸우듯 이사나를 재촉할 것이 분명하다. 그는 자기 머리에 경보를 울리려 했지만, 거기에는 이미 거대한 고래나무의 환영이 가득했다. 그걸 생각하면 자전거 페달을 밟는 몸이 그대로 수증기에 휩싸여 붕 떠오를 것 같을 정도였다. 계속 자전거를 달리는 동안 고래나무는 그가 지금까지 경험한 가장 확고한 실재성을 띠고 그의 뇌리에 자리하며, 거기에서 몸을 향해 뿌리를 내리고 몸 안의 피를 빨아들였다. 그건 또한 그의 의식 전체를 그림자와 누런빛이 일렁이는 졸참나무 같은 무성한 나뭇잎들 속에 두었다.

그 고래나무를 향해, 나아가 자기 의식=육체 안에 고래나무를 무성하게 하고, 고래나무 그 자체가 되어 자전거 페달을 밟는다. 브레이크를 이따금 밟으며 자전거에서 내리지 않고 언덕길을 달려 지나간다. 그대로 언덕 아래 길모퉁이를 전속력으로 돌고 나서 그 속도로 계속 달리던 자전

거는 별것도 아닌 직진 코스 갓길에서 그만 앞바퀴가 빠지
고 말았다. 그는 안장에 망연자실 엉덩이를 올려둔 채로 거
꾸로 뒤집힌 자전거와 함께 공중으로 떠올랐다가 운동체
로 태어난 인간의 본능 그대로 몸을 웅크리며 앞으로 굴렀
다. 그곳은 수확되지 못한 채 말라버린 배추가 나뒹구는 밭
이었다. 그는 물가로 나가 파도에 휩쓸린 것처럼 몸의 자유
를 되찾지 못한 채 떼굴떼굴 구르며 언제쯤 근육 혹은 뼈에
동통이 올까 겁을 내고 있었다. 그런데 동통이 아직 나타나
기 전에 밭두렁 앞 둥근 구덩이에 어깨와 머리가 처박혀 건
너편으로 그대로 허리가 내동댕이쳐지면 어깨를 접질리거
나 목뼈가 부러지거나 할 위기에 처하게 되었다. 그는 지혜
를 발동시켰다. 온몸에 힘을 주고 관성에 대항하여 털썩 등
을 밭두렁에 부딪친 후 바로 물구나무선 모양으로 정지했
다…….

즉각 일어서면 정수리를 두드려 맞은 개처럼 몸을 사정
없이 휘청거리다 또다시 나자빠질 게 분명하다. 그는 그 상
태로 몸을 도랑에 빠뜨린 채 한동안 있기로 했다. 지금 당장
곤혹스러운 건 흐르는 코피뿐이다. 아직 엉덩이가 안장에
붙어 있던 공중에서 핸들에 코를 긁혔던 것이다. 땅 위로 나
자빠지고 나서 평소 프리즘 쌍안경으로 주시하는 초목이나

지면 그 자체는 그에게 어떠한 위해도 가하지 않았다. 아마도 나무의 혼·고래의 혼의 가호 덕분이리라. 이사나는 콧구멍을 통해 밖으로 나가는 대신 바로 목 안으로 흘러드는 코피를 가래 뱉듯이 뱉고, 입술로 방울져 떨어지는 코피는 점퍼 소매로 닦으며 그대로 누르고 있었다. 고개를 든 그의 시야에 셸터 외벽의 동그라미와 가위표로 된 눈의 기호가 흔들리며 들어왔다. 눈이구나, 하고 그는 코피 맛처럼 쓸쓸한 기분으로 자조했다.

그러나 조용히 자신을 야유하면서 크게 넘어져 공황 상태에 빠져버린 내장과 뼈, 근육을 돌보고 있을 수만은 없었다. 방아깨비 같은 자들이 환성을 지르며 방향감각이 마비된 그에게는 사방팔방이라고밖에 말할 도리가 없을 만큼 여러 방향에서 튀어나왔기 때문이다. 그 청년들은 방약무인하게 웃으며 이사나를 내려다보면서 잔혹한 눈빛을 숨기려고도 하지 않았다. 그들은 쓰러져 있는 이사나에게 웃음의 빛을 전달하고자 하는 게 아니었다. 웃음으로써 그들 자신의 기분을 누그러뜨리고 이완시키고 있는 것도 아니었다. 그들의 웃음소리는 짐승을 감쪽같이 함정에 빠뜨려, 녀석을 잡아먹을 수 있게 되었다는 기대와 투쟁심으로 불타오르는 사냥개의 짖는 소리가 아닐까 의심스러웠다. 이사나는 큰 치욕과 더 큰 낭패감에 사로잡힌 채 일어섰다. 그가 비틀거리자 웃음소리는 더욱 과열되고 가속되었고 웃는 자들은 이사나를 둘러싼 원을 풀려고도 하지 않았다.

"아, 일어났다! 걷는다!" 소년 하나가 외쳤다. 몸을 비스듬히 가라앉는 판자에 올려둔 듯 불안정한 상황에서 한쪽으로 기울어지지 말라는 마음속 지령을 따르자 몸은 그대로 반대로 기울어지며 크게 흔들리고 말았다. 그렇게 셸터를 향해 걸어가며 이사나는 쓰러져 있던 사이 여기저기서 들려오던 웃음 섞인 그들의 말이, *아, 살아 있어!*였다는 걸 의식 속에 새로이 등록했다. 그것은 그로 하여금 분노 덩어리를 마음에 품게 만들었다. 나아가 축제의 도깨비(일본의 축제에는 종종 도깨비가 등장한다. 특히 설이나 추석과 같은 명절에는 사원이나 신사의 행사에서 액운을 쫓아내는 의미로 도깨비가 항복하고 도망가는 모습을 연출한다)를 조롱하는 군중처럼 공공연히 비웃는 청년들에게 뒤쫓기듯 걷는 동안 그 분노는 끊임없이 증식했다. 그는 결국 아픈 다리도 개의치 않고 강동강동 뛰듯이 다리를 절면서 셸터로 향했다.

그리고 이사나는 셸터 외벽에 기대어 세워놓은 잡초 괭이 앞에 다다르자 소란스럽게 따라온 청년들을 향해 느닷없이 그걸 휘둘렀다. 청년들이 제대로 반격했다면 괭이를 휘두르면서도 연신 괭이자루에서 한 손을 떼고 점퍼 소매를 코에 대야 하는 고독한 절름발이 공격자쯤, 곧바로 때려 눕힐 수 있었을 것이다. 그러나 비웃는 청년들은 그의 모든 공격이 미리 게임 속에 포함시켜둔 것이라는 양 일부러 괭이 날 끝이 닿을락 말락 하는 범위 안에서 왔다 갔다 했다. 그러는 동안 이사나의 내부를 태우던 급작스러운 분노는 급작스럽게 사그라져 그의 몸 안에 별안간 공백이 동굴처럼 열렸다.

괭이를 버린 그가 계속 흐르는 코피를 소맷부리로 닦으면서 현관문을 열자, 그곳에는 당장이라도 도망칠 준비를 하고 있었던 것처럼 이나코와 작은 몸집의 소년이 서 있어서 부딪힐 뻔했다. 이나코도,

"아아, 아" 하고 우는 듯한 소리를 내며 얼굴을 일그러뜨리며 웃고 있었다. "당신 진짜 웃기는 사람이네, 아아, 아, 아아, 아⋯⋯."

이나코 옆에 서 있던 소년 또한 먹을 만드는 검댕을 뒤집어쓴 것처럼 기름에 찌들어 까매진 얼굴로 땀까지 흘리며 진기한 짐승을 보듯 그를 응시했다. 그리고 마른 턱을 가냘프게 움직이고 있었는데, 그 또한 들리지 않을 정도의 소리를 내며 웃고 있는 것이었다.

"아아, 아, 웃겨, 당신! 우리는 싫은 놈들을 골탕 먹이려고 여러 가지 우스꽝스러운 일을 시켜봤지만 그렇게 웃기게 넘어진 사람은 없었어, 아아, 아."

"다카키는 없나?" 코에서부터 어깨에 이르는 새로운 통증을 느끼며 이사나가 말했다.

"방금까지 있었어. 구멍으로 당신을 보면서. 당신이 너무 웃기니까 당신 얼굴을 못 보겠다고 생각한 거겠지. 옥상으로 나가서 뒤쪽으로 뛰어갔어. 아아, 아, 진짜 당신 웃겨!"

이나코가 계속 웃자 병든 소년도 계속 소리 없이 가냘픈 웃음을 지었는데, 진기한 짐승을 보는 건방진 눈은 한순간도 움직이지 않았다. 그처럼 천연덕스럽게 재미있어하는 그들을 향해서 울분을 터뜨릴 수도 없었다. 이 마르고 거무스름한 피부색을 한 사내아이의 기름에 찌든 피부에 땀이 맺힌 것은 열 때문일까, 아니면 웃어서일까? 이사나는 분한 마음으로 생각했다. 그러다 그는 넘어진 후 처음으로, 애초에 왜 자전거를 타고 질주했던가 하는 실제 용건에 생각이 미쳤다. 역시 뇌진탕으로 의식이 온전치 않았던 것이다. 이사나는 점퍼 주머니에서 약국에서 사 온 것을 꺼내, 여전히 아아, 아 하는 웃음의 여운이 가시지 않은 이나코에게 건넸다.

"항생제 복용에 관한 지시는 종이봉투에 쓰여 있어. 수면제에 대해서는 잘 알고 있겠지?"

"고마워" 하고 일단 말하긴 했지만 이나코는 또다시 히스테리를 일으키는 어린 여자아이처럼 앳되게 아아, 아 하고 웃었다.

곁에 서 있는 소년도 거기에 맞춰 하하, 하, 하는 식으로 웃었다. 실내의 어둠에 익숙해진 이사나의 시선은 청년이 가슴 앞쪽에 왼손으로 감싸 안은 오른손에 꽂혔다. 그것은 담요 조각에 싸인 채 무겁고 시큼한 냄새까지 풍겼다. 거기다 청바지 허리가 헐렁할 정도로 가느다란 몸통을 비롯해 피부가 노출된 곳은 구석구석까지 검푸른 닭살이 돋아 있었다. 그 피부색에 이끌리듯 다시 기름진 미립자가 맺힌 작은 얼굴을 보았더니, 살짝 어두운 빛을 띠고 닭살까지 돋은 그의 얼굴에 극명하게 발열의 징후가 드러나 있었다. 열이 오른 소년이 상처 입은 팔을 안고 귀엽고 둥근 눈을 힘없이 뜨고 가련한 소리로 하하, 하 하고 웃고 있는 것이었다.

"여기서 나가려고 내려온 거야?" 이사나가 물었다.

"고열로 고통스러워하는 자를 내쫓는 건가?" 이나코가 불타는 듯한 삼백안을 드러내며 말했다. 입술의 두꺼운 살을 즉시 삐죽거리면서.

"너희들이 현관까지 내려와 있으니까, 그렇게 생각한 것

뿐이야."

"넘어진 당신을 보이가 가까이 보러 가고 싶다고 해서 내려온 거야." 이나코는 말하고 다시 아아, 아 웃었다.

열린 현관문에서 자기가 넘어진 장소를 뒤돌아보자 그가 괭이를 휘두르는 모습에 즐거워하며 왔다 갔다 하던 녀석들이 이번에는 자전거를 일으켜서 시끄럽게 웃어대며 그에게 옮겨다 주고 있었다. 그중 하나가 작은 물병이라도 옮기듯 머리에 무언가를 이고 있었는데 이사나가 건네받았으나 약국에서 사용하지 않았던 동전 주머니를 장난치며 운반하고 있는 것이었다. 이나코가 이사나 곁을 지나가며 문지방을 가로막고 서서 청년들을 향해 소리를 쳐서 지령을 내렸다. Too much!라고.

이사나에게는 그 영어의 의미를 파고들 틈이 없었다. 그때까지 이나코에게 기대고 있었던 소년이 몸의 무게를 계단 난간에 싣더니, 그걸로도 자신을 지탱하지 못해 바닥에 웅크리기에 손을 내밀었기 때문이다. 그런데 한 손은 코피를 막은 채 소년을 향해 뻗은 이사나의 다른 한 손을, 그 직전까지 그를 주시하면서 하하, 하 하고 웃던 소년이 격렬하게 뿌리쳤다. 소년의 거무스름한 미간에 깊은 주름이 새겨졌고 열로 인해 탁해졌음에도 귀엽고 둥글게 보였던 눈이 혐오와 분노를 나타내며 새초롬해졌다. 소년은 목 안에서 신음 소리를 내 진짜 늑대 소년 같았고 올려다보는 눈빛은 이사나에게는 아주 낯선 그 무엇이었다. 등 뒤 문이 닫혀 현관은 더욱 어두워졌는데 이사나의 발밑에서 올려다보는 눈은 여전히 분명한 적의의 빛을 발했다. 이나코가 소년의 곁으로 다가가 쭈그리고 앉은 그의 옆구리에 팔을 넣고 일으켜 세웠다. 그대로 나선계단을 소년과 올라가면서 이나코는 이렇게 말했다.

"저 아이들은 지금까지 당신을 경계하고 있었는데, 당신이 너무 웃기게 엎어져서 모두 당신에 대한 태도를 바꿨어."

"존경받게 된 건 아니겠지." 이사나는 스스로를 조롱했다.

거실로 들어가며 이사나는 진이 기다리다 못해 지쳐 잠이 들었을 것이라 짐작하고 있었다. 혹시 진이 깨어 있고 아직 나무 도감을 보고 있다면, 셸터 안팎의 대소동에 아이 나름의 독자적인 방법으로 참여했을 테니까. 그러니까 이나코나 소년이 웃는 걸 작은 소리로 모방하면서 현관까지 나와 있었을 것이다.

그런데 진은 깨어 있었다. 더구나 지금까지 진과 함께한 은둔 생활에서 이사나가 전혀 경험한 적이 없는 독자적인 모습으로 깨어 있었다. 총안으로 들어오는 빛만으로는 낮에도 아주 밝다고는 할 수 없는 실내에서 긴 의자에 머리를 기대고 진은 허공을 바라보았다. 그의 작은 두 무릎 앞에서 황갈색 테이프가 살짝 보이는 테이프리코더가 릴 플라스틱 판에 테이프가 닿는 소리를 조용히 내고 있었다. 그 마찰음이 없었다면 이사나는 자전거에서 넘어진 후 청각에 이상이 생겼다고 생각했을 것이다. 귀로는 사앗사앗 하는 마찰음을 들으면서도 무음의 세계로 진입한 상태인가 싶었다. 하지만 진에게 음이 실재하고 있음은 금방 알 수 있었다. 테이프리코더에서 뻗어 나온 힘없는 코일의 한쪽 끝이 진의 귀에 연결되어 있었던 것이다. 지금 진은 이어폰을 통한 소리 외에 바깥의 모든 소리를 거부하기 위해 다른 쪽 귀는 손바닥으로 막고 있다…….

"어, 진!" 하고 그래도 불러보았는데, 진은 부엌 쪽 상인방을 올려다보는 각도에 시선을 둔 채로 부름에 반응하지 않았다.

이사나도 테이프리코더에 미세한 부속품과 예비 퓨즈가 든 포켓이 있다는 걸 알고는 있었다. 그러나 테이프리코더를 들새 소리로 셸터를 채우는 용도로만 사용했기에 포켓 안에 든 부속품에 주의를 기울인 적이 없었다. 리코더의 재생음을 이어폰으로 들을 수 있을 거라는 건 생각해본 적도 없었다. 진이 들새 소리를 듣고 싶어 할 땐 언제든 이사나도 셸터를 채우는 들새 소리에 잠기는 식으로 그들의 일상생활이 진행되었으므로 이어폰의 기능은 의미를 갖지 못했다. 그런 기능은 그들 셸터 내에 있을 필요가 없었다. 그런데 그들의 생활에 틈입해 온 계집아이가, 추측건대 3층의 열나는 사내아이가 들새 소리를 싫어한다는 이유로, 셸터의 생활 습관을 태연하게 변경한 것이다. 그리고 놀랄 만한 일은 이사나 외에는 어떠한 사람과도 관계를 맺으려 하지 않았던 진이 순순히 계집아이의 강제에 응하여, 더군다나 지금 귀를 막은 쪽 손의 모든 손가락이 하얗게 될 정도로 힘을 주어 새로운 관습에 열중하고 있다는 것이다. 다른 사람도 아닌 이사나를 무시할 정도로…….

이사나는 진이 들새 소리를 듣고 있는 도중에 이어폰을 빼거나 하면 그 작은 뇌 속에 어떤 공황이 찾아올지 상상이 되었다. 더구나 지금 들새 테이프의 어디쯤이 좁쌀만 한 소리로 재생되고 있는지도 모르니, 결국 진과의 상호 관계를 돌이킬 실마리는 아무것도 없었다.

이어폰에 열중하는 진의 뒤편 비스듬한 위치에 코피를 막기 위해 점퍼 소매를 대고 바보처럼 입을 벌려 호흡하면서 이사나는 벽에 등을 기대고 주저앉았다. 넘어진 후유증을 겪으며 진에게 위로받지 못하는 자신을 잊힌 자라 자각했다. 거기다 잊힌 장소는 유빙流氷 위이고 그의 육체=의식 둘레를 거대한 폭력의 바다가 에워싸고 있다는 느낌을 받았다. 그래서 그는 그런 바다를 헤엄치는 고래의 혼을 향해 호소하지 않을 수 없었다. *저 녀석들이 집요하게 날 비웃는 모습은 기괴해. 저렇게 언제까지고 비웃는 패거리는 내가 아주 어렸을 적에 본 또래 아이들 이후론 없었어. 그런데 저 녀석들은 열여덟아홉이나 되지 않았어? 난, 저놈들의 기분 전환을 위해 자전거로 묘기를 부린 광대가 된 기분이 들어. 저 녀석들에게는 그야말로 한없이 잔인한 구석이 있어. 그 나저나 저 녀석들은 어떻게 그렇게 대놓고 계속 웃을 수 있지? 일말의 동정도 거리낌도 없이?*

그러나 그처럼 호소함으로써 일말의 동정도 거리낌도 보이지 않고 웃고 또 웃던 청년들의 눈을 통해 이사나는 넘어진 자기 자신을 객관화할 수 있었다. 그렇게 타자화시킨 우스꽝스러움으로 인해 오히려 실패를 받아들일 수 있었다. 그에 이어 다시 또 생각해보니, 저 아이들이 진의 귀에 이어폰을 틀어넣음으로 새로이 가져온 결과도 적어도 진에게는 결코 불쾌하지 않은 경험이다. 그렇게 타자와 관계를 맺는 구조는 이 셸터에 틀어박힌 후 이사나와 진에게 완전히 결여되어 있던 것이다. 이사나는 그대로 볼을 무릎에 대고 코피가 이제야 마르는 것을 느끼며 웅크리고 있었다. 이윽고 진이 이어폰을 뺀 한 손으로는 개미 소리만 한 재생음이 계속 새어 나오는 귀마개 부분을 잡고 있었고 다른 한 손은 귀에서 내려 윗배 언저리에 올렸다. 이사나의 위가 즉각 진의 공복에 공명하는 신호를 보내기 시작한다. 그런 이사나에게 진은 중심의 한 점에서 완만히 외연으로 퍼지는, 활짝 피는 풀꽃 같은 미소를 보냈다.

"오, 진, 아까 왔단다." 자신에게도 미소의 잔물결이 일어나는 것을 자각하며 이사나는 계집아이의 영향 아래에서 자기에게로 돌아온 아이에게 인사했다.

"오, 아까 왔단다, 입니다." 진이 말했다.

"자전거에서 굴러 밭으로 떨어졌는데 아무렇지도 않았어. 진, 다행이지?"

"다행이지, 입니다."

"진에게도 곧 제대로 넘어지는 법을 가르쳐줄게." 이사나는 전신 근육이 여전히 아픔과 진정이 얼마간의 밸런스를 이루며 다투는 와중에 격렬한 운동 뒤의 만족감마저 발견하며 말했다. "그럼 닭죽을 먹자, 진. 진은 닭죽을 먹어요."

"닭죽을 먹어요" 하고 진도 말하고는 부엌을 향하는 이사나를 부지런히 따라왔다.

　그제서야 이사나는 뭉근한 불에 올려둔 깊은 냄비에 닭을 그대로 두었던 게 생각났다. 물을 많이 넣은 깊은 냄비 속 죽이 탈 리가 없다는 것은 그때까지의 경험상 확실한 부분이다. 하지만 닭 그 자체는 30분 정도 삶아 국물을 낸 후에 바로 꺼내두지 않으면 퍼석퍼석한 섬유질 뭉치가 되고 만다. 이사나는 부엌에 가득한 수증기 속으로 진과 함께 들어가 깊은 냄비를 가득 채운 죽이 온화하게 끓고 있는 소리를 들었다. 문이 열린 거실을 향해 수증기가 그리는 봉우리가 비스듬히 스러져간다. 그 수증기 속에서 솟아오르듯 길게 갈린 닭 반마리가 진한 미음 같은 광택을 도톨도톨한 피부에 띠며 큰 접시에 놓여 있었다.

　"저 애가 닭을 건져 놔주었어." 이사나는 식욕으로 이어지는 자연스러운 기쁨을 느끼며 말했다. "닭은 살았어."

　"닭은, 살았어, 입니다." 진도 무척 기쁘게 말했다.

　닭 다리와 날개, 그리고 갈비뼈에 붙은 고기를 찢어서 냄비 속 죽에 넣고 소금을 뿌렸다. 죽이 다시 한번 끓어오르는 잠깐 사이에 파를 잘게 썰었다. 참기름과 간장을 섞은 작은 접시에 파를 곁들이면 양념장이 완성이다. 그는 양념장 종지를 자기와 진의 몫뿐만 아니라 계단 위의 패거리를 위해서도 준비했다. 그리고 그릇에 뜬 죽을 거실 테이블 가운데 놓았다. 그동안 진은 밥그릇과 숟가락을 혼자서 테이블로 옮겨놓고 기다리고 있었다. 이사나는 진의 밥그릇에 죽을 떠서 양념장을 끼얹어주었는데, 진은 뜨거운 음식에 대해서는 정말 주의 깊은 아이다. 아무리 배가 많이 고파도 죽이 다 식을 때까지 욕망을 제어하고 기다릴 수 있다. 그런 뒤 먼저 숟가락에 소량을 떠서 침팬지가 맛을 보듯이 아랫입술을 내밀고 그 뾰족한 끝을 숟가락에 대본다. 현실 생활에 유용한 지혜 하나를, 진 혼자서 개발한 것이다. 진을 죽 앞에서 기다리게 하고 이사나는 위층에 있는 자들에게 죽을 나눠주기 위해 쟁반에는 양념장 종지와 식기와 국자를 담고, 한 손에는 깊은 냄비를 들고서 나선계단을 올라갔다. 양손에 물건을 들고 3층 문을 어깨로 밀어 열고 들어가며 이사나가 발견한 것은 전혀 예상치 못한 상황이었다. 물론 그는 놀랐다는 표시도 인사말도 하지 않고 죽 냄비를 바닥 위헌 잡지 위에, 또 식기 쟁반은 그 옆에 놓고 그대로 내려왔지만……

거뭇거뭇 핏기 없는 피부에 열로 기름때 범벅이 된 소년이 근심하듯 눈썹을 찌푸린 채 이사나의 갑작스러운 출현에도 아랑곳없이 천장을 보며 누워 있는 걸 그는 보았다. 천에 싼 오른손을 소중한 무기라도 지키듯 가슴에 품고 있었다. 그 소년의 배에서부터 아래는 완전히 벗겨져 있었는데, 이나코가 거무칙칙하게 파인 듯 보이는 빈약한 복부에 머리를 얹고 웅크리고 있었다. 근육만으로 이루어져 있음에도 부드러워 보이는 여자아이의 왼손은 소년의 마른 엉덩이 옆에 놓여 있었고 오른손은 가볍고 또 확실하게 소년의 페니스를 감싸고 있었다. 그 손가락 사이로 보이는 페니스의 살갗은 거무스름했는데, 거기에 어울리지 않을 정도로 새빨갛게 불타는 귀두는 여자아이의 입술 속에서 보였다 안 보였다 했다. 오므린 두꺼운 입술로 귀두를 물고서 그 끝에 혀끝을 가림막처럼 대고 있는 자연스러움이 이사나에게 무엇보다 깊은 인상을 주었다. 바로 그때 뿜어져 나오기 시작한 정액은 혀의 막에 막히고 오므린 입술로 방향이 바뀌어 이나코의 턱에서 목으로 흘러내렸다. 여자아이는 이사나를 똑바로 쳐다보았다. 이사나는 거기에 어떠한 동요도 없음을 발견했다. 그는 진이 숟가락으로 뜬 죽을 아랫입술 끝을 이용해 온도를 가늠하고 있는 거실로 돌아가, 열심히 음식을 먹는 사람들이 내뿜는 온화한 열기를 서로에게 내뿜으며 일종의 고양감 속에서 죽을 먹었다.

6장

다시 고래나무에 대하여

죽을 다 먹고 한숨 자고 난 진은 어떻게 해야 좋을진 몰라도 몸을 움직이고 싶긴 한지 기묘하리만큼 부산한 발걸음으로 실내를 왔다 갔다 했다. 지하에서 명상하는 일과를 마치고 온 이사나가 그 모습을 바라보는데, 몇 시간 전 그가 목격했던 일 따위 전혀 개의치 않는 자연스러운 평정을 보이며 이나코가 내려와 이렇게 말했다.

"다카키가 이야기를 계속하고 싶다고 차에서 기다리고 있어. 이 아이는 내가 보고 있을게. 환자는 수면제를 먹고 자고 있으니까."

"호반새, 입니다." 여전히 방 안을 이리저리 계속 돌아다니며 진은 쾌활하게 말했다.

"네 동료가 신호를 보내는 휘파람 소리를 들은 거야, 진은 귀가 좋으니까." 이사나는 설명했다.

"내 귀에는 들리지 않는데." 여자아이는 다시 꾸밈없는 경의를 나타내며 돌아다니는 아이를 바라보고 말했다.

그런 이나코의 태도에는 아까보다도 더 분명히 안심하고 진을 그녀에게 맡기고 외출해도 되겠다 싶어지는 데가 있었다. 그대로 이사나와 교대해 거실로 들어와 긴 의자에 앉아 아이의 움직임을 자세히 바라보는 이나코와 진 사이에 하나의 유대가 만들어짐으로써 그만큼 아버지의 역할이 경감되었다. 산벚나무 주위에서는 청년들이 일부러 스스로 몸을 둥글게 하고 땅으로 넘어지는 게임을 하고 있다가 이사나가 셸터에서 나오는 걸 발견하자 오히려 부자연스럽게 구는 연기를 해 보였다.

"아아, 아인가." 이사나는 낮게 소리 내어 웃을 수밖에 없었다.

어두운 하늘색으로 칠한 폭스바겐이 왼쪽 전방의 후도 고개 아래에서 방향을 틀었다. 그러더니 좁은 길을 일정하게 속도를 올리며 달려 이사나에게로 왔다. 이사나는 낮은 운전석에 앉은 다카키의 얼굴을 확인했는데, 선글라스를 쓰고 있는 데다 그로부터 시선을 피하고 표정을 드러내지 않는다. 차 문을 열어주면서도 눈을 피하고 있었다. 이사나가 차에 타자마자 다가오는 청년들을 무시하고 차를 출발시키면서도 다카키는 내면에 무언가 울적한 데가 있는 것처럼 보였다. 그런데 사실 다카키는 단지 진지한 표정을 계속 유지하려고 애쓰고 있었던 것뿐이었다. 즉 입술이나 볼을 억지로 긴장시키지 않으면 그 자신이야말로 아아, 아 하고 정신없이 웃음을 터뜨릴 것 같았기에 인위적인 진지함으로 무장한 것에 지나지 않았다. 그걸 깨닫고 다시 보니 청년의 마른 골격이 드러나는 옆얼굴은 울적하기는커녕 천진난만할 정도로 젊음의 명랑함을 드러내고 있다. 그 또한 그 청년들과 같은 부류에 불과한 것이다, 당연한 말이지만…… . 이사나는 눈앞의 계기판에 끼워져 있는 지도와 큰 노트 따위에 무심히 손을 뻗쳤다. 그런데 이사나에게서 등을 돌리다시피 차를 운전하고 있던 다카키가 갑자기 언어의 채찍으로 그를 후려치듯 제지했다.

"손대지 마! 이 차는 훔쳐 온 거니까, 그건 남의 노트라고!"

그런데 이 녀석, 남의 차를 진짜 훔쳐가지고 온 거야? 왼쪽 전방으로 펼쳐지는 작은 구릉에 선 나무들을 바라보고 나무의 혼에게 호소하면서 이사나는 뻗은 손을 거두었다.

"당신이 보고 있는, 저 멀리 있는 나무 말인데." 다카키가 조금 전에 언성을 높였던 것 따위는 아무렇지도 않은 듯 말했다. "저건 일반적으로 뭐라고 부르는 나무지?"

차는 셸터 비탈에서 이어지는 움푹 팬 듯한 평면, 즉 습지대보다 약간 높은 간이 포장도로를 달리고 있었다. 습지대를 삼각주에 비유하자면 셸터 뒤편의 고지대와 왼쪽 전방에 보이는 구릉이 그 양안에 해당한다. 낮은 구릉은 병풍처럼 시야 가득히 펼쳐졌다. 그 완만한 비탈을 떡갈나무 혹은 상수리나무의 연약한 숲이 덮고 있었고 능선에서 돌출되어 줄지어 서 있는 건 키 큰 적송과 잎사귀가 떨어진 느티나무였다. 이사나는 멍하게 그 능선의 나무들에 눈길을 주고 있었다.

"능선에 줄지어 있는 나무라면 소나무와 느티나무야." 이사나가 말했다.

"잎이 떨어진 작은 가지들이 마치 하늘을 비로 쓸고 있는 것처럼 보이는, 큰 나무 말이야." 다카키가 말했다.

"저게 느티나무야."

"느티나무군. 이 근처에는 크고 멋진 느티나무가 많네." 다카키가 말했다. "우리 고향에는 저 나무가 별로 없어. 마을에 있는 큰 느티나무라면 사람처럼 이것저것 그 특징을 기억하고 있어. 우리 고향에서는 저걸 나아무라고 해. 나무

중의 나무, 특별한 '나무'니까 나아무라고 한다고, 어렸을 때 나는 그렇게 생각했어."

"나아무라고?" 이사나는 흥미를 느끼며 말했다. "네 고향에서 느티나무를 특별한 나무라는 뜻으로 나아무라 부른다면, 그건 제대로 된 호칭이군! 느티나무라는 이름은 원래 늦티나무라고 불리던 것으로, 티가 나는 나무라는 뜻이라고 도감에 쓰여 있으니까."

적송과 함께 구릉을 제압하고 있는 느티나무 군생은 옅은 회청색 하늘에 진보라에 가까울 정도의 갈색 나무줄기를 제멋대로 뻗고 있으면서도 확실히 하나로 연결된 구조를 이루고 있었다. 청년의 말대로 나아무라고 부르며 흐린 하늘로 잔가지를 뻗은 느티나무 한 그루, 한 그루를 바라보니 정말 그것들은 바람직한 나무 중에서도 가장 바람직한 진짜 나무라 느껴졌다. *저 나무들의 수많은 잔가지는 인간을 향한, 특히 나 자신을 향한 어떤 암호를 지니고 있는 것 같은데, 도대체 그 암호는 어떤 해독 절차에 따라 분명한 정보가 되는 것일까?* 하고 이사나는 나무의 혼에게 물었다.

"나는 도쿄에 있는 대부분의 나아무를 기억하고 있어. 그걸 교통표지 대신으로 삼아 도시 지리를 머릿속에 새기고 있으니 말야. 어떤 장소에 가려고 하면 각각의 나아무 사이를 어림잡아 달리고, 자동차를 훔친 후 다른 곳으로 도망치려 할 때도 역시 나아무에 대한 기억이 가장 도움이 돼. 나는 책상에서 만들어낸 교통표지를 따라 쫓아오는 치들에게는 결코 잡히지 않아."

"하지만 번화가에는, 특히 건물이 늘어선 곳에는 커다란 느티나무 같은 거 이제 없지 않나?"

다카키는 노골적으로 째려보는 눈초리로, 그렇게 말하는 이사나를 힐끗 쳐다보았다. 그 눈은 자신이 나무의 전문가이고 모든 나무의 혼과 교감하며 살고 있는 인간이라는 이사나의 확신을 한 번에 뒤엎는 듯했다. 이사나는 어떻게든 그 눈빛의 압박을 물리치려 했다.

"저런 커다란 느티나무는 원래 유서 깊은 집안의 정원수로 쓰려고 심은 거야. 아직 이 주변은 지주들의 커다란 저택이나 넓은 토지가 그대로 남아 있어서 느티나무도 남은 거지, 도심으로 나가면 이미 상황은 그렇지 않을걸?"

"당신이 다음에 도심에 가면 높은 빌딩에 올라가 주변을 바라다봐. 금방 내가 말한 게 사실이라는 걸 알 테니까." 다카키는 확신을 드러내며 말했다. "그건 서부극에 나오는 황야 이곳저곳에서 자라는 선인장 같다고 할까, 분명히 나아무는 남아 있어. 그걸 지그시 바라보고 있으면 거꾸로 빌딩 숲이 사라져버리고, 몇 그루 나아무들 간의 관계 지형도가 머리에 들어오지. 실제로 저런 언덕 위에서 바람을 맞는 나아무는 잔가지 끝이 깎인 것처럼 되어 있어. 나무 전체적으로 보면 모양이 나쁘지. 거꾸로 빌딩 사이에 남아 있는 나아무는 부채꼴 모양의 울창한 모습으로, 어린 시절부터 봐온 나아무의 진짜 모습을 하고 있어."

"아마도 실제로 그렇겠지" 하고 이사나는 점점 설득이 되었다. "자넨 나무에 대해 구체적인 관찰력이 있군."

"처음 도쿄에 올라왔을 때 어마어마하게 많은 인간이 밀집해서 사는 이런 곳이라면 고래나무가 없을 리 없으니 전망 좋은 높은 곳에 올라가면 여기에 사는 놈들의 고래나무를 발견할 수 있을 거라고 생각했어. 그래서 일요일마다 백화점 옥상에서 큰 나무를 겨냥하고 그 방향을 짐작하며 걸어서 그 나아무를 보러 갔지. 그걸 계속했으니까 도쿄에 나아무가 아직 많이 있다는 걸 아는 거야."

"그럼 고래나무는 나무 종류로서는 느티나무를 말하는 건가?" 이사나는 흐린 하늘을 배경으로 떠 있는 불그스름한 갈색 느티나무의 잔가지에 고래의 이미지를 오버랩시키며 물었다.

"내 개인적인 의견으로는 나아무가 고래나무인 경우가

가장 많은 것 같아. 하지만 그건 그 고래나무 근처 일대의 사람들이 멋지고 오래된 큰 느티나무를 고래나무로 하자고 정했기 때문에 그렇게 된 거야. 처음부터 고래나무를 느티나무로 한정한다고 정한 건 아닐 거야. 우리 고향의 고래나무도 나는 그게 나아무였음에 틀림없다고 믿고는 있지만, 확실하진 않지. 내가 실제 이 눈으로 본 건 아니니까. 아이 혼자서는 고래나무가 있는 깊은 숲속으로 들어갈 수 없었거든. 친구랑 줄지어 들어가면 어떻게 됐을지는 모르지만, 공교롭게도 우리 무리의 아이들 중에 자기 눈으로 무서운 고래나무를 보고 싶어 하는 녀석은 없었으니까. 어른들이 나를 고래나무가 있는 곳으로 데려가주는 건 절대로 있을 수 없는 일이었고. 원래 그런 역할이랄까, 의미 부여라고 할까, 그런 것과 연결되는 나무니까, 고래나무는……."

다카키는 그대로 입을 다물고 뭔가 있어 보이기 위해서가 아니라 실제 필요에 따라 자동차 운전에만 전념했다. 그들의 차는 평지의 전방을 크게 막는 강에 이르러 경비행기도 착륙할 만한 큰 제방을 따라 우회하며 전철과 차를 위해 이중으로 되어 있는 철교 및 새롭게 가설된 고속도로의 배바닥 같은 콘크리트 구조물 아래를 빠져나갔다. 그러고는 철교를 건너려고 모여드는 차의 대열을 가로질러 가야 했다. '고래나무라' 하고 이사나는 어딘지도 모르는 어느 지방의 고래나무의 혼에 대해 생각했다. 고래나무. 그건 이사나가 전에 본 적 없는, 하지만 그가 자신의 눈으로 죽기 전에 볼 것들 가운데 가장 중요할지도 모르는 나무다. 깊은 숲이 있다. 깊숙한 곳에 이 특별한 나무의 입지 조건을 좋게 하기 위해 주위의 잡목을 처리하고 잡초까지 베어낸 공간이 있다. 중앙에 그 지방 전체의 터부와 겹쳐져 숭배되는 나무가 서 있다. 그 고래나무에게 혼을 빼앗겨버린 한 소년이 있었다. 그는 몰래 그 고래나무를 나아무, 즉 거대한 느티나무가 아닐까 상상하고 있다. 느티나무야말로, 가장 티가 나는 나무, 나아무이기 때문에. 그러나 소년은 결국 고래나무를 확인하지 못한 채 그 지방을 떠났다. 그리고 대도시의 황량하디황량한 숲이라고 할 만한 곳을, 느티나무 거목을 목표로 하여 돌진해간다. 타인들의 고래나무의 소재를 알아내는 것으로 다름 아닌 자기 고향의 고래나무가 어떤 나무였는지를 확인하기 위해서……

차는 혼잡한 도로를 순조롭게 지나다 다시 내려가 습지대를 매립한 지면에 들어선 가옥들 사이를 서행했다. 생각지도 못한 골목에 발을 들여놓았나 했더니, 그 안의 막다른 골목까지, 끊어진 두꺼운 쇠사슬이 놓여 있는 곳까지 왔다.

그곳부터는 마른 풀과 새로운 풀로 덮인 급사면으로, 어두운 푸른 잎이 먼지를 뒤집어쓴 상록수림의 작은 언덕으로 이어졌다. 차는 언덕 아래에서 멈추는 대신 차체를 뒤로 젖히듯 하다 단숨에 올라앉았다. 그들의 차는 제트코스터와 원숭이열차(훈련된 원숭이가 기관석에 앉아 간단한 조작으로 운전을 담당했던 놀이 기구)의 궤도를 좌우로 바라다보는 급사면의 정점에 머리를 내밀고 있었다. 유원지 안쪽에서 보자면 이쪽은 무대장치 같은 수풀 한복판으로 나무로 가득 찬 구릉이라는 가짜 풍경을 연출하고 있는 것으로 보일 터였다.

"여기서 어떻게 차를 움직이지?" 이사나가 물었다.

사이드브레이크를 착실히 끌어올리고 운전석을 뒤로 밀어 깊숙이 앉으며, 다카키는 유원지와 그 너머에 다시 나타난 소나무와 느티나무 구릉을 바라다보았다. 이사나의 질문의 의미는 파악하지 못한 눈치였다. 한숨 돌리고서 그는,

"차는 여기에 둘게. 잡초가 더 무성했다면 차체를 잘 숨길 수 있었을 텐데" 하고 말했다. "하지만 결국은 어린아이에게 발견되지. 유원지에 온 아이들은 두 종류라고, 여기에서 아르바이트를 했던 보이가 말했어. 유원지에서 신기한 걸 보면 원래 그렇게 신기해 보이도록 만들어져 있는 것이라고, 자동차가 비탈 위에 걸려 있는 것도 당연히 그중 하나라

고 믿는 수동적인 타입이 한 종류인데, 이런 아이들은 아무 것도 찾아내지 못한대. 또 다른 타입은 제트코스터의 제일 높은 지점은 어디인지 실제로 확인하기 위해 사은품으로 받은 수평기를 가지고 레일로 기어오른다고 해. 바로 그런 타입의 아이가 이 자동차도 발견하겠지."

여하튼 이사나가 경사면의 돌출된 끝에 멈춰 선 차 안에서, 비현실적인 동시에 생활의 냄새가 밴 유원지의 구조를 미로의 단순함마저 금방 알아챌 수 있을 만한 높은 데서부터 내려다보는 한, 아이는 하나도 보이지 않았다. 그사이 직접 내장 속으로 악의를 가진 무언가가 밀고 들어오는 울림을 전하며 하늘색 열차가 제트코스터의 궤도를 미끄러져 내려갔다 올라오고 다시 한번 미끄러져 내려가나 싶더니, 그뿐이었다. 제트코스터의 뒤울림에 자극된 듯, 주위의 빈약하고 오래된 나무숲에서 물까치와 찌르레기, 참새, 호도애가 일제히 날아올라 흐린 하늘의 아래쪽에 흑회색 얼룩을 만들며 소란을 피웠다.

"새는 많이 살아. 유원지 안의 자질구레한 동물들에게 뿌리는 먹이를 주워 먹고 살지. 쥐와 새가 제일 번성하고 있어. 진이 좋아한다면 다음번에 데려와도 되지."

이사나는 이나코가 그녀의 대장에게 이미 많은 것을 보

고했다는 걸 깨달으며 정보에 정확성을 더했다.

"아니, 진이 새에 흥미가 있다고는 해도, 우는 소리에만 관심이 있어. 날아다니는 새를 눈으로 잘 보지는 못하니까. 이렇게 종류가 많은, 게다가 혼란스럽기까지 한 들새 소리가 제트코스터의 울림과 섞여 들린다면 오히려 괴로워할 거야."

"어린아이치곤 독특하군."

"좋든 나쁘든 독특한 건 사실이지." 이사나는 자랑스러운 마음을 자제하며 말했다.

그리고 다카키는 다시 고래나무에 대해 이야기했다.

"내 고향에 고래나무가 있었다는 건, 나는 그걸 보지 않았다고 했지만 오히려 그렇기 때문에 확실하지. 내가 그걸 보려는 걸 어른들이 방해했거든. 보는 걸 금지당한 아이라 오히려 언제나 그것에 대해서 생각했던 것 같아. 열병에 걸리거나 하면 새까맣고 큰 나무가 바람에 와삭와삭 소리를 내는 꿈을 오랫동안 꿨으니까. 그 새까만 나뭇가지나 무성한 잎사귀 속에서 연속 슬라이드처럼 연결된 화면이 전개되었지. 고래나무 아래에서 일어난 실제 사건을 담은 슬라이드가 고래나무에 비추어지는 것 같았어. 지금 와서 생각해보면 한밤중에 내가 열에 들떠 실제로 숲 안으로 들어가서 고래나무에 슬라이드가 비추어지는 걸 본 게 아닐까 싶어. 하지만 열병에 들떠 보았다 해도 그건 내 상상이 아니야. 그 꿈 하나하나는 '사실'임에 틀림없으니까. 열의 힘에 이끌려서라고 하면 이상하게 들리겠지만, 열에 취해 활발해진 머리가 그때까지 철 가루처럼 붙어 있던 정보를 다시 정리한 거지. 어른들이 공개적으로는 이야기하기를 꺼리니까 더욱더 아이의 머리에 박혀 있던 단편들을 처음으로 의미가 통하도록 구성한 거야. 그게 고래나무 스크린에 슬라이드가 비추어지는 것으로 꿈에 나타난 거라고 생각해. 열병에 걸린 내 머리는 열의 힘에 머리가 돌기 직전까지 가고, 그로 인해 우리 고향 아이들의 머리를 전부 하나로 모아 축소한 것 같은 상태가 된 게 아닐까? 나는 우리 고향 아이들 모두가 꾸는 꿈을 대표하는, 그런 꿈을 꾼 것 같은 기분이 들었어. 의사도 부모도 머리가 돌든지 죽든지 할 거라 걱정할 만큼 뜨거워져 바르르 경련하면서 그 꿈을 꿨으니까. 이런 내 말 믿어져?"

"믿어." 이사나는 말했다.

"내가 고래나무 이파리 스크린에서 본 줄거리는" 하고 다카키는 말하고서 침을 삼키며 주저하는 마음을 억눌렀다. "우리 고향의 선량한 어른들, 즉 노인도 여자도, 어린아이 말곤 죽어가는 병자까지 한밤중에 고래나무 아래에 모인 광경에서 시작해. 한밤중이라기보단 달이 보이지 않는 밤, 해가 진 직후부터 새벽녘 가까이까지 긴 시간이지만. 정말로 긴 시간인 게, 다 끝날 때까지는 숲에서 내려가는 게 허락되지 않는 모임이었거든. 모인 사람들은 모두 입을 다물고 고개를 숙이고 있어. 달이 없는 밤이라고는 해도 하늘에 표류하고 있는 미립자가 빛을 발하니 조금은 밝잖아? 어두워도 고개를 들고 있다면 콧날 정도는 슬쩍 빛나거나 하겠지? 눈도 그렇고. 그런데 그 밤은 고개를 숙인 검은 머리만 어둠 속에 가만히 있는 것 같았어. 나는 그 열병에 걸리기 전에도 어른들이 한 명도 남김없이 마을을 나가서 우리들만이 남겨지면 어떡하냐고, 아이들에게 종종 이야기한 적이 있었어. 꿈속에서 나는 이 밤이야말로 그런 밤이라고 깨달았어. 그리고 이상한 이야기지만, 이전에 이 같은 밤이 현실에 있었기 때문에 아이들이 개울에서 미역을 감고 결코 잡히지 않을 새를 잡기 위해 종려나무 줄기로 만든 새덫을 놓고 하면서, 이 마을에서 어른들이 모두 나가버린 뒤에 아이들과 산양과 개만 남겨지면 어떻게 할 건지 열심히 토론했던 것도 알고 있었지. 나는 열병에 걸린 머리로 스크린을 바라보고 격렬하게 떨며 무슨 일이 일어나기를 기다렸어.

외지에서 온 간호사에게 나중에 놀림을 받았어. 꿈을 꾸면서 뭔가를 멈추게 하려는 듯 손으로 누르는 시늉을 하며 다시 한번 시작한다, 다시 한번 시작한다! 하고 비명을 질렀다고 해. 지금부터 시작한다이지, 다시 한번 시작한다는 말은 맞지 않겠지만. 그러는 동안 내가 말리려 했던 일이 결국 시작된 거야. 검고 작은 이파리가 와삭와삭 소리를 내는 고래나무 스크린은 고래나무와 그 아래 모여든 마을 사람 모두를 비추고 있었어. 시커먼 군중이 둘러싸고 있는 가운데로 하얗게 빛나는 사각 종이 옷을 입은 일가족이 끌려왔지. 그 옷도, 그걸 입은 사람들의 얼굴 생김새도 애매모호해. 그건 우리들이 실제로는 잘 모르고 단지 마음에 두고만 있던 것이 꿈속에 자기가 생각한 그대로 나타나는 경우 같은 거야. 여자랑 한 적이 없을 때 꾸는, 여자의 알몸이 나오는 꿈 같은 거지. 하지만 그들이 하얀 사각 종이 옷을 입고 있다는 것과 그들이 일가족이라는 건 분명했어. 그리고 그들을 둘러싸고 침묵하는 시커먼 자들 모두가, 여자는 물론이고 누워 있는 늙은이까지 그들에게 돌을 던지는 거야. 오랫동안 계속 던지고 돌을 맞은 일가족 모두가 쓰러져 거기 파놓은 구멍 속에 떨어지자, 다시 고래나무 스크린은 고개 숙인 검은 머리들만이 모여 있는 그림으로 돌아왔어. 그런데 이어

서 하얀 사각 종이 옷을 입은 일가족이 다시 나타나 돌에 맞
아 넘어지는 거야. 그게 다섯 번이나 반복되었어. 공격하는
검은 사람들과 하얀 사각 종이 옷을 입고 공격받는 사람들
모두 침묵하고, 오직 고래나무만이 밤새 와삭와삭 소리를
내는 꿈이었는데, 그 꿈속 사건이 그렇게 다섯 번 반복된 거
야……. 하얀 사각 종이 옷도, 다섯이라는 횟수도 우리 고향
의 어른들에게는 확실한 의미가 있었을 테지. 열병에서 회
복된 후 가족들에게 물어보았는데 답을 듣지는 못했어. 결
국에는 미치광이 취급을 받기도 하고 맞기도 하고, 그게 다
지. 나를 진료한 옆 마을 의사는 열병에 걸린 내가 죽을 거
라고 단념해 어떤 치료도 하지 않고, *아니 다시 살아난다 해*
도 바보가 되거나 미치광이가 될 테니 더 불행하고 비참한
*일이죠!*라고 설교했다니까. 그리고 나는 열로 인해 빨간 새
우처럼 되어 정말 새우처럼 움츠리기도 하고 뛰어오르기도
하며 온 집 안을 미친 듯이 날뛰었다고 해. 꿈에서 깨어 정
신을 차리고 보니—라고 해도 2, 3일 뒤 겨우 열이 내린 후
의 이야기이지만, 내 몸은 새로운 상처투성이로, 턱 주위에
는 줄로 졸린 듯한 흔적까지 있었어."

다카키는 그렇게 말하고 갑자기 입을 다물었다. 그의 살
이 없는 얼굴은 지금 이상할 정도로 붉어진 데다 부어서 묵

직해 보였고, 특히 크게 부릅뜬 눈은 삽시간에 선명한 빨간색 그물망을 둘러치고 있었다. 그 눈은 옆에서 보는 이사나에게 지독하게 피 맛이 나는 덩어리가 목구멍을 막는 느낌을 주었다. 이사나는 눈을 돌려 전방을 바라보았다. 이미 저녁이 되어, 멀리 보이는 구릉의 느티나무는 바람이 지나는 길이 난 짓눌린 우듬지가 붉은 기 어린 탁한 검정으로 보였고, 침침한 잿빛을 띤 바로 위 하늘에서는 프로펠러 비행기가 동쪽으로 날아가고 있었다. 그 움직임의 두드러지는 방향성으로 보자면, 느티나무는 우듬지가 동서쪽으로 똑바로 수평의 선을 맞추고 있으니 그 구릉 주변에 부는 가장 강한 바람은 동풍 혹은 서풍일 터이다. 여전히 침묵하고 있는 다카키에게,

"그러면 갈까?" 하고 이사나는 말을 걸었다. 이사나는 고래나무에 대해서 들을 수 있는 모든 것을 들었다 싶었고, 또한 다카키가 이미 그 악몽에 대한 '해몽'을 그에게 가능한 한 충분하고 간결하게, 그것도 여러 번 생각해서 요약한 내용으로 전달해주었음을 납득했다.

다카키는 이미 홍조의 흔적이 사라진 마른 얼굴로 눈만 흘끗 움직이더니 입을 다물고 고개를 끄덕였다. 그들이 땅바닥에 내려서자 폭스바겐은 그대로 그곳에 서 있는 게 아

니라 살아 있는 짐승이 밸런스를 찾으려는 것처럼 움직이다가 지금은 선로도 확실히 구별되지 않는 원숭이열차 부지 안으로 쓰러지듯 미끄러져 내려갔다. 다카키가 사이드 브레이크를 풀어서인지, 아니면 지금까지 그들이 그처럼 아슬아슬하게 밸런스를 유지하는 자동차 안에서 이야기를 하고 있었던 것인지, 자동차에 무지한 이사나로서는 알 수 없었다.

다카키가 차의 추락에 특별히 관심을 기울이지 않고, 상록수의 어두운 그늘을 뚫고 걷기 시작하며 이사나에게 이렇게 말했다.

"나는 당신처럼, 정말 고래나무에 대해서 듣고 싶어 하지만 들은 후에 떠오르는 해석을 함부로 떠들지는 않는, 그런 사람에게 이야기하고 싶었어."

이사나는 청년의 솔직한 목소리에 마음이 동하여 그의 이야기와는 직접적인 관련이 없는 말로 답했다.

"나는 이런 평온한 저녁에는 내 주변에 있는 나무로부터 지지를 받아 가장 바람직한 모습으로 행동한다고 할까, 대한다고 할까, 그렇게 할 수 있을 거라 생각할 때가 있어. 그걸 나는 나무의 혼의 도움이라고 생각하지만……."

다카키는 지금 둔덕의 가장 낮은 중턱에 서서 회전목마

뒤의 공터로 뛰어내리려고 하다가, 그 앞 땅바닥을 물끄러미 바라보았다. 그것은 자신을 위한 신중함이라기보다 오늘 아침 크게 넘어졌던 이사나의 하반신에 대한 배려이지 싶었다.

"그럴 때 스스로의 죽음에 대해서 생각하면, 아직 즐거움이 하나 있는 것처럼 난 느껴져." 이사나는 이어 말했다.

그리고 그들이 유원지 대지 안으로 내려가 회전목마를 돌아 유원지를 가로질러 버스 정류소가 있는 출구로 걸어가기 시작했을 때, 두세 걸음 제자리를 걸으며 자연스럽게 이사나와 보폭을 맞춘 청년은 조금 전 말의 핵심에 적확하게 이르는 반응을 보였다.

"진을 두고 죽을 수는 없잖아?"

"그건 그렇지. 그러니까 구체적인 프로그램으로서 생각하고 있는 건 아니고, 언젠가 내가 죽음의 때를 맞이한다, 깔끔하게 잘 죽으리라 같은, 심리적인 조건이 좋은 날의 즐거운 몽상일 뿐이야. 특히 네가 나아무라고 부르는 느티나무나 느릅나무, 참느릅나무처럼 큰 나무의 줄기와 가늘지만 선명한 잔가지를 바라보고 있거나 할 때는 그런 생각을 가장 잘할 수 있지. 그 거대한 나무들은 삶과 죽음의 경계를 무의미하게 하는 것 같아. 특히 겨울이 되어 마른 채로 있거나 할 때는……. 바깥에서 봤을 때 삶과 관련된 모든 활동을 멈춘 듯 느껴지는 겨울의 나무가 나는 좋아."

"나무도 그런 걸 동면이라고 하나? 동물은 동면하는데, 내가 알고 있는 사람도 스스로 훈련을 통해 동면을 했지." 다카키는 말했다. '사람'이라는 말을 발음함에 있어서 분명 사람이 동물도감의 한 항목을 차지할 만하다는 걸, 유머러스하게 제시하려고 했다. 이사나는 청년과 함께 웃고 어떤 훈련에 의한 어떤 동면인지 파고들지는 않았다. 닫힌 울타리를 넘어 버스 정류소 앞에 내려선 후 돌연 생각이 난 듯 다카키가,

"이제부터 우리의 은신처를 보러 가지 않겠어?" 하고 청했다.

"아니 나는 진이 있는 곳으로 돌아갈게. 너무 오랫동안 다른 사람에게 맡겨둘 수도 없으니까." 이사나는 말했다.

"그럼 일단 가까운 시일 안에 다시 초대하지." 다카키는 그렇게 말하더니 교통량이 많은 교차로를 향해 그대로 걸어갔다. 혼자 버스를 기다리면서 자신이 저 청년에게 모욕감을 준 건가 이사나가 의심할 만큼 느닷없이.

이사나는 다음 날에도 다카키가 나타나기를 은근히 기

다렸다. 그러나 4, 5일 동안 그가 셸터에 연락을 취하는 일은 없었다. 다카키가 나타나지 않을 때는 그를 대장으로 우러르는 패거리, 즉 셸터나 산벚나무 주변을 배회하던 청년들도 보이지 않았다. 병든 소년은 3층에 틀어박혀 요양하고 있었기 때문에 이사나와 진의 생활에 침입해오는 건 이나코 혼자였다. 따라서 그동안 이사나와 진의 생활에 확연한 변화의 징후가 나타나고, 더욱이 그 징후가 계속 쌓여갔던 것은 이나코의, 즉 불타는 듯한 누런 광택을 띤 눈으로 집중해서 볼 때는 말할 것도 없고 그 눈이 웃음에 흔들리는 사이에도 늘 어떤 힘을 발하는 것처럼 느껴지는, 거무스름한 피부를 가진 계집아이의 영향력에서 기인했다. 특히 이나코는 변죽을 울리는 일 없이 즉각 진에게 감동을 드러냈고 또한 진의 마음을 파악했다. 이사나의 고정관념으로는 진의 의식은 밀폐된 캔 같은 것이었다. 캔 뚜껑에 구멍을 하나 뚫어, 그곳으로 이사나만이 아이의 의식에 이르는 관에 연결된다. 그리고 자신이 진 곁을 떠날 때는 관의 이쪽 끝에 들새 소리를 녹음한 테이프를 연결한다. 그 두 가지만이 진의 의식을 활성화시킨다고 그는 생각해왔다. 그런데 지금, 진의 의식을 닫는 뚜껑에 두 번째 구멍이 뚫려 캔 안에서 유동하는 것의 움직임이 활발해지려고 하고 있다…….

이사나는 처음에 뭔가 이 계집아이에게 가장 어울리지 않는 부분처럼 느꼈지만, 이나코에게는 일종의 교육 벽이 있는 듯했다. 어느 오후, 지하벙커의 드러난 땅바닥에 발을 올려두고 명상하고 있는데 열린 덮개 위에서 이상한 소리가 들려왔다. 이상한, 이란 계단 위에서 일어난 일이 이사나의 가슴속에 가져온 반응이다. 그것은 지금 머리 위에서 저 계집아이가 진이 가장 혐오하는 짓을 하고 있다는 고통스러울 정도의 위기감으로 먼저 다가왔다. 금방이라도 진은 괴로워하기 시작하고, 비명이라고도 분노의 외침이라고도 할 수 없는, 인간 규모로 축소된 고래의 포효와 같은 소리를 발하기 시작하리라. 그녀가 하고 있던 건 테이프리코더를 조금씩 재생했다 급정지했다 하는 일의 반복이었다. 터져 나오기 일보 직전인 진의 고함에 대비해 귀를 막으며 이사나는 철제 사다리를 올라가 왜 갑자기 그처럼 끔찍한 일을 시작했는지 모를 이나코를 제지하려고 했다. 그런데 긴의자에 등을 기대고 바닥에 앉은 여자아이와 진 사이에는 하나의 게임이 진행되고 있을 뿐이었다. 진은 겁내지도 분개하지도 않을 뿐 아니라, 오히려 활기차고 또 사려 깊게 생애 최초 타인과의 게임에 참가하고 있었다. 여자아이가 테이프를 재생한다, 들새 소리가 난다, 테이프를 급정지한다.

"쏙독새, 입니다." 진이 대답한다.

잠깐 있다가,

"진, 대성공! 쏙독새, 맞았습니다!" 여자아이가 말한다.

잠깐씩 멈추는 것은 그 들새 레코드테이프의 재킷에서 소리 순서와 그 이름을 꼼꼼하게 확인해보고 있었기 때문이었다.

그와 같이 이나코는 진의 내부와 교류하는 길을 손쉽게 열었을 뿐만 아니라 이사나에게도 겁 없이 바로 다가왔다. 그녀는 지하벙커에 흥미를 보이며 내려가서는 곧장 그 구조를 집중해 살펴보더니 이사나의 내부를 이해할 단서를 찾아냈다. 그녀가 지하벙커에 내려가보고 싶다고 했을 때 이사나는 그걸 허락하고 자신은 덮개 문 옆에 남아 있었는데, 이나코는 그런 그에게 자연스러운 경의가 섞인 상기된 목소리로 자꾸 질문했다. 부득이 지하벙커를 들여다보며 대답하던 그에게 어둡고 깊은 곳에서 타오르는 것처럼 반짝거리는 눈이 민첩하게 움직이는 게 보였다. 덫으로 작은 동물을 잡은 것처럼 뒤가 켕기고, 또 욕망이 희뜩희뜩 불꽃을 내뿜는 듯한 느낌이었다. 지하벙커 안의 계집아이가 어둠 속에 반쯤 묻혀 있다고는 해도 낙낙한 목둘레의 리넨 셔츠 밖으로 어깨뿐 아니라 마른 가슴까지 드러나 볼록한 원통 모양의 유방까지 뚜렷이 가늠되었다. 그러나 이나코는 그러한 것에 전혀 개의치 않았다. 그녀는 땅이 드러나 있는 콘크리트 바닥에 난 사각 구멍에 무엇보다 매혹되었음을 열정을 드러내며 말했다.

"원수폭이 떨어져 도쿄가 전멸되더라도 자신들만은 살아남을 지하벙커라니 추하다고 생각했는데, 이건 밖에서 사람이 뛰어다니고 있는 사이에도 땅바닥에 발을 올려두고 가만히 있도록 하는 장소잖아. 완전히 반대네, 혼자서만 살아남으려고 하는 것과는. 표현이 잘 안 되지만……."

일주일이 지나자 이나코는 다카키가 유원지 옆 보트 선착장에서 만나자고 했다고 전해주었다. 다카키가 직접 데리러 오지 않는 건 3층의 환자가 외부 사람을 은신처로 안내하는 것을 반대하기 때문인 것 같았다. 이사나는 진을, 더이상 저항감을 느끼지 않고 맡길 수 있는 여자아이에게 부탁하고 약속 장소로 나갔다. 제방 이쪽 보트 선착장에서 콘크리트 제방과 강 가운데 자연히 형성된 모래톱 너머로 빛나는 강의 수면을 바라보자면, 흐린 하늘 아래 펼쳐진 큰 강이 어느 쪽으로 흘러가고 있는지 확실치 않았다. 그 강물을 뒤로한 채 다카키는 흥밋거리를 만나지 못한 호사가가 철지난 보트 선착장에서 지루해하듯 뒷짐을 지고 이사나를 기다리고 있었다. 그를 향해 다가가며 이사나는 멍하니 강 수면과 너머를 바라보았다. 건너편 기슭의 아득한 저 멀리에는 실제로 보이지는 않지만 제철소를 증축하고 있는 공장 지대가 있을 터였다. 아득히 먼 원생림처럼 큰 굴뚝이 개개의 윤곽 자체는 확실치 않아도 희미하게 보였다. 오염으로 탁해진 대기는 검붉은 색과 회색이 섞인 지역 일대를 덮고, 하늘을 깊이 도려낸 후 그 자리에 암흑의 거대한 덩어리를 고정해놓은 듯 가라앉아 있다. 잠시 동안 거기에 시선을 빼앗기고 있던 이사나를 향해서 마른 모래언덕을 넘어 다가온 다카키가 부러진 갈대를 살짝 던졌다. 다카키 곁에는 그의 패거리 가운데 가장 건장한 체격을 한 청년이 한여름에 입는 라운드셔츠와 데님 반바지에 타이어로 만든 샌들을 신고 이사나 쪽으로는 똑바로 눈길을 주지 않으려 애쓰며 서 있었다. 모래밭에서 보트 타는 곳으로 내려가는 대신에 제방이 물의 흐름을 나누어 한쪽으로 돌출된 왼쪽 모래 귀퉁이를 넘자 4, 5미터 내려가는 것만으로도 그때까지 들려오던 보트 선착장 FM 방송의 감이 멀어지고 발밑에서 모래 무너지는 소리가 귀에 들어오기 시작했다. 그리고 그들이 내려가는 길 아래에서는 깔때기 모양으로 움푹 팬 웅덩이에 발을 담근 청년이 우거진 마른 갈대 속에서 철제 하얀 보트를 끌어내려 했다. 그곳은 이상한 장소였다. 눈앞을 마른 갈대로 덮인 모래톱이 가로막고 있고 또 다른 모래톱이 그곳과 교차하여, 청년이 지탱하는 보트에 쿵쿵거리며 오르는 이사나 일행은 제방에 서 있는 사람들에게 보이지 않았다.

시종 입을 다물고 있던 청년이 고개를 숙인 채 선미를 밀며, 꽤나 멋진 자세로 얕고 탁한 물 가운데 서 있었다. 이사나는 청년의 몸과 모래톱의 마른 갈대를 스치듯 보며 노를 손에 든 다카키를 마주 보았다. 다카키가 노를 아직 물속에 넣지도 않았지만 보트는 밀려난 속도에 가속도를 붙여 하류를 향해 나아갔다.

일반 승객 전용 선착장은 그들의 보트가 지금 흘러가고 있는 제방과 강기슭 사이, 마른 갈대 섬을 누비는 수로에 비해 현격히 넓게 제방 너머 강 쪽으로 열려 있다. 이쪽은 연못처럼 강의 본류에서 분리되어 있었다. 이사나는 진과 함께 낚아 올릴 의지도 없고 실제로 낚이지도 않을 붕어 낚시를 하러 그 수로에 온 적이 있었다. 그러나 보트가 조금이나마 가속되며 내려가고 있는 이상, 이 수로도 맞은편의 강과 마찬가지로 흐르고 있고 들여다보면 미세한 붉은 흙을 운반하며 존재하고 있는 것이다. 이사나는 다카키와 만난 이

후 그때까지 모두가 입을 다물고 있는 것을 떠올리며 청년들의 비밀주의 연출에 자신이 한몫 기여했음을 깨달았다. 다카키가 지금 노를 저으며 여전히 그의 눈을 피한 채 침묵하고 있었기에 이사나는 그 아이 같은 연출을 뒤흔들어보고 싶어졌다.

"아픈 소년이 너희들의 아지트로 나를 안내하는 데 반대했었다면서? 어떻게 설득했나 보군" 하고 말했던 것이다.

"보이 말이야? 그 녀석이 어제쯤 죽지 않을까 했거든. 마음대로 반대하도록 내버려두었지." 다카키는 아무렇지 않은 듯 말했다.

이사나는 여리게 불어오는 강바람을 맞고 있던 얼굴 피부가 저려올 정도가 되어 금세 얼굴이 빨개졌다. 그리고 다카키를 동요시키기는커녕 자기가 오히려 말을 더듬고 허둥대며,

"어제쯤 죽을 거라고 생각했다고? 그럼 너희들은 나랑 내 아들의 셸터에 사체를 옮겨다 둘 작정이었던 거야?" 하고 너무 늦어버린 항의를 해보았다.

"그런 거지." 청년은 침착하게 이사나의 항의를 받아들였다. "우린 보이의 사체 처리 문제로 난감했어. 파상풍으로 죽는다 해도 녀석의 몸엔 어떤 의사에게라도 의심받을 만

한 외상이 있으니까 말야. 그건 호기심에서든 직업의식에
서든 어쨌거나 경찰의 관심을 끌 수밖에 없지."

"너희들은 사체 한 구를 나와 진에게 떠넘기려 했던 거
야?" 이사나는 울컥 솟구치는 울분에, 지금은 의식적으로
행해지고 있음이 분명한 다카키의 무감동적인 수다를 차단
하며 거칠게 말했다. "그런데 왜지? 무슨 이유로 우리 집으
로 사체를 옮기려 한 거지? 무슨 일이야? 너희는 무슨 생각
을 하고, 무슨 일을 꾸미고 있는 거야?"

"진정해! 설마 나한테 달려들 생각은 아니지? 우리들은
보트를 타고 있다고." 재빠르게 노를 놓고 공격에 대비해
두 팔로 자세를 취하며 다카키가 말했다.

언제나 삐딱하게 시선을 피하는 그의 눈이 지금은 주홍
색으로 그러데이션을 준 듯 충혈되고 그의 얼굴에 갑자기
검푸른 소름이 끼쳐오는 것을, 더구나 거기에 자신에 대한
반사적인 증오와 일종의 기묘한 교태가 떠올라 있기도 한
것을 이사나는 노려보았다.

"그건 말이야, 우리들 '자유항해단'이 당신을 선택했다는
얘기지." 다카키는 여전히 경계를 풀지 않으며 말했다.

다카키가 노에서 손을 뗀 잠깐 동안 보트는 모래톱의 갈
라진 길을 따라 호기롭게 흘러갔다. 바람은 거칠고 무거워

졌고 유황 냄새에 가까운 악취와 약간 시큼한 냄새가 코를 찔렀다. 제방 이쪽도 지금은 물이 그 아래를 도도하게 흐르고 있었기 때문에 청년은 보트를 저어 돌아가기 위해서는 전력을 다하지 않으면 안 되었고 이사나도 침묵하지 않을 수 없었다. 다시 모래톱 그늘 속으로 들어간 보트는 그곳에 나타난 또 다른 제방 사이에서 좁은 수로를 따라 갈대밭 안쪽으로 거슬러 올라갔다. 마른 갈대와 억새가 펼쳐진 양옆 경사면에서는 그 마른 줄기 아래로 푸른 풀이 돋아나고 있었다. 그 풀들이 여름의 기운을 품고 번성하기 시작하고 새로운 억새들이 그걸 뛰어넘게 되면, 이 수로는 보트로 통과하는 사람들에게 막강한 비밀 탈출구가 될 것이다.

"우리가 당신을 선택한 건." 다시 다카키가 말했다. "그건 당신이 다른 시민들과 다르다는 걸 오랫동안 관찰해서 알아냈기 때문이야. 우리는 당신이 어딘가 특별한 사람이라고, 어떻게 특별한지는 고래나 나무에 관한 이야기를 실제로 들을 때까지는 몰랐지만, 어쨌든 그렇게 짐작하고 있었어. 나는 당신이 우리와 이 세계의 다른 시민들 사이에 서라고 하면, 우리 쪽에 가깝게 설 인간이라고 생각했어. 그래서 당신과 관계를 맺고 싶었던 거야, 계속. 그러는 동안 보이가 죽어가게 되어서 죽어가는 녀석의 몸을 운반해둘 장소로 당신의 셸터를 택하게 된 것뿐이고. 그런데 보이에 대해서만 말하자면 녀석이 결국은 안 죽었으니까 우리에게는 처치 곤란한 사체도 없는 셈이니 당신의 셸터에서 철수하는 걸로 족한데도 나는 지금 자유항해단의 은신처를 보여주려고 하잖아? 이걸로 우리가 당신과 관계 맺기를 바라고 있다는 걸 알아주지 않겠어? 적어도 우리들은 당신 말고는 다른 어떤 타인들과도 관계를 맺고 싶지 않아."

"그 얘기는 그렇다 하더라도⋯⋯." 이사나는 모호하게 대답했다.

그도 그럴 것이 보트는 수로의 끝에 다다랐고, 그들은 보트에서 내려 물이 말라 있는 아치 모양의 배수구를 빠져나가야만 했으니까. 그 아치를 빠져나가자 대규모 쓰레기장의 한복판이었다. 쓰레기들이 어찌나 많고 다양한지, 살아 있는 인간의 전체 생활 상태를 그대로 눌러 부숴서 버려놓은 것이라고 할 만한 풍경이었다. 더구나 수년의 세월이 그 쓰레기 더미 위로 지나갔다는 증거로 마른 풀이 여러 층 겹쳐 쌓여 있어서, 말하자면 식물적인 폐허의 광경이기도 했다. 그 쓰레기 산에 폭이 어깨너비 정도 되는 통로가 뚫려 있었다. 이사나는 쓰레기 벽을 무너뜨리지 않도록 주의하면서 다카키를 따라 걷고, 들여다보는 걸 차단하기 위해 만들었으리라 생각되는 모퉁이를 돌아 통로 정면을 가리고 있는 창고 건물에 다다랐다. 청년이 커다란 문의 자물쇠를 여는 사이, 이사나는 해가 뉘엿뉘엿하는 하늘을 비로소 올려다보며 깊은 한숨을 한 번 쉬었다. 그 또한 그 통로를 만든 아이 같은 열정가들에게 영향을 받아, 배수구에서 거기에 이를 때까지 마치 갱도를 걷는 듯한 심리적 압박을 받고 시궁쥐처럼 한 번도 머리 위 공간을 올려다볼 수가 없었던 것이다.

7장

보이 저항하다

창고 문이 열렸을 때, 이사나의 눈앞에 불쑥 나타난 건 노랑 검정 줄무늬의 대형 불도저였다. 불도저가 멈춰 서 있는 이상 크고 울뚝불뚝한 배토판은 지면 위로 내려와 있는 게 일반적일 텐데, 오히려 운전석보다도 더 높이 올라가 있었다. 배토판을 지지하는 무쇠 양팔 사이로 디젤 기관과 운전대가 보였는데 그 너머에 한 단 높게 반대 방향을 바라보는 또 하나의 운전대가 있었다. 불도저에서 가장 큰 부분을 차지하는 롤러 바퀴의 양 끝이 이 노랑 검정 줄무늬를 한 가재, 머리를 두 개씩이나 갖고 있는 놈의 양 겨드랑이처럼 느껴졌다.

"여기로 침입해 오는 자를 위협하는 효과는 크겠군."

"위협하는 것만이 아니야. 이건 전차야." 다카키는 말했다. "지금 우리가 침입자고 이 불도저가 밀어닥친다면, 좁은 통로로 되돌아간다 해도 불도저는 잡동사니 산쯤은 쉽게 무너뜨리지. 그 쓰레기 산사태에 묻힌 우리를 배토판이 마구잡이로 때리고 롤러가 짓누르는 구조야. 물론 원래 무기로 쓸 요량으로 들여온 건 아니었어. 촬영소 건물을 해체하고 땅을 고르는 작업에 실제로 쓰이던 불도저거든. 우리는 철거회사에 취직해서 이 불도저를 운전했었어. 여기에 볼링장을 만드는 사업이었지. 그런데 인근 지역 주민들의 반대로 계획이 취소되어 우리는 일을 잃고 불도저는 방치된 채 비를 맞는 신세가 된 거야. 그래서 우리가 불도저를 가져와 사용하기로 한 거지. 먼저 이 창고 바깥쪽과 맞은편 건물 사이에 그동안 부순 창고 잡동사니 같은 걸 아무렇게나 때려 넣고 지금 우리들이 통과한 쓰레기장을 만들어서 이 창고를 숨겼어. 적어도 거길 지나 이쪽으로 들어오는 건 누구도 생각하지 못하도록 말야. 그리고 마지막 순간 불도저를 이쪽 창고로 가져오고 불도저가 지나간 길에는 우리들이 직접 잡동사니를 쌓아 올렸어. 회사가 보험을 들었는지 불도저가 한 대 사라져도 큰 소동은 일어나지 않더라고.

다카키는 불도저 옆을 돌아 창고 안으로 들어갔고 이사나도 그를 뒤따랐다. 그리고 돛을 두 개 단 스쿠너(돛대가 두

개 이상인 대형 요트의 일종), 돛을 올리려면 밧줄 하나만 당기면 되도록 정비가 완료된 스쿠너를 천장으로 난 창을 통해 들어오는 하얀 빛 속에서 보았다. 비애감이 가슴을 세게 죄어왔다. 그는 앗 하는 환성을 토했고 다카키는 뒤돌아 그를 찬찬히 바라보았다. 그 청년을 시야의 한구석에 다시 둠으로써 그의 눈을 사로잡은 깊은 시각적 착각의 소용돌이가 커지는 것 같았다. 다시 이사나쪽으로 등을 돌리고 자신도 스쿠너를 바라보기 시작한 다카키와 함께 돛을 내리고 멈추어 서서, 이사나는 계속 이쪽 뱃머리 방향으로 바람을 헤치고 다가오는 것 같은 스쿠너를 열심히 바라보았다. 비애감과 함께, 강한 부양력을 갖춘 기포가 막 뿜어져 나오기 시작하는 순간처럼 그의 내면에 이는 작은 웃음의 충동이 그를 사로잡았다. 스쿠너는 두 개의 근사한 돛대를 갖추고 보스프릿bow sprit(선수에서 전방으로 튀어나온 봉으로 돛대의 밧줄을 묶는 데 쓰인다)이 튀어나와 있었고 현등(배가 야간에 항해할 때 다른 배에게 진로를 알리기 위해 양쪽 뱃전에 다는 등으로, 오른쪽에는 녹색, 왼쪽에는 붉은색을 단다)은 지금이라도 녹색등을 켤 것처럼 보였다. 하지만 이 스쿠너는 창고 바닥까지 그 갑판이 가라앉아 있었다. 뱃머리 난간은 확실히 배 모양을 하고 있었는데, 사실 그건 단순히 바닥에서 돌출된 측벽 같은 것에 지나지 않았다. 그렇기는 해도 이건 분명 진짜 스쿠너이다.

창고 내부는 일반적인 촬영소 스튜디오로, 스쿠너의 주 돛대보다 더 높은 천장에는 겹겹을 이룬 틀이 이어지고 조명 장치를 매단 수많은 레일이 지나갔다. 스쿠너는 그 아래 위치했는데, 바닥까지 갑판이 가라앉은 배가 제대로 바다에 떠 있는 것처럼 보이는 것은 스쿠너를 둘러싸고 영화촬영용 호리촌트가 세워져 있고 거기에 수평선과 어슴푸레하게 아직 해가 덜 진 저녁 무렵의 하늘이 그려져 있었기 때문이다. 스쿠너를 마주하고 좌우에 위치하는 호리촌트가 연출하는 수평선은 서로 어긋나 있었다. 하늘 그 자체도 한쪽이 청명하게 갠 하늘이라면 한쪽 하늘은 바람을 품고 있었다. 그리고 정면 멀리 세워진 호리촌트는 스쿠너 후미의 갑판에서 내려다볼 때 드러날 만한 물거품이 이는 바다의 항적을 확실하게 연출하고 있었다. 시멘트로 고정된 뱃머리 난간을 따라 창고 안으로 들어가자, 다시 말해 스쿠너 선미를 향해 걸어가자 정면 안쪽 호리촌트가 그리는 대로 해수면과 닿을 듯 말 듯 수상스키로 활주하는 기분이 들었다.

"이건 특수촬영용 무대인가?" 이사나는 스쿠너 선미에 다다른 후 자신의 복부 높이 정도 되는 난간에 양손을 올려놓고 뒤돌아보다가 또 눈앞의 타륜(배의 키를 조종하는 바퀴 모양

의 장치)과 갑판실을 보고, 그 너머 두 개의 돛대를 멀리 바라
보며 물었다.

"주변의 호리촌트는 그래. 해양 영화 같은 데 사용된 거
겠지." 다카키는 말했다. 그는 구두를 벗고 난간을 넘어 스
쿠너의 갑판으로 들어갔다. "그런데 이 스쿠너 자체는 영화
용 모형이 아니야. 쉽게 알 수 있지? 전부 실제로 바다 위를
항해했던 실물의 부분이지. 전체 길이가 15미터야. 우리들
은 이걸 사용해서 돛을 올렸다 내리는 연습도 하고, 그에 필
요한 장비 다루는 훈련을 하기도 하고 그래. 뭐 창고 안에서
의 항해에 사용하고 있는 거지. 이 돛대 끝까지 올라가 도르
래 밧줄을 만져도 돛대 자체는 꿈쩍도 안 해. 위아래로 단
단히 고정돼 있으니까. 촬영소에 남아 있는 큰 장치 중에 이
스쿠너처럼 실제로 사용할 수 있는 '실물'은 아무것도 없었
어. 영화 사업이란 놀라운 세계다 싶어. 뭐 하나 진짜가 없
으니까 말야."

"이 스쿠너라고 해야 하나, 갑판 위쪽만 있는 스쿠너라고
해야 하나, 어쨌든 이 실물은 너희가 건조한 거야?"

"실제로 바다 위를 항해했다고 했잖아? 이 정도 되는 걸
아마추어가 어떻게 만들겠어. 우리들은 이걸 바다에서 살
짝 가지고 왔어. 해체해서 대형 트럭에 싣고." 다카키는 득

의양양해서 말했다. "이 스쿠너는 여름에만 일본에 오는 외국인 소유야. 주인이 없는 겨울 동안은 이즈伊豆항에 계속 계류하니까 우리 멤버가 관리를 위해 고용되었거든. 고용된 승조원이랄까. 여름에는 외국인의 항해를 돕고 겨울에는 또 보존을 돕기 위해서. 태풍이 불거나 할 때 내버려둘 수 없으니까. 그러다 우리가 자유항해단의 훈련용으로 징발하기로 했어. 바다에 두었다간 금방 들통나니까 땅 위로 끌어올린 거야. 작은 바닷가까지 배를 돛으로 움직인 후 갑판 위쪽을 전부 떼어내 운반해 왔지. 그리고 여기에 재건했어. 돛대랑 갑판을 뜯어내는 건 쉬웠지만 재건하는 데는 반년이나 걸렸어. 주 돛대도 앞 돛대도 끝을 자르지 않으면 안 되었고 말야. 그런데 촬영소라는 장소는 천장 구조가 워낙 튼튼해서 레일이라든지 도르래라든지 로프라든지 얼마든지 쓸 수 있으니, 그 점에서는 일하기 쉬웠어. 그런데도 반년이야, 반년이나 걸렸어."

"확실히 반년 걸린 보람이 있군." 이사나는 감명을 받으며 말했다. "이런 야심 찬 유희의 계획을 꼼꼼하게 실현해 내는 자들이 실제로 있군……."

유희라는 말이 걸려서인지 다카키는 짐짓 위엄 있게 타륜을 움직여 보였고, 또한 그 옆 갑판실 출입문을 열어 안에 침대와 나침반이 있는 것을 확인시켜주었다. 그 침대 위의 공간이 정말이지 좁고 갑갑하게 느껴지는 것은 실제로 바다에 떠 있는 스쿠너의 갑판실은 갑판 아래로 몇십 센티 정도가 들어가 있기 때문일 거다.

"갑판 위쪽을 떼어내고 남은 배는 아직 바다에 떠 있을까?"

"떠 있을 거야. 하지만 우리들이 기관실에서 엔진을 떼고 무선통신기도 가져와버렸고 선실 침대도 차트테이블도 모두 빼 옮겼으니까 어느 쪽에 배의 본체가 있냐 하면 오히려 이쪽이 아닐까? 뭐, 지금 바다에 떠 있는 건 주방과 화장실, 창고, 밸러스트 물탱크만 붙어 있는 용골(배의 중심선을 따라 배 밑을 선수에서 선미까지 꿰뚫는 부재) 같은 거야. 이 지하에 스쿠너의 선실 구조도 복원해두었어. 그러니까 지하실에서 생활하고 여기에서 훈련하면 배 위에서 생활하는 것과 똑같지. 한번 보겠어?"

다카키는 그렇게 말하고는 뱃머리 난간을 뛰어넘어, 신발을 신고 측면 호리즌트에 가려진 철문을 열고 이사나를 인도했다. 하지만 전등에는 불이 들어오지 않았고 새까만 계단이 이어졌다. 청년의 어깨를 바라보며 어둠의 바닥으로 내려가자니 주변 공기 속에 동굴처럼 몇억일지도 모를 이끼의 정자가 헤엄쳐 돌아다니는 것만 같았다. 1층과 똑같은 철문을 다카키가 열었다. 그곳은 예상하던 어두운 직방체가 아니었다. 가운데 아련한 빛이 2층으로 된 선실 침대 한쪽을 비췄다. 높은 천장부터 길게 코드를 늘어뜨리고 검은 갓을 뒤집어쓰고 있는 전구는 전시戰時에 등화관제를 하던 기억을 불러일으켰는데 그 와중에 하단 침대에서 자그마한 남자가 상체를 일으켰다. 동시에 빛의 고리 밖에서 움직이는 두 사람의 그림자도 눈에 들어왔다. 침대에서 몸을 일으키던 그 작은 남자의 얼굴과 그가 가슴에 껴안고 있는 것이 전등 빛 가운데 더욱 선명하게 드러났다. 이사나는 그것이 엽총을 든 보이라는 건 이미 눈치채고 있었다. 빛의 고리 뒤편에 서 있는 남자 둘은 어느 쪽도 총을 갖고 있지 않은 듯했다. 두 남자 가운데 키에 비해서 이상하리만치 어깨너비가 넓은 듯한 남자가 이사나의 관심을 강하게 끌었다. 그 어둠 속 남자는 이사나가 곧 자유항해단에서 가장 흥미로운 인간으로 인정하게 되는 '오그라드는 남자'였다. 첫 만남 더구나 갑작스럽게 이루어진 만남에서 그는 단지 가만히 서 있을 뿐이었지만 그의 특성은 총을 겨눈 소년 못지않게 날카로운 느낌으로 다가왔다.

"잠복하고 있던 거야? 보이는 미개인이라서 항생물질이

듣기 시작하니 회복이 빠르네." 다카키는 소년을 향해 말했다. "그런데 혼자서 여기로 돌아올 수 있을 만큼 체력이 회복된 거야?"

"내가 옮겨 온 거야. 다카키가 우리 모두한테 말만 꺼내 놓고 바로 남을 여기로 데려온 데엔 나도 의문이 있으니까 말야." 어둠 속에서 또 다른 남자가 말했다. 다마키치多麻吉라고 부르는 이 청년 또한 이사나는 금방 특별한 인상을 받고 기억하게 되었다. "선장 침대에 먼저 앉지 그래. 보이는 총을 장전해놨어. 나도 오그라드는 남자도 중립이야. 농담으로 넘어가려 하면 보이는 응하지 않을 거야."

"보이가 나설 땐 늘 다마키치가 옆에서 한몫을 하는군." 다카키가 조롱했다.

"총도 다른 무기도 일단 내가 숨겨두었어, 보이가 갖고 있는 거 빼고. 보이는 약하니까 총이라도 갖고 있지 않으면 다카키랑 대등하게 얘기할 수 없을 테니. 어쨌든 먼저 그 아이랑 얘기를 시작해봐." 다마키치는 도발에 응하지 않고 말했다.

양쪽으로 배열된 2층 침대 구역 안쪽 단층 침대가 있는 곳으로 이동한 후 다카키는 위로 팔을 뻗어 전등을 하나 더 켰다. 이사나는 뒤를 따라가 그 옆 침대 아래쪽에 앉았는데,

자신과 다마키치의 침대 사이 세로로 길게 보이는 콘크리트 바닥에 일종의 기하학적 도형이 하얗게 그려져 있는 걸 곧 발견했다. 침대에 앉아 자기 앞만 보고 있는 한 도형의 전체 구조를 간파하기 어려웠다. 이사나는 나중에야 도형 전체 모양을 이해했는데, 그건 다카키가 말한 15미터짜리 스쿠너 내부의 실물 크기 평면도였다. 평면도에 그려진 침대 배치대로 2층 침대가 놓여 있었고 기관실을 선으로 네모나게 그린 안쪽으로는 또 실제로 움직이는 엔진이 놓여 있었다. 다만 화장실만큼은 평면도에 그려진 선과 달리, 실제로 사용되는 건 이 창고에 원래 있던 화장실이었기 때문에 당연히 배 바깥에 있었지만, 그 밖의 생활권의 구조는 부엌에 이르기까지 15미터 길이의 스쿠너 내부와 정확히 일치했다.

"다마키치, 네가 보이를 도발한 후에 총까지 주고 다른 총이며 뭐며 독점해서 감추고 있는 자체에 대해 난 아무 불만 없어." 다카키는 침대 쪽 소년 그 너머를 향해 말했다. "너는 자유항해단의 무기 책임자니까. 게다가 지금 내게 총이 있다 하더라도, 난 보이를 쏠 이유가 없으니까."

"혹시 불만이 있다면 개인적인 불만일 테지? 우리는 아무런 규약에도 매여 있지 않으니까." 일단은 온화하게 나온 다카키에게 다마키치는 차갑게 응수했다. "혹시 규약이 있다면 우리 자유항해단의 아지트를 동료가 아닌 다른 사람에게 마음대로 보여준 다카키가 먼저 규약을 위반한 게 아닐까? 지금 생각해보면 그저 다카키 옆에 가만히 있기만 할 게 아니라 규약을 만들어두었더라면 좋았겠다 싶어. 규약이 있었다면 보이도 죽어가는 상황에 아지트 밖으로 내쫓기는 일은 없었을 테지. 내가 아지트를 비운 사이 보이가 없어져버렸는데, 보이의 병이 심해져 버린 거라니 진짜 놀랄 일이야."

"그래, 그 일은 잘못했어 다카키가" 하고 오그라드는 남자도 말했다. 그것은 정상적인 어른의 목소리로서 악센트의 고저도 정확히 드러났지만, 레코드를 빠르게 재생할 때처럼 거의 정상적인 목소리로는 들리지 않을 만큼 쇳소리가 섞인 말투였고 이사나는 단적으로 위협을 느꼈다.

"보이를 저대로 여기 놓아둘 수는 없었어. 그렇지 않아? 약은 어떻게 구하려고 했지? 우리들은 단순히 보이를 버렸던 것뿐일까? 실제로 지금 보이는 회복되고 있잖아? 너흰 그런 식으로 우는소리를 하려고 보이에게 총까지 내주고 지하실에서 날 기다리고 있었던 거야? 그렇게 우는소리를 하고 싶어?" 다카키가 되받아쳤다. "그런 거 말고 달리 너희들이 할 수 있는 건 없었어?"

"저 미치광이를 난 죽일 거야! 죽일 생각으로 기다리고 있었던 거야, 다카키!" 처음으로 보이가 미열이 확실히 느껴지는 목소리로 말했다.

"도대체 무슨 일이야? 바로 어제까지 자기가 죽게 될까 무서워하며 찔찔 짜고 있었던 녀석이 이런 소리를 하다니." 다카키는 무척 여유롭게 고개를 돌리며 이사나에게 말을 걸었다.

그러나 그의 살 없는 얼굴은 핏기를 잃어 더욱 수척해 보였고 굳은 피부 한쪽엔 작은 경련의 소용돌이가 일어나는 것 같았다. 이사나는 지금 자신이 최악의 위험에 처했으며 이곳에서 자기의 수호자가 되어야 하는 다카키가 완전히 무력한 상태로, 그 사실을 싫어도 인식할 수밖에 없다는 데 그가 격노하고 있음을 깨달았다.

"이 총에 들어 있는 건 산탄이니까. 이쪽으로 돌아와, 다카키. 저자가 울어대기 전에 사살해버릴 테니까!" 이사나를 향해 총구를 정조준하며 보이가 말했다.

"나는 우는 짓 따위 하지 않아. 우는 건 너 아냐, 꼬마!" 이사나가 말했다.

완전히 기가 막힌 듯 다카키가 그를 바라보았다. 창백하게 굳은 채로 미세하게 떠는 표정 속에서 지금까지 늘 흐릿하게 이사나를 보던 눈에 눈물이 흘러넘칠 듯 핏발이 서 있었고 확대된 동공엔 조금의 움직임도 없었다. *지금이다, 지금이야말로 정든 내 머리가 총탄에 날아갈 거야. 이 거리에서는 산탄도 퍼지는 일 없이 폭파력을 가질 테니까* 하고 나무의 혼·고래의 혼을 향해 이사나는 말했다. 조용하지만 거부하기 어려운 거대한 젖은 손바닥 같은 무력감이 그를 감쌌다. 총을 든 보이의 존재보다도 오히려 다카키의 눈이 일순간 굳어버렸다는 사실이 의미하는 바가 고속 운동체의 접근에 가만히 기다릴 수밖에 없는 어린아이처럼 부서지기 쉬운 존재로서의 자신을 이사나로 하여금 마주하도록 했다. 나아가 그에게는 지금 자신이 죽을 거라고는 믿지 않는, 보다 강력한 자의식 또한 작동하고 있었다.

"왜 당신은 그렇게 되받아치면서 총을 가진 놈을 도발하는 거야?" 잠시 뒤에 쏟아질 총탄을 예감하고 다카키가 안절부절못했다. "왜 보이에게 쏘지 말라고 하지 않는 거야?"

"왜냐고 물은들, 원래 내 탓이 아니잖아." 이사나는 아무렇지 않다는 듯한 자기 말투에 스스로도 당황하며 말했다. 혓줄기에 납덩어리라도 달린 것처럼 차갑고 무겁게 말이 나왔다. 거기다 그는 어떤 단순 명료한 계시를 받아 그 계

190

시를 다시 의식적으로 파악하려 했다. 그는 나무의 혼·고래의 혼에게 말을 거는 대신 다카키를 향해 말했다. "이게 유효할지 어떨지 몰라도 어설프게 목숨을 구걸할 마음이 없는 건 이제 내가 없이도 진이 이 세계에 어떻게든 적응해갈 거란 생각이 들기 시작했기 때문이야. 아무래도 진은 내게서 독립해갈 계기를 발견한 것 같으니까. 그건 다름 아닌 이나코 덕분이야. 내가 진에게 더 이상 필수 불가결한 존재가 아니라고 한다면 나는 완전히 자유야. 오히려 앞으로 스스로의 죽음을 이행하는 걸 하나의 낙으로 삼을 수 있게 되지. 그건 전에도 말했었지?"

다카키는 볕에 그을린 얼굴이 한층 수척해진 채 그를 바라보았다. 망연자실해서 초조해하는 청년의 눈이 오히려 이사나를 만족시킬 정도로 그가 받은 계시에 객관적인 확신을 공고히 가져다주었다. 하지만 그렇다고 이사나가 그에게 죽음이 다가오고 있다고 확신하는 건 아니었다.

"그러면 나무를 위해 움직여 일해주는 대리인의 역할은 어떻게 되지? 고래들의 지상의 대리인 일은 어떻게 되는 거고? 갑자기 그들의 대리인이 없어지면 나무나 고래는 곤란하지 않을까? 아니면 그건 그냥 농담이었어?" 다카키는 뭔가 분해하면서도 애원하는 듯한 모습, 다시 말해 이사나보다 더욱 확실히 죽음이 다가온다고 믿고 두려워하는 모습을 드러냈다.

"지금까지 내가 나무와 고래의 대리인이라는 이야기를 타인이 믿어준 적은 없었지. 사실 믿어줄 사람이 있을 거라고 생각한 적도 없었어. 나무의 혼과 고래의 혼에 대해서조차도 그랬어." 이사나는 말했다. "그런데 지금 너는 믿어주는 것 같군. 혹시 내가 정말 나무와 고래의 대리인으로서 나무의 혼·고래의 혼에게도 인정받고 있었다면 내가 죽임을 당하는 순간 나무와 고래는 다음 대리인을 선정할 거라고 생각해. 지금 처음으로 생각한 거지만, 이 세상에는 나처럼 은둔 생활을 시작한 무리, 즉 나무와 고래의 대리인 후보가 되기에 합당한 인간이 상당수 있을 거야. 지금까지 셸터에서 살아오며 내가 나무와 고래의 대리인을 자처한 것이 결국에는 환상에 지나지 않는다 하더라도, 그런 인간이 이상한 이유로 이상한 장소에서 살해당하는 상황에서는 나 역시 이런 나 자신 전체를 객관적으로 느낄 수 있을 것 같아. 나를 죽이면 너희들이 내 사체 처리 방법에 대해서 누군가에게 의논하게 될 거라 생각하면……. 주관적인 억측이 아니라 객관적으로도 내가 그런 인간이었다면 나 말고도 같은 타입의 인간이 있겠지 싶어, 그렇지 않아? 나는 실제로…… 너희들이 내 셸터에 페인트로 기호를 그려 넣고, 내게로 접근해 왔을 때…… 무언가 새로운 경험이 다가오는 것이 아닐까 생각했어. 결국 이런 일이지만…….”

그처럼 말하고 이사나는 입을 다물었다. 열병에 걸린 소년이 든 총 때문에 느끼는 긴장과 자기 내부를 향해 소용돌이치며 집중하는 자의식의 노골적인 분열 사이에 그는 서 있었다. 그런 식으로 침묵하며 스스로 자기가 처형될 때를 정한 사람처럼, 살아서 활동하는 자기 육체와 의식에 최후의 침묵의 순간이 찾아오는 걸 막연히 예상하고 있었다. 게다가 엷은 공기에 만취될 만큼 극도로 긴장한 이사나는 일말의 공포심조차 느끼지 않았다. 그처럼 공중에 매달린 듯 어중간한 상태가 된 이사나에게 가장 민감하게 반응을 보인 것은 총을 그에게 겨눈 보이의 뒤에 서 있는 오그라드는 남자였다. 그가 검은 입을 움직여서 쇳소리를 냈을 때, 침묵에 생긴 그 균열에서 보랏빛 진공방전이 수많은 전자를 팅겨내듯 순간 전기적 반응이 일었다.

“나무와 고래의 대리인? 그건 뭐지? 뭘까? 뭐야?”오그라드는 남자는 그사이에도 보이가 총탄을 발사할까 봐 두려워하는 듯, 허둥대며 소리쳤다.

“내가 말했잖아, 제대로 듣지 않았던 거야?”다카키가 분개하며 말했다.

"네 이야기는 반쯤은 농담 같은 미치광이 얘기였잖아. *뭐랬지?* 고래가 절멸하게 되어 북극해인지 어딘지를 우왕좌왕하고 있으니 그 고래의 소리를 통역하겠다는 미치광이라고 했었잖아? 그런데 이건 미치광이가 아니잖아?"

"미치광이가 아니지! 미치광이가 아니니까 자유항해단의 아지트를 밀고하지 않을까 걱정하며 보이는 죽이려고 하고, 너희들은 그걸 돕고 있는 거잖아?" 다카키가 격렬하게 되받았다. 그 말에 이사나는 그들에게 적어도 처음엔 자신이 지적장애가 있는 아들과 숨어 사는 미치광이로 여겨졌음을 알게 되었다.

"맞아, 지금 이야기를 듣고 미치광이가 아니라는 건 금방 알았어, *그런데 조금 석연치 않은 부분이 남아, 그렇지?*" 오그라드는 남자는 이사나에게 직접 물었다. "다카키의 얘기는 그만두고, 정말 고래가 마지막 한 마리까지 씨가 말라버리면 당신은 대리인으로서 어떻게 할 셈이야? 인간들에게 보복 공격을 하며 일어설 작정인가? *수폭이라도 개인적으로 훔쳐내서!* 그게 아니라면 꿈쩍 않고 셸터에 숨어 있는 의미가 없잖아? *지금도, 고래를 보호하는 운동을 하고 있나, 편지나 뭐 그런 걸로?*"

"미치광이야. 그런 계획 같은 거 세우고 있지 않아, 미치광이니까." 보이가 외쳤다. "다카키, 미치광이들은 스파이 짓이든 밀고든 뭐든 해, 미친 자기 자신을 지키려고. 교활하니까, 경찰한테 잘 보이려고. 그런 미치광이가 있어! 경찰을 두려워하는 미치광이가!"

"열심히 생각해서 겨우 한다는 말이 그 정도야?" 그때까지 이사나를 향해서 몸을 비스듬히 구부리고 있던 다카키가 정면으로 획 돌아서며 소리쳤다. "너야말로 히스테리를 부리는 여자처럼 뭘 두려워하고 있는 거야?"

보이가 세운 무릎에 받치고 있는 총으로부터 자신의 머리, 어깨, 가슴까지, 즉 산탄이 덮칠 원뿔형 공간을 지금은 다카키의 몸이 막고 있지 않은 것을 이사나는 확실히 인식했다. 얼굴과 손의 모세혈관 속 피가 끓어오르는 걸 느낄 정도로 큰 위기감이 다시 닥쳐왔는데 공포심과는 다른 것이었다.

"보이, 쏘지 마. *아직 안 돼*, 나는 내 질문에 답을 듣고 싶어!" 오그라드는 남자도 쉿소리로 외쳤다. "*있지*, 가령 고래가 절멸하는 날이 온다 치고 그날 당신은 전 인류에게 보복하기 위해 일어설 작정인가? 아니면……."

"고래는 포유류 가운데서 가장 크고 가장 훌륭한 존재니까 말야." 이사나는 '대리인'의 의무감을 나타내며 설명했다. "인간이 지금 고래를 남획해 절멸의 위기로 몰아가고 있지만, 최후의 순간에는 역시 고래가 포유류 가운데 최강일 거라고 나는 생각해. 특히 핵전쟁의 경우에는 항상 대기에 노출되어 있는 포유류보다 원하면 오랫동안 잠수할 수 있는 고래 쪽이 생존 조건은 좋지 않을까? 그러니까 난 내심 고래가 절멸하는 날은 인간이라는 포유류도 절멸하는 날이라고 생각하고 있어. 일부러 보복에 나설 필요도 없지."

"그래, 나도 그렇게 생각해!" 오그라드는 남자는 이사나의 말에 열중하며 말했다. "고래보다 인간에게 먼저 절멸의 징후는 나타나 있지. 그렇지! 하지만 그렇다면 고래의 대리인 역할은 도대체, 뭐야? 어떻게든 인간과 고래가 함께 망하지 않도록 고래의 보호를 호소하는 전 포유류 동호회 같은 역할인가? 그런 거라면, 당신은 우리에 관해 스파이 짓도 하고 밀고도 하고 경찰과 협력하겠군. 실제로 쌍안경으로 이쪽을 감시하고 있었지? 그렇지 않아?"

"그랬을 테지, 이자는 프리즘식으로 된 큰 쌍안경을 갖고 있어." 보이가 힘을 얻어 말했다. "이자를 죽일 수밖에 없어. 빨리 해치우자!"

"너한테 의논하고 있는 게 아니야." 오그라드는 남자는 말했다. "당신한테 물어보는 *거지.* 모든 포유류를 위한 게 아니라고 하면, 고래의 대리인이라는 거, 그건 도대체 뭐야?"

"인간과 고래를 포함해 이 지구 대륙과 해양의 모든 포유류가 사멸해버리고 나무도 말라비틀어진 후 '다음 세대'가 다가올 날을 생각하고 있어." 이사나는 이제 바라보기 불편할 정도로 적나라하게 호기심을 나타내며 다가오는 제삼자를 상대로 감정이 점차 고조되는 걸 느끼며 말했다. "나는 그 '다음 세대'에게, 그동안 지구의 왕은 인간이 아니었어, 나무와 고래였어라고 보고할 생각이야. 나무와 고래가 존재하는 데엔 인간이 짐작할 수 없는 거대한 섭리가 있었음에 틀림없다, 고 전하고 싶은 거야. 물론 다음 세대는 인간을 훨씬 초월하는 존재들이기 때문에, 그런 걸 입 밖으로 꺼낼 필요도 없어. 그런 걸 계속 생각하면서 한 명의 사람으로서 사멸한다면 그것만으로 다음 세대에게 메시지는 전달되는 거야. 그런 능력을 갖고 있는 무리가 태양계 밖에서 오는 게 아니라면 다음 세대 같은 걸 생각해도 별 의미는 없겠지? 포유류가 절멸한 뒤에 바퀴벌레들의 지구가 출현한다고 말하는 통속 과학자도 있지만 나는 바퀴벌레 따위에게 나무와 고래의 위대함을 전하고 싶지는 않아."

"*만약, 만약의 경우지만!*" 오그라드는 남자는 외치듯이 말하며 어둠 속에서 두세 걸음 내디뎠다. "인간을 포함한 포유류의 태반이 절멸한 이후 고래만은 당신이 말한 최강의 포유류로서 남으면 말야. 다음 세대를 고래들과 그들 땅의 대리인인 당신만이 맞이해. 나무도 그다음 세대의 텔레파시를 통해서 점점 발언하게 되어 그 의식에 참가하게 된다면, 이렇게 멋진 이야기는 없겠지!"

"그 정도 꿈은 없어. 나는 특권으로서 고래의 대리인을 하는 게 아니니까"라고 이사나는 말하며 자기 목소리 가운데 오그라드는 남자의 열광으로 오히려 드러나고만 노골적인 비애를 감지했다. "나는 그런 화려한 일을 꿈꾸는 게 아니야. 단지 내가 하고 싶었던 건 내 현실 생활을 나무와 고래의 대리인이라는 역할에 한정하는 것이었어. 그 외 아무것도 인간 측에 서는 일은 하지 않아. 실제로 지적장애가 있는 아이를 길러도 그건 인류의 현재와 미래에 무엇 하나 공헌하지 못할 테지? 그런 식으로 단지 물끄러미 나무도 고래도 인간도 사멸하는 날만을 기다리는 생활이었어. 순수하게 인간다운 것이라곤 아무것도 하지 않고 그렇게 기다리는 생활을 하고 있는 인간이라면, 지구에 도래할 다음 세대의 눈에 확실히 띄어 이쪽의 메시지를 전달할 수 있을 거라고 생각했으니까. 마찬가지 이유로 나는 스스로 살고 싶은 마음이 없어지지 않는 한, 다음 세대가 도착할 때까지 살아남는 사람이 되려고 셸터에 숨은 것이기도 해. 인간다운 것은 아무것도 하지 않고 단지 기다리고만 있을 뿐이라면 나무한테 배워서 살아가는 것이 가장 자연스러우니까, 나무에 동화될 요량으로 생활하고 있었어. 나무에 동화된 생활은 다음 세대가 도래하는 날을 기다리며 단지 살아남을 뿐인 인간에게 더욱 적당하고…….”

“이것 봐! 이자는 누구보다도 오래 살고 싶어 해. 이런 인간이야말로 스파이 짓도 하고 밀고, 배신, 그 밖에 뭐라도 할 인간 아니겠어?”

“조용히 해, 멍텅구리! 네 녀석 의견 따위 묻는 게 아냐!” 오그라드는 남자가 보이의 외침을 뭉개버리는 쇳소리를 내었다. “하지만, 하지만, 그러면 당신은 이 세계에서, 한 명의 인간인 자신을 위해서는 전혀 아무것도 주장하지 않고 단지 기다리고 있었다는 거야? 왜 그렇게, 모두 포기하고 인간다운 권리를 전부 내팽개치면서 기다릴 뿐인 생활을 시작한 거지? 나무와 고래를 그만큼이나 사랑한다는 건가? 종교인가? 나무와 고래가 신이야? 설마 그런 건 아니겠지? 당신 얘기를 듣자니 그다음 세대라는 게 신일 가능성은 있다고 하더라도 멸망하는 나무와 고래는 신이 아니라고 생각하는데? 그렇지 않아? *나무와 고래가 신일 리는 없잖아!*"

"물론 나무도 고래도 신이 아니지. 포유류 중 가장 크고 가장 훌륭한 존재라는 것이 고래에게 가장 적절한 표현이고, 그 이상은 아니야. 그래도 고래에 비하면 나무 쪽이 신에 가깝겠지. 모든 포유류가 멸망하더라도 나무는 여전히 살아남아 다음 세대와 친해질지도 모르니까. 나는 핵폭탄 방사능에 의해 세포가 무정형으로 변한 무시무시한 나뭇잎을 본 적이 있는데, 히로시마에서도 나가사키에서도 나무는 제일 먼저 재생했어. 나는 나무가 모든 천재지변을 견디고 다음 세대 때까지 존재할지도 모른다고 생각한 적이 있어."

"*나도 나무에 대해 당신과 똑같이 생각해. 특히 겨울눈의 폭발력을 카메라로 찍어보거나 하면 말야.*" 오그라드는 남자가 말했다.

"하지만 나무도 역시 신이 아니야, 그건 결국에는 사멸하는 존재야." 이사나가 말했다.

"그건 그렇지, 고래나무라 해도" 하고 다카키가 말했다.

"미치광이들, 미치광이들! 너나없이 미친 인간들!" 보이가 외쳤다.

총신을 무릎에 올리고 총구를 이사나 쪽으로 겨누고 있던 보이는 초조함 속에서 소리 지르면서 이사나에 대한 증오를 온몸으로 드러냈고 지금이라도 방아쇠를 당길 듯했다. 오그라드는 남자는 명백하게 불균형적인 몸과 삐꿋삐꿋 움직이는 다리와는 반대로 태연자약하게 크게 우회하듯 발을 내딛더니 보이의 침대와 다카키와 이사나의 침대로부터 정삼각형을 이루는 위치에 있는 2층 침대 옆에 멈춰 섰다. 2층으로 올라가서 머리 위에 매달린 알전구를 비틀어 켜고 다시 침대에 주저앉을 때까지, 그는 보이의 흥분을 완전히 무시하는 일련의 동작을 보였다. 하지만 그 행위 전체에는 총을 들고 있는 보이를 견제할 의도가 명백했다. 결국 보이의 뒤편에는 계속 침묵을 지키고 있는 다마키치만이 남았다.

"오그라드는 남자는 보이를 엄호하는 걸 멈추고, 자기 침대로 돌아갔어. 다마키치는 어떤 생각인지는 몰라도 보이 편은 한 사람 줄었어. 점점 더 고군분투하는 상황이야." 다카키가 긴장을 풀지 않으며 야유했다.

"맞아. 나는, 이 남자를 스파이 혐의로 죽이느니 우리 멤버로 받아들이는 편이 훨씬 좋다고 생각해." 오그라드는 남자가 말했다.

"어떻게 믿을 수 있지? 왜 오그라드는 남자까지 믿는 거지? 이자가 자유항해단을 밀고하지 않는다고 어떻게 믿을 수 있어?" 보이는 오그라드는 남자를 새로이 적으로 만들며 그에게 맞섰다. "우리는 지금까지 백치 아이를 유괴한다고 협박하기만 하면 이자가 뭐라도 할 거라고 얘기하지 않았어? 애초에 다카키가 먼저 꺼냈던 얘기 아니야? 그런데 이자는 지금 아들이 독립해서 살아갈 수 있다는 걸 알게 됐다고 말하잖아? 응? 이자는 아들을 유괴해서 협박한다 해도 아무런 거리낌 없이 우릴 밀고할걸. 어떻게 할 거야? 언제까지 이자를 여기에 감금해둘 작정이야?"

"감금 같은 거 할 거 없잖아! 넌 진짜 바보구나, 우리 패거리 안에 들이면 돼. 저 사람은 들어올 거야." 오그라드는 남자가 말했다. "지금까지도 혼자서 세계의 끝을 기다리고 있던 인간이니까, 저 사람은! 너 같은 응석받이 어린애랑은 다르니까, 저 사람은!"

"안 돼! 아무리 별난 생활을 하고 있었다 해도 언젠가는 그만둘 거야! 도중에 그만둘 거야! 원래 사회 속 인간이니까, 이런 놈은. 그러니까 언젠가는 도중에 그만둘 거라고. 그건 다카키가 우리한테 늘 말했던 거 아냐? 사회로부터 축출당한 게 아니라 스스로 사회 밖으로 나온 인간은 도중에 그만두고 스스로 사회 속으로 돌아간다고 했잖아!" 이제 보이는 하소연했다.

"다카키는 정반대로 얘기했어! 자기 의지로 사회 밖으로 나온 인간이든가 자기 의지로 사회 속에 들어가는 걸 거절한 인간이 아니면 안 된다고 말한 거야. 너는 완전히 오해하고 있어!"

"그럼 당신은 어때? 당신은 몸이 오그라들기 시작하면서 우리한테 왔잖아? 몸이 오그라들기 시작한 건 스스로 바라서야? 병신이랑 미치광이는 스스로 원하기만 하면 병신이랑 미치광이가 되는 건가?"

"나는 병신도 미치광이도 아니야. 그걸 알려줄까?" 오그라드는 남자는 변함없이 쇳소리 나는 굵고 쉰 목소리로 말했다.

그러고 나서 이사나의 눈앞에 노골적인 폭력극이 이상하리만큼 신속하게 벌어졌다. 싸움이 일어나는 동안 몇 번이나 사건 전체를 생각해보려 해도 이사나는 자기가 되짚어보는 속도가 현실에 일어난 움직임보다 자꾸 늦어지고 마는 걸 인정할 수밖에 없을 정도였다. 거기다 그 돌발적인 속도만이 이상했던 게 아니었다. 모든 동작·반응이 불연속적으로 흩어져 보이고 특이한 속도감만이 간신히 이어지고 있었다. 그 전체를 이사나는 일어서는 오그라드는 남자의 오른쪽 뒤편에서 관찰하고 있었는데, 그의 시야에서는 일단 침대에서 넓적다리 뒤쪽을 이용해 미끄러져 내려오는 오그라드는 남자가 새삼스레 난쟁이인가 의심될 정도로 키가 작아 보였다. 무릎으로 걷고 있는 것처럼 양다리가 짧고, 가슴을 감싸듯이 자리한 양팔 또한 팔꿈치에서 절단된 것처럼 짧아 보였던 것이다. 거기에 비해 몸통은 심하게 길고, 어깨 폭과 가슴 두께, 엉덩이 돌출의 정도는 끔찍할 정도였다. 그 우람한 어깨 위에 큰 머리를 바로 얹어놓은 듯한 남자가 직전의 비틀비틀한 걸음걸이를 뒤집듯 기괴하리만큼 매끄럽게 차트테이블 옆을 똑바로 가로질러, 그의 가슴을 향해 방향을 돌린 총구를 놀라울 정도로 전혀 신경 쓰지 않고 그 총을 갖고 있는 보이의 얼굴을 옆으로 세게 쳤다. 침대에서 떨어진 보이는 느릿느릿 일어나 아직 놓지 않은 총을 오그라드는 남자의 코앞에 바싹 들이댔다. 오그라드는 남자는 그걸 피하기는커녕 먹이에 달려드는 거북처럼 총신을 단단히 물었다. 그리고 날다람쥐가 다리 사이의 피막을 펼치듯 그대로 머리 양옆의 힘줄을 펼치며 총신을 세게 깨문 채로 팔로 통나무 같은 걸 잡아 보이의 뒤통수를 툭툭 후려갈겼다. 그것은 보이의 침대 옆에 놓여 있던 돛의 도르래였다. 이어 보이의 머리에서 터져 나온 피가 오그라드는 남자가 쥔 도르래로부터 땀과 함께 사방으로 튀었다.

그리고 다카키가,

"꼬맹 씨, 죽이지 마, 보이를 죽이지 마!" 하고 소리치는 것과 보이가 읍소하는 소리를 내며 침대 안쪽으로 도망치는 일이 동시에 일어났다.

그러자 오그라드는 남자는 물고 있던 총을 바닥에 떨어뜨리고, 총구가 목구멍 안쪽을 압박했기 때문인지, 도망친 보이 못지않게 큰 소리를 내며 바닥에 놓인 총 위로 구토를 했다.

그 와중에도 오그라드는 남자는 나머지 토사물을 모아 캭 하고 뱉어내더니,

"놓치지 마라!" 하고 외쳤는데, 보이는 계단을 향해서가 아니라 벽으로 둘러싸인 구석으로 도망가 맞은편을 바라보며 단지 웅크리고만 있을 뿐이었다.

"이런 식으로 보이는 상처가 아물 새가 없어." 다카키가 이사나를 뒤돌아보며 창백한 얼굴에 피가 거꾸로 솟는 듯 핏발 선 눈이 더욱 충혈되어 말했다.

"저 녀석이 눈물을 그칠 때까지 여기에 있자. 그것 말곤 방법이 없어." 오그라드는 남자도 쉿소리로 말하고 자기 침대로 돌아갔다.

그 후로는 모두가 입을 다물었기 때문에 한동안 보이의 흐느껴 우는 소리만이 지하실에 울렸다. 그 우는 소리는 비

분에 가득 차 있는 한편으로 동료를 향해 저자세로 호소하듯이 부드럽고 구슬프게 늘어지기도 했다.

그 상태로 한참 지나서야 그때까지 내내 침묵하며 지켜보고만 있던 다마키치가 침대 앞으로 걸어 나와 보이가 놓아버린 총을 주워 들었다. 그는 거기 선 채 무명천으로 오그라드는 남자의 토사물을 닦기 시작했다. 총기 전문가의 치밀함이라 할까, 아무튼 총에 대한 남다른 애착에서 나오는 용의주도함으로. 그 모습에 더해 이사나의 인상에 남은 건 빛에 비친 다마키치의 얼굴 윤곽과 매끄럽게 그은 피부의 느낌이 애처로운 소년과 마치 가족처럼 많이 닮았다는 것이다. 이윽고 그는 특별히 누구에게라고 할 것 없이,

"총은 안전장치가 걸려 있었어" 하고 말했다. "보이가 그 사실을 알고 푸는 법을 가르쳐달라고 했다면 가르쳐줄 수밖에 없었겠지만……."

8장

오그라드는 남자

보이는 결국 다마키치가 그의 침대로 옮겨준 후, 전등이 꺼진 어둠 속에 누워 신음 소리를 내다 잠깐 잠이 들었다가 또다시 신음 소리를 삼키며 이야기에 귀를 기울였다 했다. 그 변화의 주기가 무척 짧았다. 이사나와 그들은 보이를 감시하기 위해서가 아니라 날이 저물면 부상당한 보이를 다시 셸터로 옮기기 위해 때를 기다리고 있었다. 기다리는 동안 넷이서만 아지트에서 빠져나와 식사를 하고 올 수는 없는 노릇이었다. 보이가 홀로 남겨지는 걸 무엇보다 두려워하여 신음하며 경계했으니까. 이사나 개인적으로 보자면 다카키 무리와 헤어져 혼자서 먼저 셸터로 돌아갈 수도 있었지만 그럴 기분이 아니었다. 보트를 타고 온 복잡한 뱃길을 저녁에 혼자서 더듬어 가는 일이 무척이나 번거로울 것이 예상 가능했기 때문이기도 하다. 그는 그때 자유항해단으로부터 도망치려면 보트를 타고 가는 길밖에 없다고 생각하고 있었다. 하지만 그가 그곳에 남은 건 단순히 그렇게 소극적인 이유에서만은 아니었다. 이사나도 오그라드는 남자처럼 폭력적인 상황 뒤에 바로 이어진 과열된 기분에 이끌려 침묵하면서도 기분이 고조되었고 한번 입을 여니 수다스러워지기도 했다.

그에 대해 여전히 의심의 눈길을 거두지 않고 침묵하는 다마키치와 달리 다카키는 수다스러운 분위기를 거스르지 않았는데, 이사나는 나중에 이날의 대화를 회상할 때마다 다카키의 참가가 단순한 동의 혹은 말장난 정도에 그쳤음에 생각이 미쳤다. 이사나가 회상하여 상상력으로 요약한 그날 저녁의 어둡고 끔찍한 대화는 다카키의 조롱 섞인 너스레가 섞여 부자연스럽지 않았다. 그의 놀리는 듯한 맞장구와 보이의 분노, 의심 그리고 고통의 신음 소리, 다마키치의 침묵, 그 모든 것이 밸런스를 유지하며 대화는 진행되었다.

이사나는 다카키가 천장을 향해 누워 있는 침대와 오그라드는 남자가 아래층에 앉고 다마키치가 그 위층에 누워 있는 침대를 향해, 즉 보이에게는 등을 돌린 채 차트테이블 앞 의자 대신 놓인 부표 위에 앉아 있었다. 다카키 무리에 참여한다면 그 또한 침대 하나를 배정받게 되겠지만, 거꾸러진 보이를 생각하여 그 위에 앉는 걸 삼갔다. 이사나는 침대에 누워 있는 다카키에 대해서는 이미 고래나무 이야기나 보이에게 자신을 변호해준 일로 일종의 친근감을 품고 있었다. 다카키가 야유하는 감탄사를 내거나 낮게 웃거나 해도 특별히 신경이 쓰이지 않았다. 하지만 조금 전까지 그를 살해하려고 한 보이에게 반대하지 않고 이 지하실에 숨어 있던 두 사람, 침묵하는 다마키치는 물론이고 지금은 수다를 떨고 있지만 불가해한 막과 같은 것으로 스스로의 육체와 의식을 감싸고 있는 오그라드는 남자에게도 긴장을 풀 수 없었다. 그는 이제 다카키에 관해서는 오래된 동료처럼 느끼게 되어 드러누워 천으로 엽총을 닦는 다마키치, 그리고 열중하며 이야기를 이어가는 오그라드는 남자에 대해서만 신경이 쓰였다. 이사나와 오그라드는 남자는 서로 비스듬히 앞을 바라보면서 시선을 피한 채 얘기했는데, 만약 특별한 의미가 담긴 신호탄이 울리면 둘은 서로의 옆구리를 스치듯 지나 그대로 쏜살같이 뛰쳐나갈 것만 같았다. 더구나 그들의 두개골 깊숙이 뇌 신경세포에서 자연 발생하는 정전기의 번득임 같은 제2의 신호탄이 울릴 때, 그들은 헛발질을 하며 방향을 전환하고 증오와 공포에 새파랗게 질려 서로를 노려볼 게 틀림없다. 그런 예감을 품은 긴장 속에서 이사나와 오그라드는 남자는 비스듬히 서로를 마주하고 이야기했고 낮게 웃는 다카키와 침묵을 지키는 다마키치가 가끔씩 가세하는 모양새였다. 그런 승조원들을 태우고 환상의 바다에 에워싸인 지하 선실에서, 이사나는 나무의 혼·고래의 혼을 향해서는 물론이고 진의 귓가에 대고도 결코 해본 적 없는 고백을 장황하게 지껄였다. 이사나는 셸터에 틀어박힌 이후 어쩔 수 없이 외출했다가 피곤한 끝에 술을 마시게 되면 술기운에 끓어오르는 증오를 셸터로 가지고 돌아와 예전에 알던 사람들과 친구들에게 규탄의 편지를 썼다. 셸터에서 은둔하는 사람으로서는 무릇 규탄할 상대란 없으니, 모든 자들을 향해. 그리고 다음 날 아침이 되면 우편함에 넣는 걸 스스로 혐오할 것이라는 생각에 사로잡혀, 즉 깨어 있는 의식의 일부분이 지금 편지를 부치는 일은 돌이킬 수 없는 술주정뱅이의 어리석은 행동임을 자각하고 있었기 때문에, 오히려 그는 자기 자신을 채찍질하듯 새벽같이 포장도로를 달려 우체통으로 향했다. 이 저녁 이사나는 한 시간 후에 생애 최악의 숙취를 겪는 듯 끔찍이 후회할 것을 예상하면서 더욱더 철저히 고백하는 자신을 의식했다…….

하지만 그 '고백' 전에 직접 그의 긴 고백을 이끌어낸 오그라드는 남자의 웅변이 있었다. 그 웅변은 은미하지만 이사나를 고백으로 휘모는 마중물을 여러 세부적인 곳에 숨기고 있었다. 오그라드는 남자는 다카키에 비해서 그 육체적인 특징이 확실히 두드러졌지만, 나이 차이가 특별히 많이 나 보이지는 않았다. 그 정도로 젊음을 유지하고 있었음에도 불구하고 그는 이사나보다도 연장자로서, 이미 마흔이었다. 그리고 그 나이라는 요소가 오그라드는 남자의 전체를 이해하기 위한 주요한 실마리였다. 오그라드는 남자 자신이 나이에 확실하게 의미를 부여하려고 애쓰고 있었다.

……서른다섯의 생일날 심야에 그게 시작되었다고, 먼저 그는 자기 청춘의 마지막을 강조하며 '오그라드는' 체험의 시작을 이야기했다. 그의 말을 그대로 받아들인다면 다음과 같은 경위로 오그라들고 있음을 깨달았다. 그는 서른다섯이 된 전문 사진작가였다. 그는 생일날 술에 취했다. 심야에 잠이 깨어 다시 술을 조금 마시는데 등뼈의 움푹 파인 곳을 둔탁하고 따뜻한 파친코 구슬이 굴러 내려가고 굴러 올라가는 게 느껴져 견딜 수 없는 기분이 되었다. 가족들이 모두 잠든 3DK(방 3개와 주방, 다이닝 공간이 있는 집) 집 안에서 불을 끈 채 개처럼 혀를 길게 빼고 걸어 다녔다. 그러다가 직감에

이끌려 옷을 모두 벗고 저울에 올라가 몸을 웅크렸다. 늘어진 음낭 뒤쪽은 저울의 차가운 표면에 닿자 즉시 주름투성이가 되었다. 손전등으로 간신히 눈금을 읽으니 체중이 2킬로그램 줄어 있었다. 하지만 그게 어떻게 척추의 파친코 구슬을 설명할 수 있을까? 그는 다이닝룸과 주방의 경계가 되는 좁은 기둥에 등을 대고 일어나, 발뒤꿈치는 종종걸음으로 힘을 주어 딛고 뒤통수는 기둥에 문지르고 정수리에 손바닥을 얹어 손톱으로 정확을 기해 합판 표면을 긁었다. 손톱 끝이 하늘소처럼 빠드득빠드득 소리를 낼 정도로. 그러는 동안에도 무언가 자기 생애에 이변이 시작되고 있음을 예감하며 회상에 빠진 그는 손바닥을 정수리의 움푹 파인 곳에 쑥 올리고, 어린 시절에 물이라면 반홉 정도는 고일 듯한 그 특별한 요철을 만지게 하여 친구를 놀래고 또 조공까지 바치도록 했던 일을 떠올렸다. 예전에 그는 자기 정수리의 남다른 요철을 자신이 타인과 다른 운명을 타고 난 증거라고 믿었다. 그는 점점 두려움으로 숨이 막힐 듯한 기분이 되어, 그 징표라 할 정수리에 위안을 구하려 한 것이었는데, 움푹 팼다는 압박감이 오히려 발이 지면에 박히는 듯한 느낌을 일깨울 뿐이었다. 그 단계에서 그는 이미 지금 자신의 육체와 영혼에 일어나고 있으며, 앞으로 더욱 빠른 속도로 드러나게 될 치명적인 변화를 예감하고 있었다. 기둥의 밑부분에서부터 기둥 나뭇결이 민달팽이 궤적처럼 빛나는 손톱자국까지 길이를 재본 것은 그 예감에 물증을 제공한 것에 지나지 않았다. 그는 열아홉 살 때 성장이 멈춘 이래 여권이나 조사표에 기입해왔던 부동의 숫자를 잃어버렸다. 신장이 5센티 감소한 것이다! 그는 오그라들었다. 그리고 그는 그 후로 계속 자신이 오그라들 것이라 믿었다.

오그라드는 일에 대해 몸으로 느낀 바와 줄자로 확인한 바가 일치하는 건 실로 무서운 일이었다. 자기의 육체가 점점 더 빨리 오그라들다가 마침내는 원숭이 정도로 오그라들어 내장이 엉망진창이 되고 약한 딸꾹질을 한두 번 한 뒤 죽어버리는 광경을 생각하니 감정의 뿌리가 시들어버리는 것 같았고, 그는 소리를 죽인 채 체념의 눈물을 흘렸다. 그러나 그것은 지난 수년간 결코 풀리지 않았던, 육체와 의식의 갈등을 즉시 해소해주었다. 무척 쓸쓸하긴 했지만, 마음에 맺혀 있던 것이 풀리는 해방감을 선사했고, 앞으로 자기 생활의 모든 의미·목적이 이 오그라드는 것과 무관할 수 없으리라고 강하게 예감하게 되었다. 눈물은 바로 조금 전까지 척추를 따라 파친코 구슬이 올라갔다 내려갔다 하는 듯한 데서 오던 초조함을 말끔히 씻어주었다.

알코올음료가 피부 표면을 뜨겁게 달구는 걸 타인의 육체에 일어나고 있는 효과처럼 느끼며 작업 암실 겸 침실로 돌아와, 그는 최근 높이가 맞지 않던 작업용 책상 앞에 서서 잠시 생각하고 의자 아래 헌 잡지를 3센티 높이로 깔았다. 전신이 5센티 줄어들었으니 다리 길이는 그 정도로 줄었으리라고 짐작했던 것이다. 의자에 앉아보니 정말 안성맞춤이었고 높이가 딱 맞는 책상 앞에 앉았다는 안락감이 단번에 회복되었다. 그러다 책상 앞에서 느긋하게 쉬면서도 초라하고 불쌍한 기분이 드는 자신을 달래기 위해 결국 그는 페니스를 꺼내 들여다보았다.

"그런데 말야, 그건 축소되기는커녕 비대해져 있었어. 발기하지도 않았는데! 그래서 난 육체가 전체적으로 축소되면서 실제로 머리나 손바닥이 그랬듯이 원래 크기로 남아 있는 부분이 단지 비율상 크게 보이는 거겠거니 했어." 오그라드는 남자가 그렇게 말하자 다카키는 킬킬 웃고 다마키치는 침묵했다. "그런데 말야? 그 이상이었어. 믿어져? 육체 전체는 멸망을 향해 오그라드는데 페니스만은 거꾸로 최후의 불꽃이 되었달까, 점점 강화되기만 하는 거야. 그건 차츰 타인의 반응을 통해 증명되지! 하지만 믿지 않겠지?"

"그런 일이 있을지도 모르겠다고, 막연하게나마 생각한

적이 있어. 미국 대학에서 정치비서직 하계 세미나에 참석했을 때 난 지금 당신이 말한 것과 비슷한 사람을 만난 적이 있거든." 이사나는 명료한 기억을 떠올리며 그에게 힘을 실어주었다.

"그자는 남자야, 여자야? 어떤 모습으로 오그라들었어?" 오그라드는 남자는 기세를 올리며 캐물었다.

"그는 영어로 작품 활동을 하는 작가야, 캐나다계. 해마다 한쪽 다리가 줄어들어. 그 작가를 통해서 난 육체가 줄어드는 남자가 지니는 육체적 마력을 구체적으로 알 수 있었지."

캐나다계 교사 겸 작가는 이사나를 하계 세미나에 참가했던 학생 이상으로, 즉 친구로 생각해 매년 크리스마스카드를 보내주었다. 거기엔 언제나 새로 찍은 작가 자신의 사진이 인쇄되어 있었다. 해마다 눈에 띄게 짧아지는 다리 쪽에는 바닥을 두껍게 한 키 높이 구두를 신고 양어깨가 수평을 유지하도록 신경 쓰고 있는 둥근 점 같은 눈을 한 남자의 전신상이. 그의 옆에는 해마다 여자 친구가 있었다. 처음 두 해는 이사나도 만난 적이 있는, 작가가 동료 대학교수로부터 빼앗았다던 러시아계 여자가 찍혀 있었다. 그 뒤로는 매년 다른, 각각 독특한 매력을 지닌 여자 친구들이 작가에 대한 연모의 마음을 드러내며 그의 옆에 달라붙어 있었다.

이사나는 급속하게 줄어드는 작가의 오른쪽 다리를 보조하기 위해 크리스마스마다 키 높이 구두의 바닥이 1센티씩 덧대어지는 걸 가슴 아프게 바라보았는데, 작가 당사자는 언제나 거북처럼 턱을 젖히고 의기양양하게 키 높이 구두 위에서 밸런스를 유지하고 있었다. 매년 변함없이 걸치고 있던 체크무늬 양복의 큰 어깨 패드 옆에는 멕시코 여자, 중국 혹은 일본 여자가 있었고, 최근 크리스마스카드에는 오그라드는 다리를 가진 중년 남자가 어떻게 다룰 수 있을까 의심스러울 정도로 큰 여자가 금발을 어깨까지 늘어뜨리고 얌전히 붙어 있었다.

"그건 내 케이스와 똑같군" 하고 오그라드는 남자가 주장했다. "오랜만에 나이가 비슷한 사람과 이야기하자니, 어떻게 전개될지 기대되는군, 응? 그렇지 않아? 나는 항상 오그라들고 있어. 그런데 그걸 부자연스럽다고는 생각지 않아. 근본적으로 병이라고 느끼지 않지. 다 자란 후에는 오로지 죽음만을 향해 나아가는 인간이 줄어든다는 건 반자연적이지만 일단 익숙해지면 오그라드는 것 자체가 생명의 숨결이 가득 찬 자연스러움 가운데 진행되기 때문이야. 왕성하게 자라는 시기와 마찬가지로 줄어드는 변화는 뇌의 호르몬이나 감정과 관련된 부분을 자극하지."

"꼬맹 씨는 바람둥이니까, 그걸 자랑하고 싶은 거죠" 하고 다카키가 놀렸는데 오그라드는 남자는 기죽지 않았다.

"본디 그건 비극이지. 아내랑은 순조롭지 않았어. 내 아내는 오그라드는 남자가 되기 전의 내 키와 비슷한, 그러니까 키가 큰 여자야. 거기다 살이 쪘지. 그런 아내와 오그라드는 남자가 된 나의 성교는 무척이나 기괴했어. 특히 내 의식에 있어서. 아내의 육체를 소유하고 있다는 느낌을 가질 수 없게 되었거든. 내 페니스가 아내에게 만족을 주었다는 점에서는 이전 이상이라 할 수 있었지만, 성교 중 내 머리에는 황소바람이 불었어. *미래에 내 작은 몸이 더 오그라든 이후 벌어질 성교의 모습을 생각하지 않을 수 없었으니까.* 아내의 배꼽 언저리에 내 커다란 머리를 얹고 양팔을 아내의 골반에 두르고 있는 자라 같은 내 모습이 머리에 떠오르면 때로는 페니스를 꼿꼿이 세우는 일이 불가능해지곤 했어. 그래서 나는 새로운 여자들을 찾게 되었지. 그것도 처음에는, *생각하기도 싫지만,* 뭔가 이상했어. 그건 제발 좀 도와줘 하고 상대를 향해 외치는 성교였으니까. 자네는 소설을 읽나? 프랑스 작가가 이런 걸 썼지. '정사를 구실로 상대방에게 자신의 고통을 떠넘기려고 한다. 그러나 그건 뜻대로 되지 않았다. 헛고생. 자신의 고통은 조금도 떠나가지 않았다. 그

때문에 또다시 정사를 벌이고, 자신의 고통을 상대에게 떠넘기려 또다시 고생한다.' 오그라드는 남자가 되기 전, 나는 이 문장을 이해하지 못했어. *안 그러겠어?* 나는 성교는 성교이고, 고통과 고민은 자기 혼자 매듭지을 수밖에 없다고, 타인에게, 그것도 여자에게 떠넘기는 건 아니라고 믿었어. 그런데 오그라드는 남자가 된 나는 울다가 경련하다 하면서 오르가슴의 출입구를 드나드는 여자를 더욱더 압박하면서 그 여자가 오그라드는 내 고민에 동화하고 있다고 생각하고 싶어졌어. 물론 사마귀를 옮기듯 고민을 옮길 수는 없으니까, 또다시 상당한 고생을 해야 하는 건 그 작가가 쓴 그대로였지만. 그래도 다시 시작하고 싶을 때마다 나는 새로운 여자를 얼마든지 손에 넣었지. 내 몸이 오그라드는 것과 반비례해서 페니스는 옹골차게 튀어나왔고, 에테르 같은 걸 시종 발산하고 있었으니까! 벽에 거울이 있는 여관에서 특히 내 육체는 효과를 발휘했어! 내가 아무리 자기 본위로 행동해도 여자는 불구자를 혹사하는 양 뒤가 켕겼던 거야. 나도 근본적으로는 오그라드는 남자라는 자각을 하고 있었으니까, 사실 스스로에게 여자에 대한 정당한 권리는 없다고 느끼고 있었어. *그 상승효과는 이렇지,* 나는 무제한으로 상냥한 데다 기괴한 육체를 가진 남자가 되었어. 완전한 카지모도(빅토르 위고의 소설 《파리의 노트르담》의 등장인물로 심각한 꼽추에 커다란 무사마귀 등, 추한 외모로 묘사된)지. *그건 여자들의 로망 아니겠어?* 더구나 오그라드는 남자로서 성교 중에 무리를 거듭한 탓에 사정 뒤에는 병에 막 걸린 아이처럼 되었으니. 그것도 여자들을 다음 밀회로 되돌아오게 하는 힘이 되었던 것 같아……."

그렇게 다양한 여자들과 성교를 거듭하는 동안, 이미 중년이 되어 무의식적으로 새로운 성적 발견 같은 건 더 이상 없을 거라고 얕보던 그가 뜻밖의 경험을 하게 되었다. 어떤 밀회에서 한바탕 성교를 끝낸 후 그와 정부는 가수면 상태에 있었다. 등에서 엉덩이까지 이상한 감촉이 느껴져 오그라드는 남자가 눈을 떴을 때, 눈앞 벽 아래쪽에 있는 붙박이 거울에 나무늘보 같은 그의 몸이 비쳤다. 짧고 두꺼운 팔로 절구통 같은 자기 몸을 끌어안고 있었고 거뭇거뭇한 페니스는 우뚝 서 있었다. 그리고 거울로 보이는 건 싸구려 더블베드에 두 무릎을 꿇은 여자가 허리에 동여맨 토란 줄기 모양의 모조 페니스를 그의 엉덩이에 대려고 애쓰는 모습이었다. 옆쪽으로 더구나 몸을 구부리고 누운 그의 항문을 노리고 있었는데, 모조 페니스는 꼬리뼈 앞뒤를 툭툭 칠 뿐이었다. 그러나 꿈에서부터 이어진 그 감촉에 의해 그는 갓난

아이 크기로 오그라들고 부드러워지고 동그스름해져 의타심 덩어리로 변하여서는, 뒤에서 신과 같이 자비로운 존재가 접근해오길 전신전령을 다해 바라는 기분을 맛보았다. 그는 더없는 행복 속에서 어린아이처럼 꼼지락거리며 자동판매기에서 파는 '성 기구'로 지루함을 달래고 있는 계집아이의 흥분한 원숭이 같은 얼굴을 바라보았다. 계집아이는 가랑이에 단 물건을 열심히 내려다보고 있었기 때문에 그가 깨어 있다는 사실은 전혀 눈치채지 못했었다고, 오그라드는 남자는 말했다. 오그라드는 남자는 갓 태어난 아이의 마스터베이션에 대한 의학 기사를 읽은 적이 있었다. 태내에서 이 세계로 나온 아이가 황량하고 쓸쓸하여 그런 심심풀이에 빠졌다고 꾸짖을 수 있을까? 그도 마찬가지로 아아아아, 아이이이 하고 희열의 신음을 내며, 엄마 같은 소녀에게 착 달라붙어 장난치고 싶었다……. 당연히도 이 체험은 오그라드는 남자에게 소중하게 남았다. 다음 밀회 때 같은 '성 기구' 한 세트를 사 들고 가서 보여주었는데, 그 계집아이는,

"변태!" 하고 욕할 뿐 손가락 하나 다시 대보려고 하지 않았다.

결국 오그라드는 남자가 다시 한번 갓난아이 크기로까

지 오그라드는 그의 미래를 미리 경험해보기 위해서는 악명 높은 터키탕(퇴폐 업소를 이르는 옛 표현) 거리까지 나가지 않으면 안 됐다. 모조 페니스를 넣은 종이 뭉치를 가지고 교외 전철에 올라타며 지금부터 만나게 될 낯선 여자에게 모욕당할 각오로 저속한 연기를 의뢰하는 걸 상상하자, 그는 불안한 나머지 술에 취한 상태가 되어 교외 역의 촌스러운 교복 차림의 여고생마저도 에로틱한 존재로 느껴졌다⋯⋯.

거기까지 이야기를 마치고 오그라드는 남자가 타인으로서는 의미를 정확하게 알 수 없는 한숨을 쉬자 다카키가,

"꼬맹 씨가 여고생을 강간했던 거 아니야? 토란 줄기 모양의 모조 페니스를 자기 거에 칼집처럼 덮어씌우고!"하고 조롱했다. "여고생이 체육복 반바지 안에 모조 페니스를 달고 와서 자발적으로 비역해주기를 꿈꾸었거나?"

"*다카키는 내 무의식을 꿰뚫잖아?*"하고 오그라드는 남자가 쉿소리로 대꾸하여 지나치게 재미있어하는 다카키의 흥을 급속도로 깼다.

"벌써 몇 번이나 들었으니까⋯⋯."

"그 생활이 계속되었다면 나는 그야말로 몸이 허해져 오그라들고 거기다 바싹 마르기까지 한 시체가 돼버렸을 거라 생각해. *정말 그래.*" 오그라드는 남자가 말했다. "오히려

난 그렇게 되길 바랐지! 추한 이야기지만. 그런데 결혼하기 전 내가 동경하고 있었던 여자와 10년 만에 재회했어. *그리고 상황이 바뀌었지!* 도스토옙스키의 《백치》를 읽었어? *물론 읽었겠지? 그건 모든 사람이 읽는 거니까. 다카키를 포함해서 자유항해단 멤버 중에는 아무도 읽은 사람이 없지만 말야, 하하!* 거기에 나스타샤 필리포브나라고 하는 여자가 나와. 내가 재회한 친구가 나스타샤 같았다고 말하는 건 아니야. *그건 그렇겠지?"*

"그렇겠지!" 오그라드는 남자의 쉿소리를 모방하며 다카키가 야유했다. 이사나는 그도 사실은 《백치》를 읽었을 거라고 짐작했다.

"나는 단지 그 친구에 대한 내 태도로 나스타샤 필리포브나에 대한 로고진과 미시킨 공작의 태도를 짐작했어. 10년 전 나는 그 친구에게 미시킨 공작 같았어. 그리고 재회한 후의 난 그 친구의 로고진이었지. 친구의 시각에서 보자면, 내 안에 미시킨 공작과 로고진은 사진으로 말하자면 이중촬영이 되어 있었으니, 그녀는 나스타샤 필리포브나도 결국 획득할 수 없었던 진짜 정부를 갖게 된 거 아니겠어?"

"다름 아닌 오그라드는 남자를 가진 거지" 하고 다카키가 말했다. "두 러시아인이 하나가 된 데다 응축되어 있으니,

보물이지!"

"친구 기억 속의 나는 그녀를 사랑하고 사랑받고 있었는데, 육체적 행위에는 나서지 않는 남자였어. 그런 남자 앞에서는 결국 그녀도 자유롭지가 않았지. 그래서 우리의 관계는 진전되지 않았어. 그런데 이제 와서 그 남자가 쾌락 추구의 화신이랄까, 장시간 단지 성교에만 집중한 거야. 그녀는 정신적인 기쁨과 육체의 위안 양쪽을 한꺼번에 그러안을 수 있었지. 위안이라고 표현했지만 그건 그 자체로 초대형 쾌락이니까! 그녀는 사립대학 교수를 지내며 부모한테 받은 유산으로 구입한 맨션에서 혼자 살고 있어서 나는 저녁 재료를 사 들고 밀회를 하러 갔었지. 그녀가 요리를 만드는 사이, 또 마주 앉아 식사를 하는 동안에 나는 10년 전의 미시킨 공작으로 돌아가 이야기했어. 그녀도 술을 조금 마시고 취해 내 이야기에 열중했어. 그녀의 작업용 책상 옆에 놓인 침대는 우리가 그걸 하기에는 너무 좁아서 식사했던 자리를 정리하고 새로이 잠자리를 만들곤 했어. 잠자리 만들기에 열중하던 친구의, 소녀가 그대로 중년으로 접어든 것 같은 얼굴이 지금도 생각이 나. 나는 정말 마음을 다해 계속 그녀를 찬양했어. 나 자신은 철저히 허망해져갔지. *그건 사랑의 투기*投企(*현재를 초월하여 미래로 자기를 내던지는 실*

*존의 존재 방식)*라고 해야 하지 않을까? 그러다 새로이 마련된 잠자리에서는 갑자기 로고진의 인격으로 변해 온갖 성적 활동을 펼쳤어. 내 페니스는 세 시간 동안 서 있었고 그녀의 오르가슴은 사인곡선을 그렸으니, 그녀는 *절정에 도달하고도 남았지!* 마침내 사정을 하자, 그때까지 손가락으로 만든 고리처럼 장하게도 페니스를 깊이 물고 있던 질이 턱 하고 무기력하게 열렸던 거야. 나는 그녀의 약한 내장을 부수어버린 기분이었어…….”

“변태! 파렴치한!” 약한 목소리로 보이가 항의했다.

“그리고 사인곡선형 오르가슴이 다 가라앉은 정부 옆에 드러누워 있자니 육체 그 자체, 성 기능 그 자체로서 전력을 다한 나 자신이 역시 사랑의 투기를 했다고 느껴졌어. *이 말 이해하지?* 친구의 몸을 여기저기 어루만지며 이렇게 말했어. *당신은 죽은 나스타샤 필리포브나처럼 조용하고 미시킨 공작과 로고진 두 사람이 그 옆에 엎드려 누워서 밤을 보낸 것 같은 일을 나 혼자서 하고 있는 느낌이야!* 그녀는 몸을 움찔 움직였는데 나는 그걸 감동의 전율이라 여겼어…….”

“두려웠던 거야! 변태, 당신은 그 여자를 죽이고는 어물어물 넘기고 있는 거지” 하고 보이가 끼어들었지만 무시당했다.

"어느 날 나는 넙죽 엎드린 그녀가 성실하게 높이 들어올린 엉덩이 쪽을 향하고 있었어. 뒤에서는 열린 상처처럼 보이는 질을 내 페니스가 뚫는 걸 보면서. 그러다가 갈색의 꽃봉오리 같은 곳에 엄지손가락을 쭉 찔러 넣었어. 너무 끔찍하기도 하고 너무 사랑스럽기도 해서……. 그 순간 그녀가 지금까지 들어본 적 없는 까마귀 울음소리로, *싫어, 싫어, 더 이상 이런 건 싫어!* 하고 외쳤어. 그리고 허리를 휙 움직이며 *나를 밀쳐버렸어! 그러고 나서 어떻게 된 줄 알아? 내 아내에게 전화를 하려고 일어났어, 허벅지 사이에서 떨어지는 액체로 카펫에 얼룩을 만들면서!*"

"피다, 피야, 너는 복막에 구멍을 뚫은 거야, 이 변태!" 보이의 말은 점점 더 격해졌다.

"그리고 이렇게 말했어, 저 사람이 나를 죽인다. 나를 죽이고 그 옆에서 마치 미시킨 공작과 로고진이라도 된 양 엎드려 누울 속셈이라고. 아내와 그녀는 원래 대학 동창인데 오해하는 방식까지 똑같아서, 이야기는 금방 통했지. 그 뒤에도 옥신각신했지만 *아내와 정부는 협력해서 결국 나를 정신병원에 넣었어. 그다음에 나는 정신병원에서 도망쳐 가족과도 정부와도 한꺼번에 연을 끊었고……*"

"가족도 죽이고 친구도 죽이고 도망친 거야, 당신은!"

"나는 누구도 죽이지 않았어." 오그라드는 남자는 보이를 향해 확실히 말했다. "그 정부가 왜 그렇게 느닷없이 반발했나 하면, 요컨대 그날 내 몸이 인간의 육체에 대한 그녀의 감각에서 벗어난 데까지 줄어들었기 때문이라 생각해. 그날부터 그녀에게 나는 괴물이 된 거야. *괴물이 되기 직전의 아슬아슬함이 성욕을 불러일으킨 거 아닐까? 끝날 때쯤 그녀는 무서워질 정도로 오르가슴의 극치에 도달했으니까……."*

오그라드는 남자가 입을 다물자 다카키는 친근감을 담아, 그러나 역시나 조롱하는 투로 이렇게 말했다.

"꼬맹 씨는 요즘 계속 사랑의 투기를 안 하고 있잖아? 여자에 흥미를 잃어버렸나 싶기도 해."

"모든 여자에게 나는 너무 오그라들었으니까." 돌연 암담한 목소리로 오그라드는 남자가 말했다. "내 의식의 수축은 더욱 속도가 빨라서 지금 내 눈높이는 어린아이나 개의 눈의 영역에 있어. 사진을 찍어보면 아이나 개의 눈에 자연스럽게 들어올 것들만 찍혀 있지. 아이나 개는 그들과 대등한 '높이'의 대상이 아닌 것, 예를 들어 성장한 여자 같은 것엔 애초에 관심을 두지 않아. *거기다 나는 계속 오그라들고 있*

고……."

"저 사람은 동료들에게도 사진을 보여주고 싶어 하지 않아, 사진작가인데." 다카키가 말했다.

보이가 오랜 병으로 체력을 소모한 사람처럼 느릿느릿 일어나고 있었다. 먼저 지독히 빨개진 얼굴을 천천히 들어 올리고 어떻게든 상체를 따라오게 하려고 했다. 누구든 그 동작에 눈길을 주지 않을 수 없었다. 결국 오그라드는 남자가 수상쩍은 쉿소리를 냈다.

"뭐야, 뭐야? 술 취한 거야?"

그러나 누구의 눈에도 보이가 다름 아닌 발열로 인해 빨간 얼굴을 하고 있는 게 보였다. 보이는 알코올 냄새 섞인 숨을 내쉬는 대신 병자 특유의 열 냄새를 풍겼다. 어렵사리 책상다리를 했지만 보이의 상체는 흔들리며 자세를 고정하지 못했다. 그때 계속 침묵하던 다마키치가 다카키에게 다가가 무언가 속삭였다. 이사나에게는 들리지 않아 그는 단지 스며 나온 피가 포도주색으로 말라붙은 보이의 붕대와 열로 검붉어진 얼굴, 또 그보다 더 검붉은 상처를 망연히 바라볼 뿐이었다.

"다른 사람을 왜 자유항해단에 데려왔지? 나이 든 타인을!" 보이는 숨이 끊어질 듯한 목소리에 적의를 담아 말했다.

"꼬맹 씨도 나이 들었잖아?" 하고 다카키는 달랬다.

"오그라드는 남자는 괜찮아. 오그라드는 남자는 더 이상 밖으로 나가지 않으니까. 우리들 속에서 오그라들 뿐이니까."

"그렇게 맞고도 보이는 오그라드는 남자를 미워하지 않아." 다마키치가 낮게 혼잣말처럼 말했다.

"왜 타인을 자유항해단으로 데려온 거야? 그럴 필요가 있어?" 계속해서 보이는 벌레가 이렇게 우짖을까 싶은 목소리로 말했다.

"필요가 있어" 하고 다카키가 말했다. "나는 저자가 자유항해단에 들어왔으면 해. 저자는 말야, 우리들에게 있지, 말을 제공해줄 인간이거든. 지금까지 우리 자유항해단은 함께해왔지만, 도대체 무얼 위해 이런 일을 하고 있는지는 말할 수 없잖아, 누구도? 유창하게 말로 표현할 수 없잖아? 꼬맹 씨는 잘 떠들긴 해도 역시 미치광이의 말이고. 그렇지 않아? 나는 전부터 우리가 하려는 걸 말로 표현해줄 사람을 찾고 있었어. 그리고 저자를 발견한 거야. 지금도 나무와 고래의 대리인이라는 이상한 이야기를 우리한테 납득시킬 만큼 말로 잘 표현했지? 그것과 똑같은 걸 우리를 위해 해줄 인간이 필요해."

"말 따위 필요 없잖아!" 보이는 수긍하지 않았다.

"우리들이 경찰한테 잡히는 걸 생각해본 적 없어? 너는 실제로 붙잡힐 뻔했잖아!" 다카키가 그때까지 점잖게 조롱하던 기분을 떨치고 차갑게 말했다. "우린 경찰 앞에서 도대체 무슨 말을 하지?"

"입 다물고 있으면 돼, 묵비권이 있으니까."

"그건 그래. 그런데 나는 입 다물고 있는 우리에게 어울리는 무게를 가진 말도 있으면 좋겠어. 우리가 그런 말을 갖게 되는 걸 생각하고 있어."

"그건 그렇지만." 오그라드는 남자가 끼어들었다. "흑인 운동 과격파가 막다른 곳에 몰려 총격전을 벌였을 때 지도자는 최후까지 저항하다 살해당했지. 도중에 항복하는 동료에게 이런 식으로 말했다고 신문에서 읽었어, 미국에 촬영하러 갔을 때. *절대로 자기비판서를 쓰지 마라, 가족에게 편지조차 쓰지 마라. 묵비하자. 너희의 가장 눈부신 이론은 너희의 침묵하는 얼굴이니까*, 하고 외쳤대. 울먹이는 소리로."

"그렇게 침묵하고 있으면 돼!"

"혁명운동이라면." 다카키는 말했다. "그자들은 백 년 이상이나 똑같은 말을 해왔으니까, 침묵해도 통하지. 그런데 우리가 침묵하고 있으면 타인은 어떤 것도 이해 못 해. 더 나쁜 건 경찰이 말을 맘대로 날조해서 신문에 발표한다는 거야. 그때가 되어 우리가 우리의 진짜 말을 감옥 밖으로 전하려 해도 애초에 말이 없으면 어떻게 할 수도 없지 않겠어?"

"우리는 붙잡히지 않아. 잡힐 것 같으면 죽으면 돼. 나는 내 팔을 잘라내서라도 달아나려고 했어……."

"그래, 그래. 보이는 대단한 용기를 갖고 있어." 다카키는 말했다. "그러면 이런 점은 어때? 우리가 붙잡히지 않는다 치고, 그래도 역시 말이 없는 건 곤란한 일이잖아? 보이, 우리가 실제로 꼬맹 씨처럼 우리 자신과 자신이 하는 일에 대해 잘 알고 있을까? 나는 그렇게 생각 안 해. 우린 도대체 어떤 인간들이지? 우리의 자유항해단은 도대체 무얼 하고 있지?"

보이는 상체가 점점 크게 흔들렸고 침묵하고 있었다. 쓰러지려는 걸 버티며 계속 말을 찾았다.

"나는 스스로가 어떤 인간인지 잘 알아." 그가 반격에 나섰다. "우리들이 무얼 하고 있는지도 잘 알고. 그런 건 말로 하지 않아도 스스로 느끼고 있으면 되는 거 아니야? 말만으로 속이는 것보다 옳지 않을까?"

"말로 할 수 있을 때 처음으로 알고 있는 것이 돼."

"말이라면 언제든 할 수 있지, 하지만 나는 말 안 해. 이런 스파이 앞에서는 우리들이 뭘 하고 있는지 말할 기분이 안 들어."

"아직도 그런 소리를 해?" 오그라드는 남자가 놀라움을 나타내며 말했다.

보이는 상체가 흔들거렸고 거무충충해지고 빨갛게 부어 있는 얼굴을 고통스레 찌푸렸다. 그러더니 읍소하듯 이렇게 말했다.

"나는 모두를 생각하고 있는데! 자기 의지로 은신처에 숨은 사람은 기분이 내키면 언제라도 나가. 뭔가 진짜 부끄럽거나 무서운, 그런 걸 저지르고 숨어 있는 사람과는 달라……."

그리고 보이는 뒤로 쓰러지다 그대로 쿵 하고 머리를 박는 큰 소리를 내며 바닥에 주저앉고 말았다. 보이는 고통의 소리를 내지는 않았지만, 다시 침대로 기어오를 기력도 없는 듯 바닥에 드러누워 있었다. 처음에는 그대로 방치해두려던 다카키 무리도 보이의 상태가 심상치 않음을 발견하고 그를 침대로 다시 옮겼다. 그 자초지종을 옆에서 보던 이사나는 돌연 '고백'의 충동에 사로잡혔다. 그리고 그가 이야기를 시작해 이어가는 동안 보이는 귀를 기울이고 있는 것 같지 않았다. 그러나 이미 이사나의 이야기 전체를 거부하기에는 체력을 너무 소모해버렸다. 보이는 코를 골며 잠들었다가 금방 눈을 뜨고는 괜스레 두리번거렸다. 그렇게 눈을 떴다 다시 또 눈을 뜨는 간격이 점차 길어졌을 때 보이는 열로 땀을 흘리며 목마른 말이 물을 탐하듯 잠을 집어삼키는 것처럼 보였다. 그러다가 다시 일순간 깨어나서는 무척이나 온화한 목소리로 이렇게 말했다.

"지금 나는 죽음의 예행연습을 하고 있었어. 아주 잠깐 동안 죽어 있었어. 지옥 같은 게 보였어, 다카키. 그건 무지 넓은 포장도로의 공사 현장이었는데 말야, 거기서 사람과 귀신이 멍하니 서 있기도 하고 우왕좌왕하기도 했어. 대략 인간 크기의 구멍을 파고 나서 그곳에 있는 인간을 묻고 아스팔트를 깔고 엔진이 달린 기계로 지면을 고르는 거야, 귀신이. 그곳은 굉장히 더워. 옆에는 커다란 급식용 수프 통 같은 게 놓여 있고 녹인 석탄타르가 들어 있었지……."

보이는 그렇게 말한 후 잠들어 이번에는 오랫동안 깨지 않았다. 그러나 그 열과 땀에 절어 자는 보이가 이사나의 고백을 이끌어내는 매개체 중 하나였음은 틀림없는 사실이다.

9장

오키 이사나의 고백

"내가 셸터 생활을 꼭 임의로 선택한 건 아니야. 보이가 말한 것처럼 이걸 그만두면 자유롭게 사회생활로 돌아갈 수 있는 게 아니지. 나는 아마 셸터에서 죽음을 맞이하게 될 거야." 이사나는 말하기 시작했다.

"그 아이를 위해서?" 다카키가 물었다.

"그뿐만은 아니지만 물론 관련되어 있지. 아들이 태어난 직후 머리에 이상이 있다는 걸 알았을 때는 단지 막연하게 그 탓일까, 하고 의심했을 뿐이었어. 그러는 동안 갓난아기다운 방식이기는 해도 아들이 몇 번이나 자살 미수 같은 걸 저질렀어. 그래서 나는 그것에 대한 징벌이, 그것을 향한 보복이 시작됐다고 짐작할 수밖에 없었지. 이야기를 다 쏟아내기 전에는 그 탓이라든가 그것에 대한이라든가 애매하게 말할 수밖에 없지만……. 너희들은 자살 미수의 의미를 생각해본 적이 있어? 내 의사 친구는 자살에는 두 가지 형태가 있다고 그러더군. 그리고 각각을 세 글자로 정리하더라고. *도와줘*형과 *난 싫어*형, 이렇게 두 가지야. 의식적인가 무의식적인가를 불문하고 미수로 끝나도록 살짝 빈틈을 남겨두는 '자살'은 타인을 향해 무차별적으로 *도와줘* 하고 구조를 청하는 거지. 그리고 또 하나는 절대 실패의 여지가 없는 자살로, 뒤에 남겨지는 모든 이들에게 더 무차별적으로 *난 싫어* 하고 거절하는 거야. 혐오, 모욕의 의사표시를 하는 거래. 내 아들은 음식을 전혀 받아들이지 않기도 하고 아무런 자기방어의 자세도 취하지 않은 채 고꾸라지기도 했어. 어떻게 해서든 자살하려 한다고밖에는 생각되지 않는 아이였지. 만약 갓난아이가 *난 싫어*라며 우리 모두를 거절하고 자살하려 한다면 그대로 자살하도록 내버려둘 수 있겠지. 달리 방법이 없잖아, 난 거절당하고 있는 거라고 단념할 수밖에? 하지만 아들이 *도와줘*라고 하는 대신 자살 미수를 반복하는 거라면 어떨까? 어린 아들이 *도와줘*, *도와줘* 하고 나오지 않는 소리를 외치며 원시적인, 하지만 그렇기 때문에 더 힘에 겨운 자살 미수를 되풀이했어. 나는 어떻게 구조하면 좋을지 몰랐어. 그러다가 아이의 행동이 나에 대한 징벌이라고 믿기 시작한 거야. 아내는 내가 징벌을 확실히 느끼면 느낄수록 내가 참회하지 않을까 의심했어. 그것이 아내의 고통을 배가시켰지. 내가 참회하면 그녀의 아버지를 끌어들이게 되니까. 그래서 아내는 내가 참회하지 않고 어린아이도 자살 미수를 되풀이하지 않을 방법을 찾기 시작했어. 그건 내가 찾던 길이기도 해서 우리는 협력했지. 나는 현실 세계와 관련된 모든 일을 그만두고 핵셸터에 틀어박혔어. 그 은신처와 은둔 생활에 드는 비용은 아내가 장인에게서 끌어와주었지. 그렇다고는 해도 아들이 나와 셸터에 틀어박히는 것만으로, *도와줘, 도와줘* 하는 무언의 절규를 하지 않게 될지 어떨지는 나로서도 알 수 없었어. 그건 도박이었던 거야. 그리고 그 도박에서 이겼지. 물론 셸터로 들어갈 계획을 세울 때 이미 나와 아내는 이길 거라 예감했어. 나는 참회하지 않고 셸터로 들어갔으니, 이후로는 온종일 참회하지 못한 죄를 짊어지고 그 죄와 대면하며 살아가게 되지 않을까? 혹시 나를 징벌하는 자가 실재한다면 그처럼 반죽음 상태의 나를 셸터에 넣어두는 건 알맞은 조건이겠지? 그처럼 죄를 짊어진 채 살아가게 하기 위해서라면 최소한의 은총 정도는 내려줄 거라고 생각했었어. 이 도박에는 사기 냄새가 났지. 도박에 이긴다고 내가 이익을 보는 건 아니었어. 나는 사기도박에 엮여 도박에 이기고도 진짜 이익은 사기도박 기획자에게 뺏겼어."

"뭔가 애매한 이야기네." 다카키가 말했다.

"그래. 하지만 처음 이 정도 전제를 깔아두지 않으면 앞으로 얘기할 부분을 현재 생활과 연결하기 어려워서 말야. 그건 그렇고 이나코는 내가 믿고 있듯 진을 잘 보살펴주고 있을까? 진을 내팽개치고 놀러 가버리거나 하는 일은 없을까?"

"아이는 이나코가 엄중히 돌보고 있어" 하고 다마키치가 보증했다.

"엄중히?" 오그라드는 남자가 말했다.

"그래, 엄중히. 혹시 저자가 도망가버리면 입막음을 위해서라도 인질이 필요하잖아? 이나코는 인질을 돌보는 역할을 맡았어."

"그 계집아이도 공범이야? 우울해지네." 이사나는 말했다. "그런데 나를 죽여버렸다 치고 그 뒤 진은 어떻게 할 셈이었지?"

"이나코가 키우지." 그때까지 잠들어 있는 것처럼 보였던 보이가 미간에 깊은 세로 주름을 만들며 눈을 감은 채 말했다. "나는 너는 죽이더라도 아이에게 비열한 짓 할 마음은 없어⋯⋯."

그렇게 말하고 보이는 괴로운 듯 몸을 움직이다가는 갑자기 잠들어 코를 골기 시작했다.

"보이도 이나코도 딱 애들이니까. 사람을 죽이는 게 어떤 건지 제대로 상상하지 못하니까 아무렇지도 않은 거야." 다카키가 말했다.

"그럴지도 몰라" 하고 이사나가 말했다.

그리고 자기가 하려는 고백의 말이 마치 비늘이 거꾸로 선 뱀처럼 목에 걸리는 걸 느꼈다. 살인에 대해서 상상력을 갖지 못하는 자들에게 고백하는 거라면 얼마나 쉬울까? 하지만 다카키의 말은 그가 살인에 대해 확실한 상상력을 갖고 있음을 느끼게 했다. 살인에 대한 타인의 상상력의 거울에 비추어 앞으로 할 고백의 핵심을 바라보자 갑자기 생생한 역겨움이 되살아났다. 침묵의 안쪽에 가둬둔 그 일은 그동안 얌전하게 길들어져 뒤켠으로 사라져갔는데, 지금 말로 바꾸려고 하자 스스로 그것을 다시 한번 하는 것처럼 생생함이 엄습해왔다⋯⋯. 그러나 오그라드는 남자의 이야기에 이은 이사나 자신의 고백은 그 기세가 이미 도중에 멈추는 걸 허하지 않았다. 오그라드는 남자와 다카키는, 그리고 다마키치조차도, 이사나의 말을 기다리는 듯했다. 특히 다카키는 자기 집단의 말을 부탁할 인간으로 선택한 남자에게서 말의 능력을 확인하고자 기다리는 것이 느껴졌다.

"이건 나와 장인이 함께 경험한 일로 우리 둘과 관계되어 있는데" 하며 이사나는 이야기를 잇지 않을 수 없었다. "장인한테 내가 셸터를 받고 뜯어내다시피 생활비까지 받아왔다 하더라도, 나와 진을 위해 쓴 돈 따위는 넘쳐흐르는 장인 돈의 총량으로 보자면 제로에 가까울 정도로, 그 인간은 금권과 이권을 거머쥔 보스 정치가야. 다만 그 인간이 이제는 후두암으로 고통당하며 오늘이라도 당장 죽을지도 모를 상태라는 건 머릿속에 넣어두면 좋겠어. 내가 그 인간의 이름을 말하지 않는 건 단지 그가 후두암으로 죽어간다는 센티멘털한 이유야. 그 인간은 동남아시아의 이권과 관련된 최고 유력자를 지배해온 사람이야."

"내가 그 인간의 첩을 알았던 게 아닐까 어쩌면." 오그라드는 남자가 이야기하기를 주저하는 이사나를 격려하듯 끼어들었다. "그 여자애랑도 오그라들기 시작한 뒤에 성관계를 가졌어. 사진 모델이 직업이었는데, 어떻게 모델이 됐는지 모르겠을 정도로 원숭이 같은 몸매였어. 그 애는 정치가의 첩 노릇을 할 때 방콕 근교의 이권을 하나 얻었다고 했어. 잘하면 십억 정도 될 것 같던데. 돈으로 바꿀 방법을 정치가에게 배우고 있다고도 했는데 결국 빈손으로 도망갔지. 그 정치가가 게이라서 말야. 첩이라고는 해도 여자애는 남자아이를 유인하는 미끼였던 거지. 남자아이에게 성적으로 너무나 지독한 짓을 하니까 무서워서 도망갔대. 그 애가 자신의 방콕 이권은 어떻게 됐을까 하고 그리운 듯 말을 할 때마다 어쩐지 우스워서 나는 오히려 정치가에게 호의를 가졌지만 말야……."

"이야기를 들읍시다, 꼬맹 씨." 다카키가 주의를 주었다.

"그 정치가가 내 장인일 가능성은 충분히 있지. 우리 문제도 장인의 성도착에서 발생했으니까." 이사나가 말했다. "주변 사람들은 장인을 괴물의 '괴'라고 불렀으니까 여기서도 괴라 부르기로 하지. 외국 정치가나 외교관 들은 미스터 K라고 별명을 붙일 만큼 그 호칭은 내부를 넘어 넓게 통용되었어. 나는 괴의 사위로, 당분간은 그를 배신하는 일도 또 그를 이용해 과도하게 물욕을 채우는 일도 하지 않을 듯 보이는 안전한 개인 비서였어. 그런 나와 괴가 혁명을 이룬 한 국가의 수도에 있었지. 그 도시 이름은 말하지 않겠어. 그건 사회주의권 국가의 모든 도시에서 일어날 수 있던 일이었지. 그때까지도, 추악하지만 그 후에도, 범죄까지는 아니라고 해도 같은 일이 반복되었으니까. 왜 사회주의권이냐면 아주 단순히 괴가 사회주의권에서 가장 유효한 미끼를 갖고 있었기 때문이야. 그리고 인도에 있을 때였어. 인도에서도 미끼는 유효하게 쓰였어. 너무 유효하게 쓰인 나머지 괴가 아연실색한 적이 있을 정도였어. 아그라에서 있었던 일인데 말야. 황마黃麻라고 하는 식물이 있잖아? 그 줄기 껍질을 벗겨 얻는 섬유, 그러니까 주트jute 수입을 위해 사절단을 이끌고 괴는 그곳에 갔어. 타지마할 바로 옆 도시였는데, 사절단이 그 웅장하고 화려한 묘를 보러 나갔는데도 괴는 자기에게 불필요한 건 어느 것 하나 하지 않았어. 원래 우리는 뉴델리에서 미팅이 있었고, 아그라 일정을 하루 만든 건 타지마할 관광이 주요 목적이었는데, 괴는 관광 프로그램은 거들떠보지도 않았지. 그러면서 낮잠을 잔다고 아그라에 있는 호텔을 예약하라고 시켰어. 그건 자신 있는 미끼로 희생자를 가까이 불러들이기 위한 낮잠이었어. 미끼라는 건 싸구려 트랜지스터라디오에 지나지 않아! 괴의 수법은 처음부터 라디오를 내놓는 게 아니었어. 인도의 루피 지폐는 작은 휴지 조각에 불과한데 단돈 1루피를 구걸하는 아이들에게 뿌리기만 해도 아비규환이 일어날 정도였어. 그 대소동에 물러서지 않고 괴는 희생자를 골랐어. 열한두 살 예쁜 남자아이를 골랐지. 아이들이 울고불고하며 감정을 내보일 때 점

찍어두면 나중에 결코 빗나가지 않는다고 괴는 늘 말했지. 그러다가 아비규환 소동의 원흉은 '자선'에 흥미를 잃고 호텔로 철수해버리는 거야. 그것이 연출이지. 호텔 현관과 그 앞의 포석에는 구걸하는 무리가 올라오지 못하도록 감시를 하고 있는, 또 다른 아이들이 있어. 호텔 안으로 들어가면 여행자는 안전해. 그때부터 비서인 내가 괴가 점찍어둔 아이 한 명만을 유인하는 단계로 옮겨가는 거지. 그런데 아그라에서의 낮잠의 경우에는 인도다운 착오라고나 할까, 기묘한 일이 일어나버렸어. 괴는 낮잠 자는 침대에서 그 인도 남자아이를 마음대로 취한 뒤 언제나처럼 트랜지스터라디오를 주었어. 그곳이 인도라는 부분에 대한 배려가 부족했어. 남자아이가 자기 집까지 몰래 감춰 돌아갈 수 있는 돈을 수십 루피 쥐여주거나 했다면 문제는 일어나지 않았을지도 몰라. 괴의 낮잠이 끝나고 호텔 뒷문으로 그 트랜지스터라디오에 취한 듯한 남자아이를 내보낸 후 곧바로 소동이 시작되었어. 남자아이는 실제로 방금 전 보이의 얼굴과 닮았어." 이사나가 그렇게 말했을 때, 잠과 빈번히 반복되는 각성 사이를 오가던 보이가 개처럼 신음했다. 하지만 체력을 너무 소모해버려 신음하는 게 다였다…… "이제 막 뒷문으로 나간 아이가 쩡쩡 내리쬐는 인도의 햇살 아래 현관 앞에

서 검푸를 정도로 핏기를 잃고 불쌍하게 울부짖었어. 어두
운 로비에서 그걸 보고 있자니 나이가 좀 든 아이가 참새라
도 삼킨 고양이처럼 잔잔한 살기를 드러내며 쓱 들어와 긴
의자 뒤 그늘진 곳에 서는 거야. 그 아이는 괴가 구걸하는
아이들을 루피 지폐로 끌어모았을 때 현관 앞 포석에 올라
오는 녀석들을 짧은 막대기로 밀어내던 녀석이었어. 나도
사정을 파악할 수 있었지. 지금 호텔 앞 도로에서 현관 포석
으로 한 발자국 올라올 수도 없어 절망적인 울음소리를 내
고 있는 괴의 희생자는 다름 아닌 이 소년에게 트랜지스터
라디오를 빼앗겼다는 걸. 나는 여름 아그라의 햇볕 아래 절
망하여 우는, 방금 전 괴에게 지독한 일을 당한 아이를 바라
보며 정말 질려버리고 말았어. 트랜지스터라디오를 빼앗아
특권인 양 로비에 숨어들어서는 음침하게 흥분하고 있는
소년한테도 충격을 받았어. 그런데 갑자기 그 어두운 로비
에 〈보리스 고두노프〉 아리아의 굉장한 베이스 소리가 울
려 퍼졌어. 소년은 라디오를 시험해보고 싶다는 유혹에 저
항할 수 없었던 거지. 로비 안쪽에 마하라자의 군인과 같은
모습을 하고 서 있던 엘리베이터 담당이 무서울 만큼 빠른
속도로 뛰어와서는 소년을 때려눕히고 트랜지스터라디오
를 빼앗았어. 거기다 식당에서도 종업원들이 달려왔어. 나

242

는 그 뒤 어떤 일이 벌어질지 지켜볼 용기를 잃고 방으로 들어가버렸지. 타지마할을 관광하고 온 무리가 곧바로 뉴델리로 출발하는 데에 합류하려고 나랑 괴가 호텔 앞 차에 올라탔을 때는 그 주변이 알몸뚱이 소년들로 가득했어. 괴의 관심을 끌려고 각자 몸짓을 하면서 파리 떼처럼 모여들어 움직이는 차를 따라와 매달렸어……. 나는 그 아이들에게, 그만둬, 그만둬 하고 애원하고 싶은 충동을 느꼈어. 오랫동안 알몸 소년들의 추적은 계속되었어. 도로에는 소가 드러누워 있어 차가 피하면서 가야 했기 때문이야. 괴도 뚱하니 오한과 싸우고 있는 듯했어. 그건 아이들에게 지독한 일을 한 뒤 그 인간이 항상 시달리는 듯했던, 죄책감까지는 아니더라도 커다란 우울감 때문이었을 거야. 적어도 난 평소 그렇게 생각하며 괴를 변호할 여지를 남겨두었어. 그런데 우리 차가 거리 끝에 있는 혼잡한 시장을 지나가게 되자 매달려 따라오던 알몸뚱이 아이들이 자동차 측면뿐만 아니라 운전수 바로 코앞까지 머리를 들이밀었어. 시장 한구석에서 곰 춤을 선보이던 아이마저도 반짝이는 빨강과 칙칙한 녹색의 의상을 입은 곰을 내동댕이쳤지. 조급하게 알몸뚱이가 되어서는 눈을 반짝거리며 자동차 흙받기로 뛰어올랐어. 곰은 어정쩡한 모습으로 기다렸어. 그걸 보고 괴가 몸을 뒤틀며 웃기 시

작했어. 괴의 몸동작에는 어딘가 여성적인 데가 있어. 후두
암에 걸리기 전 목소리는 가부키에서 여자 역할을 하는 배
우 같았지! 그러더니 그가 숨이 끊어질 듯이 이렇게 말했던
거야. *아아, 조금만 더 정력이 있다면, 저 곰 부리는 아이는
놓치지 않을 텐데!* 일단 시장을 나오자 아이들은 자기들의
영역이 거기에서 끝나는 걸 자각하고 마찬가지로 앞다투어
차에서 뛰어내렸고 자동차는 뉴델리를 향해 시속 100마일
로 질주하기 시작했어. 그때 이미 나는 괴에게 계속 협력한
다면 앞으로 헤어 나올 수 없으리란 걸 혐오감에 휩싸여 예
감했어⋯⋯."

"뭘 얘기하려고 하는 거야?" 다시 눈을 뜬 보이가 가까스
로 소리를 냈다. "당신은 아무것도 얘기하고 있지 않잖아!"

"어떤 사회주의권 나라의 수도에서 범죄를 저질렀다고
이미 말했잖아." 다카키가 말했다.

"왜 그 범죄에 대해서만 단순하게 얘기하지 않는 거야?"

"진짜 범죄에 대해서는 단순하게 말할 수 없기 때문 아니
겠어?" 하고 다카키가 되받아쳤는데 그것은 이사나를 향한
인내심을 담은 회유의 말이었다.

"범죄에 대해서 단순하게 말할 수 없는 것도 아니야." 이
사나는 자신이 한 단계 도약하고 있음을 의식하며 말했다.

"인도에 간 그해 연말, 나와 괴는 발칸반도의 한 도시 호텔에서 아이를 죽이고 유기했어. 예감했던 일이 결국 일어나고 말았지. 나는 예감했던 것 이상으로 깊이 그 살인에 가담하고 말았어……."

그걸 듣고 보이가 침대에서 내려왔다. 그러더니 이사나를 향해 위협하듯 왼팔을 들이대며, 그러나 실로 천천히 한 발짝 한 발짝 다가오며 약한 소리로 이렇게 말했다.

"거짓말이야. 거짓말이 틀림없어! 당신은 이미 경찰에 매수되었어. 우리한테는 자기가 살인자라고 말하고 경찰한테는 분명 경찰이 되고 싶다는 소리나 하겠지……." 보이가 너무 느리게 앞으로 걸어 나왔기 때문에 오히려 누구도 그 움직임을 제지하려 하지 않았다. 그의 목소리는 어린아이가 슬프게 불평하는 것 같았다. 그리고 위협하는 왼팔 아래 숨긴 보이의 오른팔에서 긴 드라이버가 드러났을 때, 이사나가 침대를 돌아 도망갈 여유는 없었다. 보이는 자신의 몸이 쇠약한 것을 용의주도하게 고려하여 드라이버를 양손에 들고 겨눈 채 콘크리트 바닥을 차면서 이사나의 얼굴을 향해 똑바로 덤벼들었다. 드라이버를 쥔 보이의 타는 듯 뜨거운 팔목을 이사나는 용하게 붙잡았는데 그 팔목을 축으로 이사나의 몸 위를 돌아 그대로 넘어진 보이 위에 이사나 또한 공중제비를 하며 나가떨어졌다. 뒤틀리는 듯한 고통에 일순간 놓아버린 보이의 팔이 이사나의 눈을 향해 드라이버를 들이댔다. 이사나는 보이의 열띤 상체를 끌어안고 누르며 겨우 그 움직임을 제지했다. 보이는 작은 동물처럼 신음하며 고환을 차올리고 두 다리를 무릎으로 공격하더니 붕대를 둘둘 만 머리로 들이받으려 했다. 이사나로서는 드라이버를 쥔 팔을 제지해야 했기에 턱과 가슴으로 보이의 상체를 누르는 것만으로도 힘에 부쳤다.

"더 때리면 안 돼, 꼬맹 씨. 다시 출혈하면 보이는 죽어." 다카키가 제지했다.

"이거 미친놈 아냐! 기절시켜서라도 잠들게 하지 않으면 이제 막 아물기 시작한 제 상처를 스스로 터뜨려 진짜 출혈로 죽어." 일어선 오그라드는 남자가 대답하는 걸 들으면서 이사나는 날뛰는 보이를 누르는 일에 필사적이었다. 이사나는 마침내 모든 체력을 소진한 자기 몸이 들리며 드라이버에 눈을 찔리는 장면을 환영처럼 보았다. 그때였다.

"이제 됐어." 다카키가 말했다. "보이는 내가 대신 누르고 있을 테니까 당신은 일어서."

하지만 이사나는 보이의 몸에서 옆으로 한 바퀴 구르고 나자 그의 곁에서 더 멀리 벗어나기 힘들 만큼 체력을 소모해버려 다카키와 교대하기가 쉽지 않았다. 오그라드는 남자는 여전히 발버둥 치는 보이의 머리 옆으로 가서 어쩐지 그로테스크할 만큼 두꺼운 주먹을 한두 번 밀어 넣듯이 내리쳤다. 축 늘어진 보이를 다마키치가 부축해 일으켜 침대로 데려가는 걸 이사나는 드러누워 지켜보았다. 다마키치의 일련의 동작에는 보이에 대한 실로 자상한 배려가 느껴졌다. 보이의 습격에 이사나 자신이 내보인 저항의 난폭함이 굉장히 부끄러워질 정도였다.

"저자는 스파이야, 다마키치. 밀고할 거야." 약하게 숨을 쉬면서 보이는 온순하고 슬프게 속삭였다.

"어, 자라, 오늘 밤은 자." 똑같이 온화한 작은 목소리로 다마키치도 자상하게 속삭였다.

"추잡한 살인을 저지르는 그 자체보다도 추잡한 살인을 저지른 걸 말하는 쪽이 더 어려운 거 아닌가? 저자는 거짓말을 해서 스파이로 잠입하려고 마음 편히 지껄이는 거야. 추잡한 살인을 저질렀다 어쨌다 거짓말을 하는 놈이 뭣보다 제일 추잡해, 다마키치. 저자를 우리 모임에 들여서는 안 된다고."

"네 말도 맞는 말이야." 다마키치는 다카키 무리를 견제하듯 대답했다. "하지만 오늘은 자! 다치고 나서 무리해서 깨어 있으려고 하면 머릿속 조직이 망가져. 그런 느낌이 들 때가 있잖아? 자라고, 보이."

"정말 저자를 우리 패거리에 넣어야만 한다면 우리 눈앞에서 녀석을 다른 살인에 가담시켜 되돌아갈 수 없도록 하는 수밖에 없어. 누가 할 거야?" 보이는 애처로운 꿈을 꾸듯 말하고 다마키치가 대답을 주저하는 동안 잠들어버렸다.

그건 확실히 숙면이었다. 겨우 몸을 일으킨 이사나도, 다카키와 오그라드는 남자도, 모두 숙면하는 보이를 다마키치의 어깨 너머로 쳐다보았다. 천장을 향하고 있어 수척함이 더욱 도드라진 보이의 얼굴에서 금세 홍조가 사라져갔다. 홍조가 사라진 피부는 딱 인도 아이의 피부로, 다시 번들거리는 검은 미립자를 내뿜고 있었다. 이사나는 그때까지 고백하면서 아그라에서의 경험에 대해 오랫동안 주절거리고 싶었던 이유를 납득했다.

"침대에 로프로 묶을까? 다시 깨어나면 덤빌지도 몰라." 오그라드는 남자가 말했다.

"이렇게 깊이 잠든 아이를 묶으려고?" 다마키치가 험상궂게 대꾸했다.

"내가 셸터로 돌아갈게" 하고 이사나가 말했다. "제대로 진을 재울 수 있을지 없을지 이나코의 능력도 아직 모르겠고……."

"서둘러 셸터에 돌아가지 않아도 오늘 밤 사이 핵전쟁은
일어나지 않아. 아니면 나무인지 고래인지한테 특별한 정
보라도 들어온 거야?" 오그라드는 남자가 말했다. "당신이
시작한 이야기니까 끝까지 해주고 가."

"나도 그래줬으면 좋겠어." 다카키가 강한 시선을 이사나
에게로 보내며 말했다. "보이한테만 들려주려고 한 이야기
는 아니잖아?"

그로써 여태껏 맛본 곤란의 감각을 곱씹고 그 위에 새롭
게 솟구치는 저항감에도 맞서 싸우며 이사나는 고백을 이
어갔다. 보이의 개입에 시종 신경을 쓰며 이야기했는데, 일
단 그가 깊이 잠들자 이번에는 다마키치가 그를 수호하듯
옆에 앉아 이사나의 이야기에 대한 무관심을 과시하고 있
어, 이제 이사나는 오히려 다카키와 오그라드는 남자, 두 명
의 주도면밀한 심문관에게 고백을 강요당하는 비참함을 느
꼈다…….

"사회주의권 도시의 호텔에서는 인도에서처럼 노골적인
소동은 일어나지 않았어. 더 음습했고 더욱 잔인무도했지.
물론 그건 체제가 아니라 주로 이쪽의 추잡함에서 기인하
지. 그런 도시에서는 괴 자신이 사냥감을 찾는 일이 없었어.

이를테면 나를 호텔 옆 작은 공원으로 사냥감을 찾아오라고 보냈지. 한 민족과 이민족 사이에는 상대방 민족의 아이들을 아름답게 느끼는 경향이 있잖아? 특히 동유럽에는 내게도 정말 아름답다고 느껴지는 아이들이 많았어."

"소비에트 러시아 얘기 아니야? 나는 네바강 근처 아이들을 꿈꾸는데 말야." 도스토옙스키에 정통한다는 사실을 드러내며 오그라드는 남자가 말했다.

"레닌그라드에서 비슷한 일이 없었다고는 말하지 않겠어. 괴는 사회주의권으로 사절단을 이끌고 실로 다양한 나라에 가서 다양한 장소를 휩쓸며 돌아다녔으니까. 하지만 그중 최악의 사건이 일어난 장소는 발칸반도에 있는 사회주의 국가의 수도였어. 나는 그 작은 도시에서 열여덟도 안 된 아이를, 아직 추해지기 전, 소년에서 청년으로 이행 중인 타입을 일찍이 하나 낚았지. 괴는 더 어린 아이를 좋아했지만 먼저 그 또래의 희생자를 하나 잡는 게 전략상 좋은 시작이 되거든. 사회주의권이든 어디든 그 또래 아이들은 커다란 감정의 동요 속에 있지. 트랜지스터라디오를 잠깐 보여주는 것만으로 손쉽게 붙잡을 수 있어. 거기다 더 어린 세대에게 그물 치는 걸 거들도록 할 수도 있어. 정말 비열한 전략이지만 나와 괴는 오랜 시간 그 방법을 써왔어. 그 도시에 도착한 당일 나는 방금 말한 열여덟 정도의 아이를 낚았어. 녀석은 마르고 전투적인 아이로, 괴의 방에 혼자 들여보내기가 주저될 정도였어. 하지만 괴는 노련하니까. 아직 초저녁밖에 안 됐을 때 내 방 문틈으로 시무룩한 아이가 뒤에서 위협을 받고 있는 듯한 모습을 하고 종종걸음으로 지나가는 걸 봤지. 녀석은 긴 점퍼에 한 팔을 쑤셔 넣고 중요한 걸 꽉 쥐고 있었어. 괴의 미끼를, 시시한 트랜지스터라디오를 손에 넣고 소중히 쥐고 있었던 거야. 괴의 노리갯감이 된 대가로 받은 싸구려 트랜지스터라디오를. 목욕을 마친 괴가 이윽고 전화를 하더니 저녁 식사에 함께할 것을 명령했어. 그 식사 도중 마침 주변에 일본어를 이해하는 사람이 없다는 안도감 때문에 괴가 꺼낸 얘기를 기억해. 그 인간은 이렇게 말했지. 생각해보면 자기는 혁명 이후의 인간이랑 잔 거라고. 자기 같은 구체제의 인간이 사회주의권에 와서 사랑스러운 청소년을 발견하고 성욕이 자극된 건 그 아이들이 미래의 인류이기 때문이 아닐지, 더군다나 욕망까지 채울 수 있었던 것은 사치스러운 이야기라고 말했지. 나는 괴로 인해 인류의 미래가 우롱당한 것 같은 기분이 들었어. 하지만 그런 괴를 향해 이의를 제기하지는 못했어. 혁명 이후의 인간을 나무에서 내려온 호모사피엔스라 한다면 혁명

이전의 인간은 나무에 남아 있는 원숭이라고 할 수 있을 거라 생각하고, 그 원숭이가 싸구려 트랜지스터라디오를 미끼로 호모사피엔스를 능욕하는 광경을 떠올리면서도…….

식당에서 우리가 머물던 객실 층으로 돌아오자 괴의 방 유리창 너머에 남자아이가 서 있었어. 나는 그렇게 아름다운 아이를 전에도 이후에도 본 적이 없어. 그 사건 후로는 금발에 파란 눈을 한 소년을 볼 때마다 그 아이가 다시 나타난 게 아닌가 하고 두려워서 자세히 살펴봤으니, 그렇게 아름다운 아이를 본 적이 없다는 걸 보증할 수 있어."

"유리창 너머에?" 다카키가 열중하여 웅얼거리는 소리로 물었다.

"맞아, 자기 방으로 들어간 괴가 되돌아와 나를 부르더라고. 괴의 방으로 따라갔더니 사회주의권 도시답게 아직 이른 시간인데도 집집마다 불이 거의 꺼져 있었는데, 그 어둑어둑한 배경 속에서 떠오르듯이 유리창에 딱 몸을 기댄 아이를 룸라이트가 비추고 있었어. 세로로 긴 창 밖으로 바람에 구름이 흩어져 그 틈으로 빛이 새어 나오고 있었어. 두꺼운 구름의 가장자리가 짙은 청색과 금색으로 빛나던 걸 잊을 수 없어. 나도 괴도 방으로 날아든 참새라도 잡듯이 슬며시 아이에게 다가갔어. 안쪽에서 창을 여는 충격으로 창밖의 좁은 돌출부에 서 있는 아이가 비틀거리지 않도록 신경을 쓰면서. 우리 방은 10층에 있어서 추락하면 즉사였으니까. 창은 바깥쪽으로 여닫는 구조였어. 유리창 한쪽으로 아이를 붙이고 그 반대쪽을 열기로 했는데 열심히 손짓해 보이는 나를 향해 소년은 장밋빛 잇몸과 하얀 이를 보이며 예쁜 입술을 오므렸다 열었다 하며 한 단어를 발음해 보였어. RADIO라는 소리를 전하려고 했던 거야. 괴는 그걸 알아채고 빙긋이 웃었어. 기대감에 소름이 돋은 것 같던 그 얼굴을 잊을 수가 없어. 하지만 나는 창틀 맞은편의 장난꾸러기를 놓아주려고 하기는커녕 세심한 주의를 기울여 유리창을 열고 우리나라로 치자면 초등학교 3, 4학년 정도의 아이를 한쪽 팔에 안아 올렸어. 아이를 실내에 내려놓고 아이가 도대체 어떻게 왔을지 내가 창밖을 둘러보는 사이에 괴는 벌써 아이를 트렁크 쪽으로 데려가서 트랜지스터라디오를 하나 고르게 하고 있었어. 고용주의 신변을 보호할 필요도 있기에 나는 창밖으로 몸을 내밀고 살펴보았어. 옆으로 들이치는 거친 바람을 맞으며 아이가 라디오를 획득하기 위해 얼마나 위험한 모험을 감행했는지 짐작할 수 있었어. 괴의 방은 북쪽 맨 끝이었고 아이가 서 있던 창은 제일 바깥쪽 창이었어. 거기에서 건물 북쪽 벽에 붙어 있는 비상 철 계단까지 아이의 몸이라면 옆으로 들러붙을 수 있는 돌출부가 있었어. 어른 가슴 높이에 장식이 튀어나와 있기 때문에 아이가 아니면 거기에 설 수 없지. 어두운 비상계단의 몇 계단쯤 아래 층계참에 누군가 숨어 있는 듯한 낌새가 느껴졌는데, 그건 조금 전 그 청년일 테니까, 그 시점에서 나는 신경 쓰지 않았고. 괴가 일을 끝내면 아이를 다시 한번 창 너머의 돌출부로 내보낼 필요는 없었어. 로비까지 데리고 내려가면 되니까, 청년이 원숭이 조련사처럼 아이의 행방을 감시하며 기다려도 소용없는 일이었지. 나는 그 정도를 확인하고 괴와 아이가 들어간 침실에는 얼굴을 들이밀지 않고 방을 나갔어. 그러고 나서 10분도 지나지 않았어. 전화로 부르는 대신 알몸 위에 레인코트를 입고 맨발에 구두를 신은 괴가 내 방에 왔어. 괴는 늘 그렇듯 포커페이스로 거만하기까지 했지만 귀찮은 일이 일어났다는 건 금방 알 수 있었지. 나는 괴를 따라가서 사회주의권의 호텔답게 실로 휑한 욕실의 타일 위에 있는 그걸 보았어. 천장을 향해 누운 알몸의 소년이 입술 한쪽에서 바닥까지 피를 흘리고 있었어. 그 옆에 쭈그리고 앉아 레인코트를 입은 괴의 몸을 올려다보자 괴는 이렇게 설명했어. *심장에 장애가 있는 아이였는지, 간질이 있는 아이였는지, 그렇게 됐어. 죽은 건 우리끼리 처리하지*

않으면 안 돼 하고 그 인간은 언짢아하며 말했어. 쓰러져 있는 아이로부터 얼굴을 피하기 위해 몸을 더 젖히면서……."

"그래서 네가 그 명령을 따랐다는 거야?" 다마키치가 노골적으로 혐오를 드러내며 물었다.

"그래. 나는 그사이 이 스캔들을 감추지 않으면 내각이 무너진다든가 이 나라와 일본과의 관계는 수습할 수 없게 된다든가 하는 것도 일단 정치가의 비서답게 생각하고 있었지. 하지만 무엇보다 강하게 나를 붙잡고 놓아주지 않았던 건, ……진짜 상놈 중의 상놈 같은 생각이라고 말할 수밖에 없겠지만, 이런 거였어. 원래 나는 괴의 사위이기는 하지만, 그리고 개인 비서 일을 하고 있기는 하지만, 역시 괴와는 결정적인 벽을 사이에 두고 있었어. 내 장래를 위해 충분한 원조를 얻어내기 위해서는 이 벽을 넘지 않으면 안 된다고 생각했지. 그리고 이제야말로 괴와 동등한 입장에 놓이게 되었단 생각에 흥분됐어. 나는 아이의 몸에 옷을 다시 입혔어. 그동안 내가 이 세상에서 본 모든 것 가운데 가장 아름다운 것과 가장 끔찍한 것 모두를 자세히 들여다보는 것처럼 느껴졌어. ……나는 사체 유기 계획을 괴에게 설명했어. 그 청년에게 이용당해서든, 트랜지스터라디오를 보고서 스스로 생각해서든, 소년이 비상계단에서 돌출부를 타고 숨어든 건 사실이었어. 그 청년은 입을 다물고 말하지 않는다고 해도 그 외에도 비상계단을 오르는 소년을 본 사람은 있을 수 있겠지. 그 소년이 강한 바람을 맞으며 비상계단에서 어두운 돌출부로 건너오다 추락한다. 그런 개연성은 충분히 있지 않겠어? 달리 복잡한 사체 유기 방책이 있을 수 있다고 해도 외국인 여행자인 우리가 그걸 시도할 수는 없었지. 괴는 납득했어. 그리고 그가 침대에 누운 후 나는 일단 전등을 끄고 한 시간 정도 기다렸어. 그리고 더 강해진 바람 속으로 엎드린 아이의 몸을 다리부터 앞으로 조금씩 밀어냈어. 그러고 나서 아이의 팔목을 뒤에서 한쪽씩 쥐고 그 몸을 늘어뜨렸어. 그러는 동안 내 허리를 누르고 있어달라고 부탁했었는데, 괴는 침대에서 나오기는커녕 침실 안에서 베개를 던져 문을 닫았을 뿐이야. 그래서 나는 아이 무게에 밸런스를 잃지 않도록 노력하며 식은땀인지 노동에 의한 땀인지 알 수 없는 것에 흠뻑 젖어 아이의 몸을 시계추처럼 흔들었어. 비상계단을 향해서 던지되, 계단에 충돌해서 튀어 나가지 않고 난간 가까이 낙하하도록 아이의 손바닥을 놓으려고 했어. 그러면 10층 아래에서는 우리 방 창에서 던진 거라 의심할 확률이 낮을 거라고 생각했어. ……그런데 내 양쪽 팔목을 손톱 끝이 계속해서 할퀴었던 거야. 내

손바닥이 붙잡고 있던, 죽었어야 할 아이의 양 손가락이. 그 대로 나는 잡고 있던 손을 놓고 아이가 숨을 들이마시는 듯 안쓰럽게 외치는 소리를 들었고 또 한참 지나서 단단한 모 래주머니가 찌부러지는 듯한 예상치 못한 소리를 들었어. 나는 그대로 창틀에 머리를 대고 있었기 때문에 비상계단 을 달려 내려가는 발소리도 들었던 것 같아……. 3일 후 그 수도에서 아테네로 향하는 비행기에 올라 점심 식사 전 식 전주를 주문할까 싶어 스튜어디스에게 전할 주문을 물어 보려고 좀 떨어져 있던 괴에게 다가가자, 그는 술의 상표라 도 말할 듯한 어조로, *외치는 소리 못 들었어?* 하고 물었어. 그게 사건 뒤 괴가 그 일에 대해 한 유일한 언급이었는데. 나는 *아니요*라고 말하고 물러나 괴와 내 샴페인을 주문했 어……. 나는 샴페인을 주문한 거야……."

그리고 이사나는 침묵했다. 다카키도, 오그라드는 남자 도 다마키치도 말을 꺼내려고 하지 않았다. 이윽고 깊이 잠 들어 있던 보이가 병 걸린 개처럼 호흡하기 시작한 것을 모 두가 일제히 알게 되었다. 그 이상한 낌새에 넷이 서로의 침 묵하는 얼굴을 마주 보는데, 보이가 침대에서 무리하게 상 체를 일으켜 아무것도 보고 있지 않으면서도 찢어질 듯 크 게 눈을 뜨고(그것은 눈꺼풀이 없는 인간의 얼굴이었다)

갑자기 정면을 바라보며 이렇게 소리 질렀다.

"해냈어, 해냈어, 난 해냈어!" 그러더니 보이는 뒤로 뻗었는데 호흡이 점차 차분해져 서서 바라보자니 조금 전까지는 괴로워 보이던 얼굴에 이제는 어린아이 같은 조용한 미소를 띠며 잠들었다.

"뭐야, 뭐야? 놀래지 마!" 하고 오그라드는 남자가 말했다. "얻어맞은 쇼크로 죽었나 했어."

"보이는 자기가 죽는 꿈을 꾼 거야." 다마키치가 말했다.

"보이는 자기가 여기에서 죽음으로써 드디어 당신을 말려들게 했다고 믿고 저런 고함을 지른 걸까?" 다카키가 말했다. "그럴 필요는 없는데……."

"그래, 그럴 필요 없어. 당신은 밀고하지 않아." 오그라드는 남자는 그렇게 말하며, 침묵 가운데 판단을 보류하고 있는 다마키치를 끌어들이려는 듯한 말을 이어갔다.

"보이는 다마키치랑 둘이서 보고 있을 테니까. 다카키, 셀터에 이 사람을 데려다주고 와. 보이를 옮기는 건 무리니까. 그리고 약이랑 음식을 가져다줘. 보이도 다시 잠에서 깨어 자기가 살아 있는 걸 알게 되면 이 사람이 보고 싶진 않을 거야……."

다카키에게 이끌려 이사나는 지하층에서 1층으로 연결

된 계단을 올라가는 대신, 다시 한 층, 마른 도랑으로 통하는 나선계단을 내려가 도랑을 발로 더듬으며 지나서 다시 나선계단을 올라갔다. 다카키가 콘크리트 뚜껑을 밀어 올리자 반쯤 허물어진 촬영소 한편이었다. 다시 말해 이나코가 프리즘 쌍안경을 향해 시위를 하던 건물 1층으로, 거기에서 부분 부분 시험 재배하는 보리를 심고 새끼줄을 두른 농지와 풀이 무성한 습지대를 사이에 두고 셸터 총안의 빛이 어둠 가운데 뚜렷이 보였다. 이사나는 자유항해단 무리 속에 난 길을 통과해 나온 것이다.

10장

상호 교육

이사나를 자유항해단을 위한 말의 전문가로 받아들인 청년들은 먼저 그들이 원양항해에 나갈 때를 대비해 영어 수업을 부탁했다. 새삼스레 다카키가 소개할 것도 없이 자전거에서 크게 넘어진 사건이 그들과 이사나 사이의 어색함을 없애주었다. 먼저 텍스트를 만들어야만 했다. 이사나가 가진 영어책으로는 은둔 생활 중 읽어온《모비 딕》과 도스토옙스키의 영역본이 있을 뿐이었다. 그는 조시마 장로 설교의 한 대목을 골라 칠판 대신 큰 종이에 옮겨 썼다. 그가 그 대목을 선택한 것은 청년들에게 animal로서의 고래에 대한 경의를 환기하고 싶었기 때문이다. 그리고 청년들이 진에게 무언가 심한 일을 하는 걸 미리 막기 위해서 다음과 같은 한 구절을 통해 호소해두고 싶다고 생각했기 때문이다.

그것은 이전부터 빨간 색연필로 밑줄을 그어둔 부분이었다.

Man, do not pride yourself on superiority to the animals; they are without sin, and you, with your greatness, defile the earth by your appearance on it, and leave the traces of your foulness after you—alas, it is true of almost every one of us! Love children especially, for they too are sinless like the angels; they live to soften our hearts and, as it were, to guide us. Woe to him who offends a child!……

인간이여, 동물들에게 마구 으스대지 말라. 동물은 죄를 모르지만 인간은 위대한 자질을 갖추고도 출현 이래 대지를 부패시키고 더러운 족적을 남기고 있다. 슬프게도 우리들 거의 대부분이 그러하다! 특히 아이를 사랑할 일이다. 왜냐하면 그들 또한 천사처럼 무구하고 우리를 감동시켜 우리 마음을 정화하기 위해 살며, 또한 우리에게 일종의 교시敎示와도 같기 때문이다. 어린아이를 능욕하는 자는 한심하도다.

　　　신초샤판《카라마조프가의 형제들》하라 다쿠야 옮김

이사나는 자기가 고른 텍스트에 청년들이 흥미를 가질

지에 대해서는 전혀 자신이 없었다. 처음에 그는 청년들에게 어떤 텍스트를 읽기 희망하는지 물었는데 그들은 자기가 어떤 문장을 읽고자 하는지에 대해 그 어떤 이미지도 갖고 있지 않았던 것이다. 게다가 이사나가 상당한 독서가인 오그라드는 남자와 의논하려고 하자, 청년들은 모두 반대했다. 그들은 오그라드는 남자에 대한 혐오감을 감추려 하지 않았다. 오그라드는 남자? 분명 우리의 동료지. 하지만 그 인간은 누구에게나 있을 법한 미치광이 친척 같은 인간이야. 우리는 다른 사람보다 더 깊은 혐오감을 가지고 그 인간을 인내하고 있어, 라고 말하듯……. 그런 청년들에게 반발하는 마음이 더해져 오그라드는 남자가 애독하는 도스토옙스키 중에서 이 텍스트를 골랐는데, 강독과 그걸 기반으로 한 회화 연습을 실제로 시작한 날, 점점 그는 도스토옙스키의 이 대목이 청년들에게 환영받는 일은 기대할 수 없겠다 싶었다. 조시마 장로의 설교는 다음과 같이 시작했으니.

Young man be not forgetful of prayer. Every time you pray, if your prayer is sincere, there will be new feeling and new meaning in it, which will give you fresh courage, and you will understand that prayer is an education.

청년이여, 기도를 잊으면 안 된다. 기도를 할 때마다 그것이 성실하기만 하다면 새로운 감정이 번뜩이고 그 감정에는 지금까지 몰랐던 새로운 사상이 깃들어 그것이 또한 그대를 새롭게 격려해줄 것이다. 그리고 기도가 교육과 다를 바 없음을 이해하게 될 것이다.

하라 다쿠야 옮김

이사나는 청년들이 너무 종교적인 냄새가 난다고 느끼겠다 싶은, 특히 저 가운데 prayer라는 말이 단적인 반격을 받을 거라는 생각이 들었다. 그런데 청년들은 이 텍스트에 강한 흥미를 가질 뿐 아니라 다름 아닌 prayer라는 말에 특히 매료되었다. 그중에서도 보이와 다마키치가 가장 좋아했다! 자유항해단의 지하창고에서 하룻밤을 보낸 뒤 셸터로 돌아온 이사나가 다시 촬영소터에 가는 일은 없었다. 보이도 다시 셸터 3층으로 실려 오지 않았다. 내친김에 창고 침대에서 투병을 이어가게 된 것일 테다. 이나코도 셸터에서 철수했다. 그녀는 종종 진을 만나러 왔는데, 보이의 새로운 병세에 대해서는 이야기가 없었다. 보이가 매복하며 이사나를 기다리다가 불의의 습격을 가한다는 계획에 자신도 가담했던 것이 부끄러웠기 때문이리라. 어쨌거나 자유항해단 안으로 들어온 이상 표면적이라 해도 집요하게 거부하는 보이와 직접적인 화해가 이루어지지 않았다면 이사나도 청년들에게 둘러싸여 지내는 게 불편했을 것이다. 보이는 사건 발생 일주일 후 맞은 자국이 얼굴 전체에 거뭇거뭇한 채로, 그러나 체력은 완전히 회복하여 셸터에 나타났다. 그는 다마키치를 따르는 모양으로, 즉 자유항해단 가운데에서도 특히 다마키치 친위대에 속하는 걸 과시하듯 하며 나타났다. 다시 진과 이사나의 공간이 된 꼭대기층에서 아들과 함께 테이프로 피아노 음악을 듣고 있었던 이사나 앞에 다마키치와 보이가 느닷없이 막아서듯 나타나 화해를 청했다. 먼저 보이가,

"다카키가 갔다 오라고 했어" 하고 입을 열었다. "내가 잘못했어. 그렇게 말하고 오라고 했어."

이어서 다마키치가 그날 밤에 보인 과묵함과는 반대로 유창하게 설명했다.

"당신이 살해되지 않은 건 오그라드는 남자가 배신했다든가, 원래 보이의 전술이 서툴렀다든가 해서가 아니야. 보이 자신에게 당신을 죽이는 걸 그만둘 이유가 있었던 거야. 보이가 비전을 봤어. 얻어맞고 잠들었을 때 비전을 보고 당신을 죽이는 일도 당신에게 반대하는 것도 그만둔 거야. 지

금도 단지 다카키 말을 듣고 화해하러 온 건 아니야."

"비전?"

"보이가 다시 눈을 뜨고 당신을 죽이려고 했을 때, 꿈속에서랄까 잠 속에서랄까, 두 팔이 튀어나와 보이를 말렸대. 그 남자를 처형하지 말라고, 집행을 연기하라고 했다는 거야. 그래서 보이는 아침까지 잠이 들었고, 결국엔 당신을 놓쳤다나 봐. 보이가 겁에 질려 공격을 그만둔 게 아니야."

"너희는 꿈을 비전이라고 해?" 이사나는 물었다.

"두 팔 같은 게 보이더니 잠을 자는 천억 분의 1초 정도 사이에 의미가 전달되었으니까, 비전이라고 하는 편이 좋을 것 같아. 나도 종종 봐. 오토바이로 일정 수준 이상의 스피드를 내거나 여러 패거리랑 얽혀 난투를 벌이면서 서로 치고받고 싸울 때 말야. 어디서 커브를 돌지라든가 정말 때려야 하는 적만 때린다 같은 판단을 하기 위해서는 비전을 읽는 힘이 없으면 안 돼."

"이번 경우, 보이는 비전에서 어떤 의미를 읽었지?"

"이미 말했잖아. 용서해! 라는 비전이야." 역시 보이 대신 다마키치가 대답했다. "용서해, 화해해! 라는."

"나는 도저히 용서받을 수 없는 일에 대해 말했는데." 이사나가 말했다. "용서해, 화해해라고……?"

"그날 밤 이야기한 게 사실이라면 당신은 용서받을 수 없고 누구와도 화해할 수 없지. 아이를 죽인 인간은 최악이니까." 다마키치는 매정하게 말했다. "하지만 그것과 별개로 당신은 우리 동료 하나를 구했어. 그게 비전으로 나타나서, 보이는 용서해, 화해하라는 소리를 읽어낸 게 아닐까?"

다마키치는 그렇게 말하고 이사나와 보이 사이에 용서와 화해의 대화가 끝났다고 생각하는 모양이었다. 비전을 본 당사자인 보이는 다마키치가 설명하는 동안 그 비전에 대해서도, 이사나와의 화해에 대해서도 관심 없다는 듯, 진처럼 음악에 빠져 란도프스카가 연주하는 스카를라티 소나타를 듣고 있었다. 거무스름한 살갗에 더 검은 상처가 생겨 반점이 되어가는 수척한 얼굴에 고요함을 띠고. 이사나도 열심히 음악을 들었다. 음악이 상상력을 부드럽게 해방시켜 점차 농밀하고 명확한 비전으로 그를 이끌었고, 의미를 파악할 수 있게 했다고는 못해도 그 비전의 모습을 드러내주었다.

비전, 열로 괴로워하는 보이에게 돌연 공격의 의지를 포기하게 만든 것이 비전이라면 애초에 열에 들떠 있는 소년에게 그 인간을 죽이라고, 자유항해단을 위해 죽이라고 명령한 것도 비전 아닐까? 그렇다면 일단 핵심 비전이 바뀐 이상, 지금 보이가 온화함에 온화함을 더해 지난번 실패한 살해 계획에 집착하기를 그만두고 음악에 열중하는 건 자연스럽다고 할 수 있으리라. 그런 게 이 소년의 행동을 지배하는 비전이리라…….

그처럼 긍정적인 몽상에 빠진 이사나에게 보이에 대해 숨 막힐 정도의 적의를 새로이 품게 만드는 사건이 일어났다. 보이가 테이프를 멈추고 되감은 것이다. 진의 청각 세계에서 절대로 있어서는 안 되는 일이었다! 그런데 이사나의 반응과는 전혀 다르게 진은 고통스러워하는 소리를 내지 않았다. 진의 진정 상태는 보이가 테이프를 되감으며 부는 휘파람에 지탱되고 있는 모양이었다. 다시 테이프가 정상적으로 돌아가자 보이는 그때까지 같은 멜로디를 반복하던 휘파람을 멈추고 재생음을 다시 또 열심히 들으며 말했다.

"이 곡을 전부터 좋아했어. 이 멜로디에 가사를 붙이면 히트할 텐데. 이 곡은 제목이 뭐지?"

"스카를라티의 소나타야" 하고 이사나는 가르쳐주었다.

"스카를라티의 소나타?"

"올림 다단조입니다." 진이 새소리를 짚어내는 것과 같은 어조로 말했다.

"진은 좋은 백치구나." 보이가 깊이 감동하며 말했다.

보이의 감탄이 담긴 음성은 백치라는 말이 이사나에게 환기하는 모든 나쁜 감정을 한꺼번에 없애주었다. 그 음성으로 인해 적어도 이사나의 내부에서는 보이와 진짜 화해가 이루어졌다. 다름 아닌 진의 중재에 의해…….

그런데 그렇게 보이도 참가하게 된 자유항해단의 영어 공부 그룹은 prayer라는 말에 어떤 흥미를 나타내었는가? 먼저 이사나에게 인상 깊었던 것은 이 한 단락을 가르치는 데 있어 예사로이 번역하고 설명할 필요가 없었다는 것이다. 청년들은 이 한 단락을 문법적으로 연결해,

prayer가 sincere하면 new feeling이 거기에 있다, 그리고…… 하는 식으로 서로 확인하며 질문도 했는데, 이사나처럼 시험 중심의 외국어 교육을 받은 자에게는 신선한 놀라움으로 다가올 정도로 그들은 영어 그 자체로 이해하고 단어, 구, 절을 하나하나 일본어로 바꾸려 들지 않았다.

그들의 국어에 그만큼 영어가 침투해 있다는 뜻일까 하고 이사나는 생각해보았는데 그처럼 단순화할 수 없는 건 분명했다. 왜냐면 그들은 이사나에게 말 대 말로 바꾸는 것이 아니라 하나하나 단어의 의미를 설명하도록 요구했고, 설명이 길어져도 지루해하지 않고 오히려 길어질수록 집중해서 귀를 기울였기 때문이다. 그건 그들 한 명 한 명이 아직 젊은

혈관에 니트로글리세린을 품은 듯 성마르고 폭발적인 행동을 축적하며 사는 자들이라는 점을 감안하면 이상할 정도였다. 이사나는 그들에게 설명하는 동안 말 대 말로 바꾸는 것에 그들이 만족하지 못하는 것은, 각자 집단취직으로 상경하고 직장에서 다시 흩어진 자들로 보이는 그들이 영단어에 대응시킬 표준어와 근본적으로 별로 친숙하지 않아서라는 걸 알게 되었다. 그들은 영단어 설명을 각자의 육체와 의식에 새롭게 벌어지는 일로 받아들이고 소화하려고 애쓰고 있었다.

Prayer는 기도하는 거야, 라는 치환에 그들은 무표정하게 다음 말을 기다릴 뿐이다. 그렇다고, 신에게 혹은 부처에게 기도하는 것이다, 하는 식으로 부주의하게 부연해버리는 건 주저하게 될 만큼, 반발적인 태도로 그들은 기다리고 있었다. 실제 우려하면서 이사나가, 신에게 기도하는 것이다 하는 식으로 말해봐야 그들이 그 '설명'을 받아들일 리 없었다. 신, 부처 같은 유의 말에 대한 생리적인 혐오 때문이 아니었다. 긍정의 의미로도 부정의 의미로도 무엇에 대해 기도하는가가 그들의 관심이 아니었던 것이다. 그들은 자신에게 실재하는 마음의 움직임, 육체를 파악하는 방법으로서 pray라는 게 무엇인지를 알고 싶어 했다. 이 고등교육을 받은 적 없는 패거리는 말에 대한 어떤 신기한 본능을 갖고 있어서, 무엇에 대해 pray할까 하는 건 부차적인 문제이며 pray할 때 얼마나 강렬하고 격한지야말로 문제의 핵심임을 간파하고 있는 게 아닐까 하는 느낌마저 들었다. 그래서 pray하는 것에 대해 그들이 진짜 듣고 싶어 하는 바를 더듬더듬 설명하는 사이, 이사나 또한 스스로에게 pray란 어떤 행위일지 생각하지 않을 수 없었다. 점차 자신도 지극히 고양되어 생각하게 되는, 자타가 효과를 보는 교육적 순간을 맛보았던 것이다. 그는 자신의 prayer의 실체를 가까운 과거 경험에서 찾다가, 지금도 그렇듯 갑작스럽게 넘어지곤 하던 진의 모습을 흉내 내어 그 고통의 정도를 알아내기 위해 스스로 넘어져본 끝에 이를 부러뜨리고 말았던 날의 기억을 떠올리게 되었다. 그는 그 아픔의 경험을 청년들에게 상세히 이야기하는 것으로 자신이 경험한 prayer를 분명히 보여주려고 했다.

넘어졌다는 말에 청년들은 처음에는 웃으며 술렁거렸지만, 결국 열심히 이야기를 들었다. 그때는 아직 아내와 함께 살 때였는데, 남편까지 아이처럼 갑자기 넘어지기 시작했나 하고 아내가 두려워할 걸 생각하며 그는 이가 부러진 것도 그 고통도 아내에게 밝히지 않았다. 따라서 그는 홀로 그 밤 아픔에 맞서고 있었다. 아내가 눈치채지 못하게 불을 끈 후 암흑 속에서, 그는 죽은 인간이라기보다는 죽은 원숭이처럼, 양팔, 양다리를 구부리고 굳은 채로 아픔을 견뎠다. 아무리 크게 떠도 어둠 말고는 아무것도 보이지 않을 눈을 감고, 나는 사후의 인간이다, 모든 육체의 아픔은 죽어 혼이 된 내게는 모두 환각에서 기인하는 것이다, 말하자면 유령이 아픔의 환각으로 고통스러워하고 있을 뿐이다, 라고 생각했다. 고통으로 굳은 양팔, 양다리를 공중에 들어 올려 털어보면서도, 끙끙 앓는 상처 입은 육체로부터 의식을 떼어놓고자 하며, 그는 분리 가능한 의식의 카세트를 고통으로 지끈지끈 울리는 육체로부터 꺼내려 했다. 땀에 흠뻑 젖어 타인의 육체처럼 차갑게 느껴지는 자기의 몸에서 의식의 카세트를 꺼내는 것, 그것이 한 번에 이루어질 리는 없었지만⋯⋯.

그래도 인내하는 사이, 고통의 범위는 점차 좁아졌다. 좁아지면 좁아질수록 고통은 거꾸로 날카로워졌고 이제는 고통의 한가운데 자리한 위턱 끝이 불타오르는 듯했다. 그 기회를 놓치지 않고 간신히 육체를 객관적으로 파악할 자유를 확보한 의식에게, 이 뒤집힌 바퀴벌레 같은 것에 난폭한 움직임을 일으키라, 지령을 내렸다. 그가 아직 어렸을 때 자살한 아버지는 하나님이 인간을 만들었으니 무엇이든 예정

조화적으로 만들어졌다, 인간은 참고 견딜 수 있는 범위를 넘어선 고통이 주어질 때 정신을 잃든가 즉사하든가 혹은 발광하든가 한다고 그에게 가르쳐주었다. 그러니까 고통에 대해서 미리 쓸데없는 근심을 할 필요는 없어 하고 다독였던 것이다. 이사나가 자신에게 내린 지령은 아버지가 준 교훈에 기반했다. 지금 자기를 엄습한 극심한 고통이 손쉽게 피할 수 없는 것이라면 가능한 한 빨리 정신을 잃든가, 죽든가, 발광하든가 하는 게 가장 인간답다고…….

"그래서 입속에 손을 집어넣고 들쑤셔 기절하려고 했는데, 그 직전에 부러진 이 조각을 잇몸에서 빼내어 아픔으로부터 해방이 되었지." 이사나는 말했다. "그렇게 아픔과 격투를 벌이는 동안 나는 pray했던 거라고 생각해. 이 텍스트에 빗대어 말하자면, 그 덕분에 나는 아픔으로부터 벗어난 것이고, 그 자체로 스스로에 대한 education을 체험한 게 아닐까 생각해."

"언제나 그런 식으로 순조롭게 진행된다면 pray란 좋은 것이군." 다른 사람보다 분별력이 있을 듯한 좀 더 나이가든 청년이 입을 열며, 차분한 모습과 어울리지 않게 얼굴을 붉혔다.

"그런데 당신도 오로지 고통 때문에만 pray하는 건 아니지 않아?" 다마키치가 말했다. 그는 잠깐 꺼든 게 아니라 본격적으로 이야기를 전개하려고 했다. "보이가 셸터에서 위태로운 상태였을 때, 당신이 나선계단 중간에서 기도하고 있는 것 같았다고, 이나코가 말했어. 당신이 자고 있는 보이에게 불시에 들이닥친 날 말이야. 그걸 기도하고 있었던 거라고 하면 뭔지 알 수 없지만, pray하고 있었다고 하면 잘 알겠어. 지금 당신이 말한 것 같은 게 pray라면."

이사나는 보이를 위한 이나코의 성적 처치를 목격한 후, 느릿느릿 나선계단을 내려가는 자신이 분명 pray하고 있는 것처럼 보였을지도 모르겠다고 생각했다. 그 모습을 다마키치에게 보고한 이나코는 시치미 떼는 얼굴을 하던 것치곤 상당한 관찰가이다. 그날 이사나는 어슴푸레한 계단을 빙글빙글 돌아 내려가면서 셸터 주변을 채우고 있는 나무의 혼과 먼 곳의 고래의 혼에게 이렇게 호소했기 때문이다. 나무의 혼이여, 식물에 속하는 존재들에게는, 또 고래의 혼이여, 지상의 거대한 포유류에게는, 그렇게 성급하고 인색한 성욕의 처리는 바보 같을 뿐만 아니라 추해 보일지 모르지. 하지만 저 소년과 계집아이가 몰두하는 모습에는 무언가 독자적인 데가 있는데 그게 우리의 마음을 다독여주지 않나? 소년의 새빨간 귀두에서 계집아이의 턱을 타고 떨어

저 목 언저리 피부를 적시던 정액은 소의 눈에서 샘솟는 눈물처럼 보는 사람의 마음을 은근하게 누그러뜨리기도 하지 않나! 어떻게든 저 소년을 파상풍의 위험에서 구해줘. 머지않아 열이 잡히고 그들에게 제대로 된 성교가 가능해져 이런 인색한 응급 처치에 보상이 이루어지도록. 당신들, 식물적인 존재들이여, 바다의 온화한 자들이여, 저 고열에 시달리는 소년의 아랫배에서 사혈하듯 정액을 받아내는 계집아이는 지상 동물들의 끔찍함을 지니고 있다고는 해도, 최대한의 상냥함 또한 드러내고 있던 게 아닌가……

"보이는 자기를 위해 pray해주었다는 걸 알면서 그런 사람을 기다렸다 죽이려고 했다는 거야?" 이사나가 말했다.

"자기를 위해 pray해주길 바라지 않는 인간도 있어." 보이는 바로 대꾸했다.

"어? 무슨 말이야, 보이?" 다마키치가 물었다.

"pray라는 건 자기 전체를 다해 무언가에 집중하는 거잖아? 그러니까 나는 타인이 나를 위해 기도해주지 않으면 좋겠어." 보이는 딱 잘라 말했다.

"아아 나도 그런 생각을 하고 있었어." 아까 얼굴을 붉힌 청년이 옆에서 말하고는 금세 다시 얼굴을 붉혔다.

"'홍당무'보다 다마키치가 생각하는 게 더 깊어"라는 보이의 말은 안쓰럽게 얼굴이 빨개진 청년이 딱 그 얼굴 때문에 생긴 별명으로 불리고 있음을 보여주었다.

"보이는 다마키치가 관련되면 늘 강경하다니까." 홍당무는 보이를 상대도 하지 않는 면모를 드러내면서도, 얼굴은 붉힌 채 말했다.

이어서 다마키치가 보이로 인해 조성된 분위기를 타고 그의 생각을 전했는데, 확실히 그는 보이뿐만 아니라 몇 사람, 특히 나이 어린 청년들의 존경을 받고 있어서 말하자면 분파의 리더 같은 인상을 주었다. 그의 해석은 pray한다는 건 집중하는 것으로, 대상이 무엇이든 육체와 의식을 집중하기만 한다면 상대 쪽에 통하든 통하지 않든 집중하는 자기 육체와 의식에서 new feeling과 new meaning이 솟아 나온다는 것이었다.

"그런 건 우리들이 늘 체험해왔잖아? 그런 식으로 pray하고 있으니까 비전이 보이는 거지, 비전은 new feeling과 new meaning 아냐?"

"너나 보이의 몸속에 new feeling이 생기면 실제로 느끼게 돼." 이사나가 말했다.

"아니, 중요한 건 new meaning이야" 하고 다마키치가 말하자 보이가 바로 동의하는 태도를 나타냈다. "그렇지? 우리가 무슨 감각마비 환자들도 아니고, new feeling만으로는 안 돼. new meaning으로 내면을 풍요롭게 하기 위해 pray 하는 거야."

"내면을 풍요롭게 한다, 같은 얘기를 다마키치가 하리라곤 생각해보지 못했는데." 홍당무가 말했다.

"내면을 풍요롭게 하려는 게 아니라면 뭘 위해 우리가 자유항해단을 만들겠어?" 다마키치는 홍당무의 도발을 일축했다. "응? 홍당무는 분명 대학에 들어가 잠수부에서 활약했지. 그렇다고 우리가 비닐봉지로 본드나 마시는 놈들처럼 보여? 그런 녀석들은 쓰레기야. 본드로 입술을 붙여주면 딱 좋을 놈들이지. 우리는 시너를 마시거나 하지 않아도 초집중해서 내면의 자신을 충분히 붙잡을 수 있어. new feeling으로 들어가서 그걸 확실히 해두고 new meaning으로 나오지. new meaning으로 나오는 게 왜 필요한가 하면 그래야 그걸 다른 멤버들에게 전할 수 있으니까. new feeling인 채로는 나는 그걸 맛보고 있다고 말할 수 있을 뿐이잖아? 또 그렇게 말하는 녀석을 믿어도 될지 안 될지, 쉽게 알 수 없어. 그러면 가짜의 활동을 허용하는 게 돼. (그렇게 말하며, 다마키치는 매우 의도적으로 홍당무를 바라보았다. 홍당무를 가짜라고 의심해서라기보다 그런 짓궂은 일을 즐기는 모습이었다. 홍당무는 얼굴을 붉혔는데, 그래도 다마키치가 자신의 친위대원이 아니라 오히려 자신과 대등한 사람으로서 그를 인정하는 느낌은 분명했다.) 그래서 new meaning이 필요한 거야. 그리고 그걸 확실히 파악하면 내면은 풍요로워지고 fresh courage가 솟아나는 거지. fresh courage는 외부에서 주입할 수가 없어. 알겠지? 그래서 내면을 풍요롭게 한다고 말한 거야. 그런 식으로 보자면 나도 이 텍스트를 쓴 사람처럼 prayer는 education이라고 생각해. 그 외의 education이라면 애당초 나는 받아들일 수 없으니까……."

"나도 education을 원했어, 그래서 무척 기분이 좋아." 보이가 말했다.

"텍스트를 맘에 들어해줘서 다행이야."

"그런데 당신은 우리가 어떻게 스스로에게 집중하는지 알고 싶지 않아?" 다마키치가 물었다. "우리의 실제 prayer를 보고 싶지 않아?"

"보고 싶어, 혹시 겉으로 볼 수 있는 거라면."

"그러면 우리도 당신에게 education에 대한 답례를 하지." 다마키치는 즉시 독단적으로 말했다. "이런 좋은 텍스트를 찾아준 이상 답례의 education을 하지 않으면 안 되지, 그렇지?"

그러더니 다마키치와 보이와 다른 청년들은 홍당무와 두세 명을 뒤에 남겨두고 셸터에서 이사나를 데리고 나왔다. 그들은 청년들이 훔쳐둔 차 두 대에 나눠 타고 출발했다. 이사나를 옆에 앉히고 운전하며 다마키치는 거의 닥치는 대로 자기 집중을 보이기에 적당한 대상을 찾아내려는 모습이었다. 실제 그는 이사나가 동의하기만 하면 극도로 난폭하게 운전하고 추월하는 트럭을 자극해 그들의 prayer 스타일을 보여주겠다는 둥 유치한 허영을 부리기도 했다. 장거리 트럭 운전수를 자극해서 가드레일에 부딪치게 하는 건 쉬우니 원하면 그렇게 그들을 살해할 수 있다고…….

"우연의 연속으로 살인을 하게 되었다고는 해도." 다마키치는 같은 차에 탄 동료들에게 수수께끼 같은 말을 하며 이사나에게 지금 살인이라는 말을 꺼낸 자신에 대해 콧방귀 뀌게 하지는 않겠다고 못을 박는 배짱을 보였다. "당신은 실제 살인을 구상하며 연습까지 한 경험은 없지?"

이사나는 다카키가 없으니 완전히 풀려난, 그 작은 리더의 연기적인 말투에 그때까지 조성해온 자신과 청년들의 어떤 진실된 분위기가 망가지는 걸 느꼈다. 그는 그 점이 아쉬웠기에 다마키치의 도발에 감히 정면으로 응하며 대답했다.

이사나 스스로 education 의지로 움직였던 것이다.

"내가 어렸을 때 이 나라는 군국주의 국가였어서 말야. 국민학교라고 부르던 초등학교에서 나무칼을 들고 뛰어가 사람의 모습을 한 짚단을 찌르는 훈련을 받았어. 그런 종류의 훈련에서도, 아이는 역시 살인이라는 것에 대해 나름대로 심각한 죄책감에 시달렸던 것 같아. 마을 밖에서 오는 교사가 지도하는 살인 훈련 자체에 직접 영향을 받은 건 아니야. 누구든 그런 방법으로는 실제로 사람을 죽이지 못한다는 건 알았으니까. 어느새 건성건성 하다 맞기도 하고 발로 차이기도 했지. 그 교사도 아이들에게 막대기를 들린다고 무슨 효과가 있을까 의심했을 거라고 생각해. 그런 교사보다도 그 마을에서 자란 우리, 아이들 쪽이 실제로 사람을 어떻게 죽이는지 잘 알고 있었어. 그건 대낮에 이야 하고 소리를 지르며 뛰어다니는 그런 방법이 아니야. 우리 마을에서 정말 사람을 죽이기로 했을 때는 제 나름 책임 있는 지위의 사람들은 하나같이 흉기를 가지고 모여서 죽여야 할 사람을 둘러쌀 거라는 걸 우리는 막연하기는 해도 알고 있었어. 다카키의 고래나무 꿈도 그런 게 아닌가 생각해. 실제로 있을 수 없는 일이라고 생각할지 모르지만, 최근에도 난 신문에서 그거랑 똑같은 살인 기사를 읽었어. 지방 공항에서 도쿄로 가는 비행기 안에서 미치광이가 기장을 찌르려고 한 사건이 있었잖아? 결국 승객 모두가 미치광이의 몸에 달려들어 제지한 후 진정이 된 미치광이를 살펴보았더니 자기가 갖고 있던 칼이 가슴에 꽂혀 죽어 있더라는. 승객 모두가, 라는 게 중요해. 숲속 골짜기 마을 사람들도 같은 방법으로 살인을 했어. 정말로 죽이지 않으면 추락해 마을이 통째로 불타버릴지도 모르는 상황에서는……. 비행 중인 마을 전체를 위험에 빠뜨리며 미쳐 날뛰는 미치광이가 있다면 달리 어떻게 하겠어? 그와 다르게, 개인적인 동기로 사람을 죽이는 방법은 한밤중에 몰래 숨어들어 말없이 단숨에 치거나 찌르거나 한 다음 즉시 숲으로 도망가는 거였어. 수색당한다 해도 깊은 숲속이고, 골짜기에서 수색대가 올라오는 걸 지켜보는 일도 애초에 높은 곳에 숨어 있는 사람이 유리하겠지? 실제 숲으로 도망가서 숨어 살 결심만 하면 골짜기 마을 사람들은 뭐든 할 수 있었어. 무장한 집단과도 군대와도 싸울수 있었지. 군대에 징집당했다가 곧바로 탈영한 골짜기 청년이 수사하러 온 헌병 대장을 숙소에서 찔러 죽이고 다시숲으로 도망간 적도 있었어. 그자가 혼자 살 능력이 있고, 전쟁이 끝나면 군대는 와해될 거란 걸 내다볼 수 있었다면 계속 숲속에서 살아갈 수 있었을 텐데. 용감한 행동을 혼자 하고도 우울증에 걸려 목을 매고 죽었어. 우리가 돌배나무라고 말하던, 꽃자루가 크고 꿀맛이 나는 낙엽교목에. 그때부터 이 나무에 목매는 나무라는 이름이 붙어 골짜기 아이들도 그 꽃자루를 먹을 수 있다는 걸 잊어버렸지. 탈영한 병사가 숲에 숨어 있는 동안에는 헌병대가 와서 산을 수색해도 숨은 장소를 알 수 없다더니, 숲의 높은 데서 목을 매자 사체를 바로 발견해 골짜기로 떠메고 내려갔어. 그 탈영병의 경우도 골짜기의 책임 있는 지위의 사람이 숲에 들어가 그를 발견하고 돌배나무까지 끌고 가 목을 매게 했는지도 모르지…… 골짜기 사람이라면 누구라도 어디 있는지 아는 나무 중에 큰 사내가 목을 맬 수 있을 정도로 튼튼하면서 실제로는 도움이 안 되는 나무라면, 목매는 나무라고 불리게 된다 해도 누구 하나 문제 될 게 없는 나무라면 그 돌배나무 정도밖에 없었으니까. 골짜기의 어른들이 그런 결정을 내리는 일은 있을 수 있지. 하지만 어쨌든 그 후 아이들이 돌배나무의 꽃자루를 꺾지 않게 되자, 새는 기뻐했어……."

"새가 기뻐했다고?" 다마키치가 재빨리 틈을 엿보다 끼어들었다. "그건 우리가 아니라 진을 위한 말투지? 당신이 새는 기뻐했어라고 하면 진이 새는 *기뻐했어*, 입니다 하고 대답하겠지. 그런데 진은 이제 당신한테서 독립했는데, 어째서 언제나 그 아이랑 둘이서 있을 때의 말투가 되는 거야?"

"진이 독립했다고?"

"실제로 지금 진은 이나코랑 셸터에 남아 있잖아." 보이가 지적했다.

"하지만 그게 진이 내가 아닌 타인을 택했다는 건 아니잖아?"

"물론 당신이 말한 대로야." 다마키치는 성급히 타협함으로써 오히려 이사나에게 그 자신의 말에 숨겨진 것을 모질게 자각시켰다.

"진이 1년 내내 나를 필요로 하지는 않게 되고, 자연스럽게 이나코와 남아 있게 된 건 인정해" 하고 이사나는 양보했다. "그건 머지않아 그 아이가 나 대신 타인을 선택하기 시작하는 계기가 될지도 모르지. 그렇게 된다면 나는 정말 큰 자유를 얻게 될 테고……."

"자유를 보람되게 쓰는 연습을 해두지 않으면 안 되겠네." 보이가 말했다.

"벌써 education이 시작되었나?" 하고 이사나는 대꾸했다.

"그래, 그것도 우리 현장 실습에 당신을 넣어서 education 할 거야." 다마키치가 말했다. "다만 한 가지, 당신, 뛸 수 있어? 어느 정도는 뛰지 않으면 상황이 우스워져. 금고형을 선고받고 부자유를 획득하기 위한 현장 실습이 될지도 모르니까, 하하! 보이, 뒤차에 가서 전해줘, 대지진 훈련을 할 거라고!"

그렇게 말하며 다마키치는 비탈진 고속도로 진입로를 향해 서행하던 차를 인도 쪽으로 대지도 않고 바로 그 자리에 멈췄다. 혹시 차가 끼어들면 부딪쳐 나가떨어질 위험을 무릅쓰고 보이는 도로에 내려섰고 차는 내달렸다. 그처럼 가혹한 취급을 받으면서도 불평하는 모습도 없이, 보이는 커다란 캥거루처럼 두 손을 배 앞에 모으고 뒤에 오는 차를 기다렸다. 이사나는 끔찍하게 생각하며 도로 한가운데 있는 보이를 돌아다보았는데 곧 차가 멀어지며 서 있는 그의 모습은 사라져버렸다. 이사나는 방금 전에 뜬금없이 건네받은 꺼림직한 힌트로 돌아가,

"대지진 훈련이라고?" 하고 되물었다.

타이밍이 맞지 않는 게 우스웠는지 이제부터 시작될 게임을 예상하며 고양되어서인지 차 안에 있는 모든 청년이 일제히 웃음을 터뜨렸다.

"맞아. 관동대지진 때 우리의 괴물 같은 아버지들, 할아버지들은 조선인을 희생 제물로 바쳤었지? 그건 다른 누구보

다 조선인이 약했기 때문이야. 이번 대지진이 일어나면 혐오의 대상이 될 약한 인간이란 바로 우리들이야. 우리들이 오늘날의 괴물 같은 아버지들과 할아버지들에 의해 희생제물이 되는 거라고. 그 전에 대항해에 나갈 수 있다면야 다행이겠지만. 그렇게 안 되면 우린 스스로를 그 자리에서 구할 수단을 생각해야지. 그런데 말야, 우리가 아무리 경찰이나 자위대 하나 우리 편으로 못 만드는 별 볼 일 없는 인간들이라 해도 뛰는 건 할 수 있잖아? 그러니까 놈들의 기동력을 떨어뜨린 후에 뛰어서 바다로 도망치면 살 가망이 있어. 그래서 우선 차를 쳐부술 거야. 차를 지키려는 놈들이 있다면 그 새끼들도 기계의 용병들이니 쳐부수지 않으면 안 되고. 진짜 자기 다리로 달리는 사람만이 바다를 향해 도망갈 수 있게 하는 거야! 그래야 공평하잖아? 한창 대지진이 일어나는 중이라면 아무리 기동대원이라도 뛰어서 우릴 뒤쫓아 오겠어? 그 새끼들도 자기들 다리로 바다를 향해 도망가겠지!"

다마키치가 그렇게 말하자 청년들의 웃음소리가 다시 한 번 터져 나왔다. 때문에 이사나로서는 다마키치의 자기 구조 선언이 실제로 그들의 피해 의식에서 출발한 것인지, 아니면 정교한 반어인지 정확히 알 길이 없었다.

"구체적으로는 어떤 훈련을 하지?" 이사나는 반신반의하며 물었다.

"본질적으로는, 이라고 말해줬으면 좋겠는데." 고속도로를 시속 100킬로로 질주하면서 다마키치는 일부러 가련한 목소리를 냈다. "구체적으로는 단순하지. 차를 멈추게 하는 거야, 모든 차를. 학생들이 해방구를 만든다는 둥 말하잖아? 그런 걸 하는 거지, 도로 전체에. 그러면 누구든 자기 다리로 걸어서 바다에 가야 하니까, 적어도 지진 직후에 특권적인 건 없어져. 아무튼 고속도로란 고속도로는 죄다 마비시켜버릴 거야."

"관동대지진 정도 지진만으로도 고속도로는 무너지지 않을까?" 하고 이사나가 말했지만 다마키치도 다른 청년들도 그 질문은 무시했다.

"대지진의 경우, 특권을 가진 놈들이 여기를 독점하려고 한다면 얼마나 간단할지 한번 생각해봐. 놈들은 그렇게 바다로 먼저 가서, 늦게 도망쳐 오는 우릴 죽일 거야" 하고 다마키치가 다시 입을 연 건 그들의 차가 나트륨등 빛을 받으며 지하도로 들어간 후 지하에서 합류하는 지선에서 오는 자동차로 인해 어쩔 수 없이 서행을 하면서였다. "그러니까 우리들이 그들보다 앞서 이 지하도를 아무도 지날 수 없도록 하면 모든 것이 공평해지지 않겠어?"

그렇게 이야기하면서 다마키치는 한 손만 핸들에 두고 무릎 언저리를 더듬어 선글라스 같은 걸 주머니에 집어넣었다. 뒷좌석에 앉은 청년들도 각기 조급하게 몸을 움직였다. 보이가 바뀌 탄 뒤차가 그들 차 옆으로 바싹 붙이려고 하며 앞으로 나오고 있었다. 그리고 그 두 대가 터널의 노란 빛을 뽀얗게 앉은 안개처럼 보이게 하는 밝은 출구 쪽을 향하며 점차 스피드를 떨어뜨렸기 때문에, 이차선 차도의 앞으로는 공간이 생겼고 뒤에서는 경적이 울려 퍼졌다.

"그쪽 문은 잠가, 그리고 뛰쳐나와!" 다마키치가 그렇게 외치며 차를 멈춘 뒤 사이드브레이크를 깊이 채우더니 이사나의 팔을 강하게 끌어당겼다. 그대로 차도로 내려가서 두세 걸음 달리며 이사나는 그때까지 자기가 타고 있던 차에 보이의 차가 가볍게 충돌한 후 두 차가 역V자형으로 앞쪽을 맞대고 멈춰 서는 걸 보았다. 그러는 동안에도 이사나는 다마키치에게 끌려가듯 청년들과 함께 터널 출구를 향해 달렸고, 이제는 완전히 텅 빈 고속도로를 숨을 헐떡이며 계속 달렸다.

등 뒤로 클랙슨 소리가 홍수를 이루었지만 이사나 무리의 질주는 자유롭게 해방된 특별구에서 벌어지는 악의 없는 게임이었다. 청년들은 맞은편 차로에서 달려오는 차를 향해 날뛰며 노골적으로 모멸에 찬 시위를 벌였다. 이사나도 그들의 고양감을 가깝게 느낄 수 있었지만, 정작 자신은 청년들 무리에서 탈락하지 않도록 따라 뛰는 게 고작이었다. 질주는 5분 정도에 지나지 않았지만 이사나는 쓰러질 것만 같았다. 이 정도로는 고속도로 공단 직원이나 진짜 경관에게 이사나만 잡힐 것이다. 고속도로를 도대체 어디까지 달릴까 하고 심약하게 걱정하면서 헐떡헐떡 달리는 이사나 앞에서, 청년들은 보이를 선두로 고속도로 가드레일을 뛰어넘어 잔디를 심은 비탈을 기어올랐다. 그곳은 고속도로에 걸쳐 있는 육교와 직접 연결되었다. 그렇게 위기를, 위기라 해도 이사나 혼자 느낀 위기지만, 벗어난 청년들은 육교에 진을 치고 고속도로에서 일어나는 헛소동의 추이를 구경하는 쪽이 되었다.

"너희는 자동차라는 물건을 싫어하는 것인가? 내가 놀란 건 가둔(이 말에 청년들은 기뻐하며 반응했다. 가둔, 물고기를 잡을 때처럼, 가둔, 하하! 하고 그들은 웃었다) 고속도로를 자유롭게 달린 건 차치해두고 반대쪽 차로에서 오는 차를 너희가 위협하고 모욕했다는 거야. 너희는 자동차를 증오하는 것 같던데?"

"증오하지는 않고 바보 취급하지. 저렇게 아기자기하게 운전하는 차는!" 하고 보이가 말했다. "우리들이 요트가 아닌 자동차 같은 걸 사랑할 리 없잖아? 저런 기계는 구식이지!"

이사나는 보이의 말에 찬동하며 기뻐하는 모든 청년의 흥분의 피막皮膜 바로 아래에서 자동차라는 기계에 대한 차갑고 그로테스크하게 느껴질 정도의 경멸을 보았다. 그것은 깊이 소용돌이쳐오는 듯한 신선한 동요를 일으켰다. 청년들이 자동차라는 단순한 물건에 이렇게 격렬한 경멸을 품는 것이 무척 인상적이었다. 이사나 자신이 청춘기에 그처럼 격렬한 경멸이나 경의를 느꼈던 대상은 인간뿐이었기에.

"우리들이 대지진이 일어나는 도쿄의 모든 장소에서 자동차를 세우려는 건, 편하게 자동차를 타는 녀석들에게 자동차 같은 건 단지 오래된 기계에 불과함을 알려주기 위해서이기도 해." 다마키치가 말했다. "어쨌든 우린 대지진으로부터 빨리 바다로 도망가고 싶을 뿐인데, 그걸 방해하는 녀석들의 자동차는 때려 부술 거야. 그건 작은 전쟁이야. 경찰이나 자위대원은 모든 걸 공평하게 만들려는 자동차 파괴자의 편이 되기는커녕, 구질구질한 자동차를 지키려고 발버둥 치는 무리의 순찰견이니까. 오히려 자동차 그 자체의 용병이지. 교통사고를 보고 사람을 친 차를 때려 부수는 경찰을 본 적 있어? 자동차를 공격하는 인간에게는 피스톨까지 겨누는데. 하나의 생명으로서 자동차를 타다 사고를 내고 얼이 빠져 있는 자는 금방 체포야. 교통경찰이 자동차를 위해 봉사하는 걸 그만두고 하루만 사보타주해보라지. 엄청난 수의 자동차와 자동차 노예가 파괴되어 굉장할 거야. 그것으로도 아직 충분하지는 않지만! 당신은 저 빵빵거리는 기계를 줄이는 일에 경찰이나 자위대원이랑 같이 반대할 거야?"

"자동차에 관련해서는 지금 너한테서 힌트를 막 얻었을 뿐이니까 잘 생각해봐야겠지만" 하고 이사나가 말하자, 청년들은 실소하며 민감하게 반응했다. "하지만 사람에 대해서라면, 막부 말기까지는 일본에서 살아갈 수 있는 수의 상한이 있어서 인구수가 그걸 넘으면 대기근이 그 수를 줄였다고 해……."

"대기근이라!" 보이가 말했다. "자동차도 인간의 기술로는 어떻게 할 수 없는 대기근으로 파괴되면 좋겠네, 자기를 띤 혹성이 접근해서……."

"석유의 대기근으로 그렇게 될 거야. 그것도 머지않아." 다마키치가 정색하며 말했다. "하지만 그렇게 된다면, 점점 특권을 가진 녀석들이 자동차를 독점해 우리를 뒤쫓겠지. 그 전에 자기 자동차를 지키려고 인간이 무서운 일을 저지르지 않도록 개인이 자동차를 소유하는 습관을 때려 부숴야 돼. 당신은 그렇게 생각 안 해? 우리가 자동차를 훔쳐 타다 금방 버리는 건 그걸 위한 선전이야. 모든 자동차가 모든 인간의 것이 된다면 용건이 있어 어딘가에 가는 차는 있어도 목적지에 놔두게 되니까. 이상적으로 진행이 되면 도로를 달리는 차는 2분의 1이 돼. 또 도로에 놔두면 타인이 자유롭게 가지고 갈 테니 주차장도 필요 없겠지? 말끔해질 거라고."

견인차가 터널에서 차 한 대를 끌어내자 바로 정신없이 그 차를 추월하는 자동차 행렬이 이어졌다. 브레이크를 채우고 문을 잠근 또 한 대의 차는 그대로 옆으로 옮겨져 차로 하나만 열렸다.

"저 자동차 노예들의 화내는 꾀죄죄한 얼굴을 봐! 아주 잠깐 달리지 못한 것만으로도 이 세상에서 살 권리를 모두 침해받은 듯 불평하는 얼굴을 하고 있지? 저자들은 원숭이가 초원에 내려왔을 때부터 나무 자동차나 돌 자동차를 타고 있었다고 믿는 거 아닐까? 이놈 저놈 모조리 다 구질구질한 얼굴을 한 놈들이!"

그렇게 말하며 다마키치는 육교 바로 아래로 흘러드는 모든 자동차를 위협하면서도 쾌활하게 즐기고 있음 또한 분명하게, 우르르우우 하고 외치며 두 팔을 휘저었다. 그러다 곧 게임에 흥미를 잃은 듯 육교를 등지고 걷기 시작했다. 그런 다마키치를 청년들과 함께 뒤따르면서 이사나는 보이를 비롯해 자유항해단의 모든 청년들이 지금 지나간 성난 자동차 운전자들과 달리 각각 활기에 차 빛나는 얼굴을 하고 있는 데 강렬한 인상을 받았다. 그것은 지금 하나의 education으로서 전 육체·전 의식에 걸친 prayer 행위를 끝마친 학생의 얼굴이었다. 이사나는 텍스트로 고른 일련의 글 가운데 pray라는 말이 나오는 다른 구절 하나를 떠올렸다.

How touching it must be to a soul standing in dread before the Lord to feel at that instant that, for him too, there is one to pray, that there is a fellow creature left on earth to love him too!

무서워 떨면서 주 앞에 선 사람의 혼이 그 순간 자기를 위해서도 기도해줄 사람이 있다, 지상에 아직 자기를 사랑해주는 인간이 남아 있다고 느끼는 것은 얼마나 감동적인가.

하라 다쿠야 옮김

그리고 수년간 진과 함께 다만 은둔 생활을 해온 자신의 soul standing in dread가 이들 청년들에게 기도받고 사랑받는 것을 은밀히 꿈꾸며 고독 속에서도 사람들 속에서도 항상 그를 지켜보고 있는 나무의 혼·고래의 혼에게 스스로가 부끄러워질 정도로 뜨겁게 다음과 같이 호소했던 것이다, How touching it must be……

11장

자기 훈련으로서의 범죄

셸터에 영어 수업을 받으러 오는 데 가장 열심인 무리는 보이를 비롯한 젊은 승조원들이었다. 다카키를 중심으로 자유항해단의 중축을 이루는 자들에게는 다른 일이 또 있었다. 셸터에 오는 청년들은 진과 진정한 친교를 맺고 싶은 듯했다. 이사나의 사정은 아랑곳하지 않고 그들은 셸터에 침입했지만 진이 잠들어 있으면 실로 얌전해져서 아이가 잠에서 깨어날 때까지 기다렸다. 그것은 이사나가 진과 단둘이서 폐쇄된 생활을 한 세월 동안 만들어진 습관 그대로였다. 진과의 공동생활을 자기가 리드하고 있다고 이사나는 믿어왔지만 근본적 스타일은 진의 힘이 만들어왔음을 인정하게 되었다. 진을 들새 소리를 녹음한 무한 반복 테이프 속에 두고 외출했다 돌아왔는데 진이 잠들어 있으면, 이사나는 인내심을 가지고 아이가 눈을 뜨기를 계속 기다렸다. 진이 눈을 뜨고 그를 알아보고, 자는 동안 빨개진 고요한 얼굴에 미소 짓기를 기다리는 것 외에는 실제로 아무것도 할 일이 없었다. 눈을 뜬 진에게 그날 그가 셸터를 떠나 타인들에게 점거된 황무한 도시에 침입해서 체험한 것을 이야기하고, 그로써 나무의 혼·고래의 혼과의 교감 비슷한 것으로 그 거친 체험을 승화시키기 위해 기다리는 것 말고는. 물론 그는 두 사람의 경험으로서 새로이 받아들일 만한 가치가 있다고 생각하는 것만을 아이에게 말했기 때문에, 그 이야기로 그가 외부 세계에서 한 모든 행동을 커버할 수는 없었다. 또한 어떤 사실에 대해서 얘기하든 진은 미소 지으며 유아가 소리 낼 수 있는 짧은 구절을 반복하며 그에게 '재인식'시켜줄 뿐이었다…….

"진은 아무도 차별하지 않아." 보이가 그렇게 말한 적이 있었다.

물론 진이 모든 사람에게 진실한 태도만을 보인다는 게 사실이라 하더라도, 청년들이 이사나처럼 큰 기대를 가지고 아이가 깨어나기를 기다린 건 아닐 것이다. 하지만 진이 노련한 육체노동자가 한숨 짓듯 숨을 내쉬며 눈을 뜨면 모두가 기뻐했다. 또한 진의 청각이 이상하리만치 예민한 것에 청년들은 늘 한결같이 놀라워했고 거꾸로 그것이 진에게 격려가 되었다. 그리고 이사나가 늘 진의 안전에 대해 피해망상적으로 걱정하고 있었던 것과 마찬가지로 청년들은 들개가 진을 덮치는 게 아닐까 하는 두려움에 사로잡혔다. 이렇게 잠들어 있는 진에게 개가 덤벼들면 어떤 상황이 벌어질까? 진은 악몽 속에서 억지로 떠밀린 듯이 머리를 움직이는 정도밖에 하지 못하고, 잠에서 깨어났을 때는 완전히 개의 지배 아래 있을 것이다.

"진은 어떤 해를 입었는지 이해하지 못한 채 너구리처럼 쇼크사할 거야." 보이는 속으로 떨며 말했다.

보이는 청년들 가운데 제일 어렸는데 살아생전에 자신의 삶을 적극적으로 긍정하기 위한 표지가 되어줄 대항해를 실현시키지 못하고 죽는다 해도, 오히려 그걸 자연스럽다고 느낄 듯한 기묘한 체념도 보였다. 하지만 진이 스스로 영문도 모른 채 공포 속에서 쇼크사해버린다면 이 지상에 몇 안 남은 훌륭한 것마저, 저 기묘한 요트마저 빛을 잃어버릴 거라고 느끼는 듯했다.

청년들은 소형 휴대용 텔레비전을 주차된 차에서 훔쳐왔다. 텔레비전을 처음으로 보는 진은 당연히도 특정 프로그램에 관심을 보이지 않았기에 모두 그냥 텔레비전을 켜

두고 셸터 안에서 화면이 잘 보이는지를 확인했는데, 그때 '미래학자'라는 한 중년 남자가 지능지수가 낮은 인간은 미래에 "강제적이지 않은 방법으로 도태될 것이다"라고 이야기하여 진을 제외한 모두의 관심을 끌었다.

"나는 이런 종류의 이야기와 관련해 이미 고정관념이 되어버린 공상을 품고 있어." 이사나가 영어식 표현으로 그의 느낌을 이야기했다. "혁명정부의 인민위원이나 고위 기술자 집단의 구성원이 대략 내 나이 정도가 된 진을 처리하러 오는 공상이야. 지금 미래학자가 말한 것처럼 강제적이지 않은 도태를 진에게 받아들이게 하려고 오는 광경이지."

"저런 남자가 진을 죽이거나 강제수용소에 넣는 거야. 우리 같은 사람들도 살해당하거나 강제수용소로 보내질 거야." 보이가 말했다.

"진과 너희를 미래학자가 구분 못 하지는 않겠지" 하고 이사나가 말했는데, 보이도 다른 청년들도 이미 그 수정된 의견에 귀를 기울이려고 하지 않았다. 그들은 미래학자의 평퍼짐한 얼굴을 계속 비추는 텔레비전 브라운관을 번갈아가며 발로 차 부숴버렸다.

이사나가 진이 맞게 될 황량하고 악랄한 미래 생활을 혐오하고 두려워할 수밖에 없었던 것과 대조적으로, 청년들은 이에 더해 바로 행동으로, 말하자면 미래의 약속에 대한 보복 행동에 나섰다. 텔레비전 화면에 미래학자가 나타난 건 때마침 초여름 학회 시즌으로 도심 한 호텔에서 국제적인 미래학회가 열리고 있었기 때문이었다. 바로 다음 날 석간은 학회 참가자 중 하나가 불량소년들에게 구타당한 사실을 보도했다. 청년들은 호텔에 숨어들었는데, 그중에서도 보이는 진짜 호텔보이의 유니폼을 훔쳐 입고는 그 미래학자를 불러내어 화장실로 끌고 가 때려눕혔고 세 사람이 그의 아래턱과 코를 붙들고 강제적이지 않은 방법으로, 대량의 똥을 입에 물렸다고 한다. 삼켰는지 어땠는지는 명확하지 않지만…….

청년들은 그와 같은 보복을 위한 공격만이 아니라 순수하게 자기 훈련을 위한 습격도 기획했다. 그들은 무엇을 습격하려고 했을까? 그들이 대상으로 고른 것은 정육 체인점에 매주 화요일 아침 각 뜨지 않은 고기를 배달하는 육류회사의 트럭이었다. 트럭에는 가죽을 벗기고 내장을 빼낸 뒤두 쪽으로 나눈 소고기와 돼지고기는 물론 뼈를 자르는 도끼나 큰 식칼 같은 게 쌓여 있을 것이다. 그런 무시무시한 무기와 함께 저항력 충만한 육체노동자가 운전수를 포함해세 명은 타고 있을 게 분명하다. 무장한 적의 트럭을, 상대의 장비에 필적하는 칼을 가진 세 명이 습격한다. 습지대에서 형사에게서 빼앗은 권총도 가지고 가지만 그건 경찰들에게 포위당할 때를 위한 응전용 무기로서 습격 자체에는 사용하지 않는다. 상대와 이쪽의 무기에 차이가 크면 두 척의 배 사이에서 일어날 법한 진짜 전투가 일어나지 않을 거고, 결국은 훈련이 되지 못할 테니까. 이쪽 진영에 중상자가 나올 때는 말할 필요도 없이 그를 구출하지만, 그러지 않는다면 같은 조건을 상정한 구조 훈련으로서 젊은 사람 한 명 정도 되는 부피와 중량의 소고기를 한 덩어리 짊어지고 질주한다…….

이 육상을 무대로 하는 해적질을 기획대로 실행하기로 한 화요일 아침, 아직 안개가 다 걷히지도 않았을 때 이나코가 신문지로 감싼 고깃덩어리를 가지고 셸터로 건너왔다. 신문지 포장은 피가 스며들어 네 귀퉁이가 찢어져 있었을 뿐 아니라, 그 사이로 상처처럼 빨간색 고기가 드러났다. 이나코의 셔츠 아랫부분에는 육즙 얼룩마저 묻어 있었는데, 계집아이는 그런 것에는 아랑곳하지 않고 잠에서 막 깨어난 진을 반갑게 불렀다.

"진, 햄버그스테이크, 만들자!"

"햄버그스테이크, 만들다, 입니다." 즉시 진도 이나코의 쾌활함에 어울리는 목소리로 대답했다.

"이렇게 좋은 고깃덩어리로, 햄버그스테이크를?" 하고 이사나가 자극했지만 이나코는 개의치 않았다.

"아이들은 햄버그스테이크를 좋아해."

"육류회사 트럭을 습격한 건 그렇다 치고, 운전수들을 다치게 하거나 죽이거나 하지는 않았어?"

"다마키치가 등산 나이프를 사용하려던 걸 보이가 말린 것 같아. 고기 운반 트럭에는 생각보단 무기가 적어서 뼈에서 고기를 발라내는 뾰족한 식칼밖에 없었으니까, 공평하지 않다면서⋯⋯."

"보이가 무기를 쓰려고 한 거 아니고?"

"다마키치야, 무기 책임자니까. 그 사람이 화를 내고 난폭해지면 보이 정도는 비교도 안 돼. 도망칠 때 트럭에 있던 사람을 묶을 시간이 없어 때려서 기절시켰어. 그것도 다마키치가 정육점 줄칼로 치려는 걸, 보이가 말려서 다른 걸 쓰게 한 거야." 그렇게 말하며 이나코는 놀리는 듯한, 하지만 악의보다는 내부의 기쁨으로 밝게 빛나는, 아아 아 소리를 냈다. "뭘로 때렸다고 생각해? 아아 아. 소꼬리야. 껍질을 벗긴 붉은 막대기 같은 소꼬리! 그것도 가지고 와서 지금 한국식 수프를 만들고 있어. 대구탕大邱湯을. 아아 아. 소고기를 토막토막 썰고, 용맹스러운 대소동이었어. 고기가 너무 많아서 다 같이 일주일 동안 먹어도 다 먹지 못할 상황이라 다카키가 팔러 나갈 거야."

"고기를 팔러 나간다고? 그런 짓을 하면 금방 잡히지 않겠어?" 하고 이사나는 놀랐다. "다카키가 그런 무모한 일을 하는 거야?"

"다카키는 무모한 일은 안 해. 군마현에 다카키가 잘 아는 도로 공사 인부 식당이 있어서, 거기에 가서 고기를 싸게 팔고 대신 다이너마이트를 얻어 오는 거야."

"그런 어린애 속임수 같은 거래가 이 경찰국가에서 통용이 되겠어?" 어리둥절해하며 이사나는 말했다.

"지금까지도 다이너마이트는 그런 식으로 손에 넣었어. 분명 어리숙한 애가 식당에서 다이너마이트를 관리하고 있을 거야." 이나코는 말하며 콧방귀를 뀌었다. "고깃덩어리로 햄버그스테이크를 만들려면 먼저 어떻게 하면 좋을까……."

"햄버그스테이크 하지 말고 그대로 오븐에 구우면 어떨까?" 이사나는 한 번 더 말해보았다.

"진은 햄버그스테이크를 먹을 거야." 이나코는 양보하지 않았다.

그건 진을 고려한 행동법으로 실제 합당한 태도이다. 일단 진에게 말한 걸 애매모호한 이유를 들어 변경하면 아이는 고통에 가까운 스트레스를 받는다. 그때 진이 이사나의 부정적인 분위기를 물리치려는 듯 이나코에게 명료한 신뢰를 나타내며,

"햄버그스테이크를 먹을 거야, 입니다" 하고 말했다.

다음 날 조간에서 이사나는 배달 트럭 습격 사건에 대한 상세한 보도를 접했다. 현장은 셸터에서 똑바로 도심을 가로지르면 나오는 도쿄만의 건너편 해안 주변이었다. 북해로 날아가는 철새의 생태를 관찰하던 아마추어 사진작가가 설치한 망원렌즈 카메라로 우연히 찍은 어두운 사진이 신문에 제공되었다. 나일론 스타킹을 뒤집어쓴 남자 두 명이 젊은 사람 하나의 무게를 훌쩍 넘어 150킬로는 될 것 같은 고기를, 그것도 지면에 끌다시피 늘어진 것을 옮기고 있었는데, 그들의 허리는 무거운 듯 내려앉았고 지면을 차는 발걸음 또한 불안해 보였다. 그 등 뒤를, 사전 지식 없이는 소꼬리임을 알기 어려운 막대 같은 것을 옆구리에 끼고 아주 가느다란 그 끝을 작은 버드나무 가지처럼 늘어뜨린 채 작은 몸집의 남자가 우울한 모습으로 고개를 떨구고 따라갔다.

정신을 잃은 상태로 구조된 육류회사의 직원들은 도대체

어떤 흉기로 맞았는지 짐작도 안 간다고 진술했다고 한다. 소꼬리로 맞았다고 고백하는 건 정육 관련 일을 전문으로 하는 남자들에게는 받아들이기 힘든 수치였으리라. 하기야 습격단도 부끄러운 실수를 했다. 무거운 고기를 운반하는 동안 떨어뜨린 권총이 시민들의 신고로 경찰에 들어갔다. 이나코가 이사나에게 그걸 말하지 않은 건 실수를 부끄러워한 무기 책임자가 함구령을 내렸기 때문일 것이다. 습지대 경찰 습격과 정육 운반 트럭 습격의 관계를 과시하려고 일부러 권총을 버려둔 게 아닌 한, 그건 돌이킬 수 없는 실수니…….

유월 초순의 어느 아침, 셸터의 콘크리트 벽을 통해 들려오는 더욱 격렬하게 우짖는 새소리에,

"찌르레기, 입니다"라고 진이 말했다. 그 부르짖음을 거부하고 싶지만 귀를 막는 건 더 마음에 걸린다는 듯…….

이사나는 진에게 그 불안의 근원을 보여주어 걱정을 극복할 수 있게끔 셸터를 나와 산벚나무 쪽으로 내려갔다. 꽃이 지고 어린잎이 무성한 벚나무 아래에 서자 햇빛을 받은 잎과 그늘진 잎의 대비되는 농담이 너무 강렬하다 싶을 만큼 선명했다. 거뭇거뭇한 자색 열매와 산호색을 띤 밝은 열

매가 도무지 같은 식물의 과실이라고는 생각되지 않을 만큼 거칠게 섞여 있었다. 그곳을 찌르레기 무리가 계속해서 어지럽게 날아다니는 것이었다. 이사나와 진이 나무 아래에서도 겁을 먹고 날아가기는커녕 잘 익은 열매를 모두 먹어치우려고 광분하는 찌르레기 무리가 내는 놀라우리만큼 시끄러운 소리가 둘을 감쌌다. 나무 밑에서 살짝 이동하자 느닷없이 새까맣게 무리를 지은 찌르레기들이 소용돌이치듯 크고 거센 흐름을 이루며 가지 사이를 나는 게 보였다. 새들은 털끝이 흐트러진 날개를 뒤로 젖히고 포식으로 불룩해진 배를 앞으로 내밀며 가지로 덤벼들었다. 그 장면에, 올려다보고 있는 이사나는 실로 흉악한 걸 본 느낌을 받았고 진의 몸은 다시 굳었다. 나무가 검게 익은 버찌를 제공하는 대가로 찌르레기에게 꺼림직한 지령을 내리고 있는 게 아닐까 의심스러웠다. 진이 느끼는 불안한 긴장감은 찌르레기의 울부짖음과 날갯짓 소리보다는 그 나무의 지령을 엿들었기 때문이 아닐까? 새는 진이 무엇보다도 사랑하는 소리를 발하는 존재니까. 이사나는 진과 자신을 격려하듯, 그리고 산벚나무 혼에게 호소하는 정성까지 담아,

"괜찮아, 진. 찌르레기가 나쁜 짓을 할 리는 없어" 하고 말했다. "찌르레기에게 명령하고 있는 건 이 산벚나무니까. 그

리고 나는 나무의 세계와 교신하는 나무의 대리인이니까. 산벚나무는 하필이면 우리를 노리게 하지 않아. 그건 확실해, 진."

"그건 확실해, 입니다." 진이 숨죽이듯 천천히 말했다.

그래도 찌르레기 무리가 소용돌이치는 나무 아래에 서 있는 건 진에게 편안한 일은 아닌 듯했다. 그사이 이사나에게, 셸터에 처박혀 지내기 전에는 해본 적이 없는 성격의 신기한 발상이 떠올랐다. 진은 자신과 아버지가 아닌 제삼자가 산벚나무와 찌르레기의 악의에 노출되는 것을 신경 쓰고 있는 건 아닐까? 그들 말고 다른 사람, 다시 말해 이나코가…… 이사나는 진과 함께 셸터로 돌아와서 더욱 시끄러워진 찌르레기 소리에 충분히 대항할 만한 음악을 테이프 상자에서 찾아내어 시공간 구석구석까지 소리가 스미는 바흐의 오르간곡을 듣기 시작했다. 그리고 산벚나무에게 암시를 받은 찌르레기의 술렁임인지 〈토카타와 푸가〉인지, 그 무언가에 이끌리듯 정말로 이나코가 혼자서 셸터에 왔다. 그녀는 입을 다문 채 음악을 듣는 진과 이사나 사이에 주저앉았다. 이사나는 그녀의 얼굴 피부가 여리고 가련할 정도로 핏기를 잃은 것을 보았다. 동시에, 옆에서 봐도 반짝반짝하는 눈은 한층 더 강한 호박빛을 발하는 것 같았다. 그녀에게 이변이 생겼음을 더욱 단적으로 알려주는 건 내부에서 살이 농익어 흘러나오는 듯한 두꺼운 입술에 상처를 입어 피가 맺힌 물집이 몇 개나 잡혀 있다는 것이었다.

이사나는 "왠지 살기가 있군"이라고만 말했다.

이나코는 이 지상에 실재하는 모든 것에 덤벼들 듯한 강한 기세를 드러내며 그를 돌아보았다. 하지만 호박색 눈곱이 부옇게 낀 눈은 그 부연 것을 꿰뚫는 강인한 빛을 발하며 그를 똑바로 바라본다기보다 두 귀의 윗부분을 보았다. 그렇게 넋이 나가 가까운 과거로 향하는 강한 눈빛에 이사나는 옹색한 행복의 징후 또한 포착했다. 이나코는 모든 피부에 소름이 끼쳐 모세혈관의 피가 거꾸로 솟는 듯한 모습으로 입을 열었다.

"강간했어⋯⋯."

이사나에게는 할 말이 없었다. 이나코는 진의 귀에 테이프리코더 이어폰을 끼우고 잭을 연결해서 외부로 나오는 음악을 막고는, 이사나에게 장황하게 '강간했어'의 전말을 전했다. 일의 발단은 촬영소터 주변 자위대 부지에 연습하러 온 군인 중 하나를 그들의 실전 기술 교사로 내부에 끌어들인다는 결정이 내려진 것이었다.

"다카키가 이렇게 말했어. 군악대 연습에 오는 군인들 중

하나는 다섯 해 전 고등학교를 졸업할 때 자신이 동급생이랑 했던 약속을 대신 할 사람이라고. 다카키랑 약속한 사람이 이행하지 않으니 그 사람 대신 약속을 실행해줄 사람이 하나 자위대에 있다고. 자위대가 자신에게 한 사람을 빚졌다는 거야. 다카키와 함께 고등학교를 졸업한 친구가 방위대학에 들어갔는데, 자기가 무기를 사용하는 방법도 작전을 세우는 방법도 그 인간들의 돈으로 배워 와서 다카키에게 알려주겠다는 약속을 했대. 그런데 그 친구는 지금 다카키가 연락해도 제대로 된 답신도 주지 않고 자위대 간부가 되는 길을 걷고 있다나 봐. 자위대 전체에서 그 친구를 대신해 약속을 이행해줄 사람을 하나 고를 권리가 있다고 다카키는 말했어. 나도 그건 그렇다 싶었고."

그렇게 해서 이나코가 다카키의 명을 받아 자위대 전체에서 한 사람분의 빚을 거두어들이는 역할을 떠맡게 된 것이다.

"지난 4, 5일 특히 토요일과 일요일은 합숙 연습이니 놀데가 없어서 신주쿠로 놀러 갈 거라고 생각했어. 전철역에서 기다려보기도 하고 그곳에서 자위대 부지 옆까지 어슬렁어슬렁 걸어서 돌아오기도 했는데, 일이 생각대로 되지 않았어. 시가지 옆에서 합숙을 하니, 이 근처에서는 특별히 규율을 지키도록 지령이 내려와 있잖아. 그래도 말을 걸어온 군인이 있었는데, 그 남자는 꼴같잖아서 안 되겠더라고. 자유항해단으로 데려와 우리가 총을 다루는 방법을 물어보고 그러면 다 떠벌려서 다음 날이면 전국 모든 자위대원이 이미 알고 있을 것 같은 느낌을 주는 남자였어. 실제로 곁에서 감시하던 다마키치도 그놈의 생김새를 보자마자 저런 남자한테 총에 관해 배우는 건 수치라고 말했을 정도니까. 그래서 결국 나는 군인들이 악기 연습을 하고 있는 걸 직접 구경하러 갔어. 자위대의 훈련장은 철조망으로 둘러싸여 있잖아? 그 맞은편은 맥주회사 운동장과 사원 기숙사니까. 나는 사원 기숙사 입구에서 운동장을 지나 군인들이 악기를 연습하는 걸 내려다보기에 무척 좋은 장소를 찾아냈어. 맥주회사 운동장은 전체적으로 높이 흙을 쌓아 땅을 다져두었고 거기서 조금 경사진 개울 같은 수로로 내려가면 그 맞은편에 철조망이 쳐져 있어. 그곳에서부터 자위대 부지가 시작되는 거지. 맥주회사의 운동부가 연습하러 오면 시끄러울 거라고 생각하고 나는 운동장 구석 경사진 곳으로 나아갔어. 거기에는 풀이 돋아나 있었어. 붉은빛을 띤 푸른색 두꺼운 줄기에서 가늘고 긴 잎이 쭉쭉 뻗어나가고 가장 위에 푸른색 주먹 같은 게 달려 있었는데 그걸 벗겨보니 줄기에 붙어 있는 거랑 똑같은 잎이 몇 장이나 들어 있더라. 그 보드라운 풀이 한쪽에 빼곡히 자라나 앉아 있던 내 가슴께까지 올 정도였어."

그건 아마도 양미역취일 것이다, 이사나는 양미역취는 이 계절에 더 부드럽고 온화해지는 야생초니까 하고 생각하며 나무의 혼·고래의 혼에게 설명했다. 하지만 그게 곧 관목 정도로 자라 딱딱한 가시가 돋고 꽃이 피면 더욱 사나워져 그 군생의 한복판에는 앉아 있을 수도 없게 되지. 꽃가루에 천식을 일으키는 사람도 있잖아? 또 그 야생초보다도 먼저 붉은 줄기와 푸른 잎에 부드러움을 잃는 감제풀 군생도 그곳에 있었겠지? 저 습지대 일대의 나무와 달리 갑자기 무성해지는 야생초들이니까.

"처음에 내가 군인을 발견했을 때 그는 혼자서 튜바를 불며 내가 있는 쪽을 향해 성큼성큼 걸어왔어. 용맹스러웠어. 단지 커다란 튜바에 어울리는 큰 몸집이라 군악대에 들어가게 됐을 것 같은 군인이 무척 낮은 소리로 리듬을 맞추며 땅을 박차고 오더라고. 마치 코뿔소 같았어. 내가 풀 속에서 가만히 보고 있자니 점점 큰 몸뚱이로 보이는 군인이 성큼성큼 다가와서 다져둔 운동장 경계를 넘어 철조망 옆까지 온 거야. 그리고 튜바를 셔츠처럼 휙 벗고서 오줌을 누기 시작했어, 똑바로 내 쪽을 향해서. 한참 동안이나 오줌을 누더니 끝났나 싶었을 때 몸을 떨고 또다시 조금 더 오줌을 누더라. 나는 웃고 말았어. 그러자 군인이 고개를 들어 바로 눈앞에 있던 나를 발견한 거야. 오줌을 누고 있던 모습 그대로 군인이 나를 물끄러미 바라보았는데, 그동안은 앞으로 뿜어져 나오는 오줌 줄기밖에 보이지 않았는데 이젠 양 손바닥 사이로 페니스가 불쑥 튀어나왔어. 그런데도 동그란 얼굴의 동그란 눈으로 여전히 나를 진지하게 바라보기에 그만 또 웃어버렸어. 그랬더니 군인은 갑자기 화를 내며 제복 바지 안으로 페니스를 넣지도 않고 헐벗은 개처럼 철조망 아래로 기어 나와 내 곁으로 점점 다가오는 거야. 그때는 동그란 얼굴이랑 페니스가 똑같은 색깔이더라. 군인은 미쳐버린 것 같았어. 그리고 강간했어."

"도망가거나 저항하거나 하지 않았어?"

"응? 왜?" 이나코는 되물었다.

"그렇게 되물으면……."

"군인도 내가 도망가거나 저항할 거라 생각하더라고. 처음에 가라테 공격 자세로 내 경동맥을 탁 쳤으니까. 그래서 질식 상태가 된 나는 속옷이 벗겨진 채 맨엉덩이가 흙 위에서 질질 끌려 미끄러져 내려갔어. 발뒤꿈치에 힘을 주어 간신히 미끄러져 내려가는 걸 막았을 때 내가 도망가려 할 거라 생각했는지 저항하면 장비로 때려죽일 거야, 요 계집! 하고 화를 내는 거야. 그리고 강간했어. 미끄러지지 않으려고 안간힘을 쓰고 있는 맨다리 사이에서 군인이 몸을 일으켰을 때, 바지 앞섶은 빨갛게 얼룩져 있었어. 난폭하게 대해서 내게 상처가 생긴 거야. 군인은 앞섶 안으로 페니스를 집어넣으려고 고개를 숙여 아래를 내려보다가 갑자기 아, 아 하고 신음하기 시작했어. 그러더니 팬티 입어, 스커트 입어, 사람들이 볼 거야 하고 말하며 손바닥에 침을 묻혀 앞섶에 생긴 얼룩을 굉장한 속도로 문질렀어. 그러면서 다시 아, 아 하고 신음 소리를 내더라고……."

군인은 곧 바지를 문지르는 걸 그만두고 양팔을 축 늘어뜨린 채 그때부터는 신음할 뿐이었다. 그러면서 다시 질책하듯 너 경찰에 신고할 거야? 하고 물었다. 너는 경찰에 가도 돼. 난 잡혀가도 쌘 짓을 저질렀으니까! 그리고 다시 이게 대낮에 멀쩡한 인간이 낼 만한 소리인가 의심스러울 정도로 아, 아 하고 신음했다. 하지만 다섯 시간만 기다려줘, 앞으로 다섯 시간, 그때까지 내 신변을 전부 정리해둘 테니까. 다섯 시간 지나고 저 탈의실로 와줘, 거기서 이야기할게. 내가 저기 숨어들어 운동장 쪽 문을 열어둘 테니까. 예전에 그렇게 해서 다른 사람이랑 만난 적이 있어. 군인은 혼자서 그렇게 정하고서 바지 뒷주머니에서 수첩을 꺼내 이나코 무릎에 내던지고는, 비탈을 뛰어내려 가 철조망에 머리를 집어넣고 아, 아 하고 신음하며 맞은편으로 나갔다. 그러고는 한 번도 뒤돌아보지 않고 점점 멀어져간 것이다. 그가 바지 앞섶을 들여다볼 때마다 튜바는 어깨에서 비스듬하게 옆으로 흘러내렸다…….

"그 녀석이 아, 아 하고 신음할 정도로 절망한 건, 네 몸에 상처를 내고 피 흘리게 했기 때문이었어?"

"처녀를 강간했다고 생각해서냐고 묻는 거야? 어째서 강간을 구별하지?" 이나코는 되물었다. "저녁 7시가 되어 정말 안쪽에서 자물쇠를 열어둔 공동 출입구를 통해 맥주회사 운동장으로 들어가 탈의실 가까이 갔더니 보름달 빛에 군인이 판자벽에 등을 대고 서 있는 게 보였어. 내가 혼자 온 것에 안도한 모습이더라고. 내가 살해당하면 안 되니까 운동장 울타리 저편에서 다마키치와 보이가 감시하고 있었는데 나는 기다리는 그 군인에게 다가가며 이상한 생각을 했어. 강간을 하고 자기 인생이 엉망진창이 됐다고 생각해서 아, 아 하고 신음하는 군인에게 내가 거꾸로 걱정을 누그러뜨릴 뿐 아니라 큰 만족을 얻게 해줄 수도 있겠다 싶은 거야. 그런 생각을 하자 나 스스로 믿어지지 않을 정도로 큰 온정을 베풀 수 있을 것 같은 기분이 들었어."

보름달 빛은 운동장과 자위대 부지 근처의 돼지풀, 감제 풀, 거기다 강간당한 아나코 엉덩이에 푸른 자국을 남긴 양 미역취의 무성한 덤불에 흡수되어 반사되지 않았다. 그래 서 붉은 흙이 깔린 운동장은 광대한 암흑의 구덩이가 천천 히 떠오르는 듯했다. 이나코는 군인 막사의 반원형 지붕 위 에 막사 길이만 한 자위대원들이 지붕 하나당 한 사람씩 누 워 있는 듯 느껴져 그쪽을 신경 쓰면서 군인을 향해 걸어갔 다. 지붕 위 커다란 자위대원들은 여름 전투용 같은 야전모 를 쓰고 기다랗게 엎드려 있는 것 같았다. 그리고 이나코 귓 속 깊이 *다정하게!* 라는 초단파의 외침이 들려왔다. *다정하 게! 네가 한없이 다정해질 수 있다면 그렇게 다정하게!* 귀 가 울리는 걸 떨쳐버리려 머리를 천천히 흔들며 이나코는 계속 걸어갔고 탈의실 판자벽에 등을 대고 서 있는 군인의 표정이 이제는 확실히 보였다.

"내가 군인의 1미터 앞에서 멈춰 서려 하자 군인이 판자 벽 속으로 쓱 사라져버렸어. 미닫이문 앞에 서 있던 그가 등 으로 문을 밀고 탈의실 안으로 몸을 피한 거지. 내가 다시 두 걸음 다가가 입구에 멈춰 서려 하자 어둠 속에서 팔이 나와 나를 탈의실로 끌어당겼어. 군인의 팔은 그대로 내 몸을 껴안아 조금도 움직일 수 없게 했어. 머리 위에서 토닉 냄새가 풍기며 장대 같은 숨이 핫핫 하고 어둠 속에서 내려왔을 뿐이야. 폐활량이 굉장했어, 튜바 주자라서. 그대로 가만히 있었더니 군인이 *나는 자살할 거니까!* 하고 큰 소리로 말했어. 이 군인은 한 번 더 강간을 하고 나서 목을 매든지 자위대 총으로 머리를 쏘든지 하겠구나 싶었지. 내가 그때 강간에 대해서는 잊을 거고 수첩도 돌려줄 거라고 말했는데, 군인 귀에는 들리지 않는 것 같더라고. 그도 그럴 것이 내 배에 부딪힌 군인의 페니스는 어떻게 해서라도 다시 한번 강간하려 하고 있었으니까."

군인은 이나코를 어둠 속으로 밀어 넣고 개켜져 있던 텐트 위에 눕혔다. 먼지 섞인 땀 냄새와 가죽용 기름 냄새가 났고 그 냄새 웅덩이 표면 위로 방금 분출된 정액 냄새가 쏙 움직였다. 이나코가 자기를 기다리는 동안 낮에 벌어진 강간을 떠올리고 군인이 자위를 한 것이라는 데 생각이 미쳤을 때 이미 또 다른 강간이 시작되고 있었다. 끝나면 자살하겠다고 결의한 자의 길고 절실한 강간이. 군인이 자살하려던 마음을 거두게 하고 그를 자기 패거리 안으로 끌어들이기 위한 말을 한마디도 생각해내지 못한 채, 성기와 등줄기에 느껴지는 통증을 참던 이나코에게는 점차 절망하는 것밖에는 할 수 있는 일이 없었다. 그 가운데 탈의실 밖에 숨어든 자들의 기척을 느꼈다.

더욱더 이나코는 좋아, 좋아, 기분 좋아 하는 가짜 교성을 내기 시작했다. 판자벽 저편에서 느껴지던 기척은 즉시 사라졌다. 그녀는 좋아, 좋아, 기분 좋아라고 계속 말했고 그 거짓말에 군인의 허리 운동이 격려받고 있는 것을 느꼈다. 그리고 자신 또한 좋아, 좋아, 기분 좋아라는 소리에 맞춰 양팔이 가장 사랑스러운 움직임과 힘을 이용하여 군인의 엉덩이를 안고 있음을 발견했다. 반원형 막사 지붕 위에 누워 있는 커다란 몸집을 한 군인들이 일제히 똑같은 얼굴을 달빛에 반짝이고 있었다. 그 동그란 얼굴에 박힌 동그란 눈은 그녀를 강간하고 있는 군인의 눈이다. 환영을 보며 눈을 감은 그녀 주위의 암흑 속에 너는 다정해, 너는 한없이 다정해 하는 환청이 가득했다. 그리고 이나코는 군인이 사정하는 걸 자신이 사정하는 것처럼 느끼면서 군인의 딱딱해진 견갑골 쪽 살갗을 어루만졌다. 그대로 그녀는 입을 다물고 있었지만 지금은 군인과 자기 사이에 차분한 대화가 가능할 걸 알았기에 이제 서두를 필요는 없었다…….

"우리는 아침까지 성교했다 이야기했다 또 성교했다가

했어." 이나코는 말했다. "이제 군인은 내 친구야, 자유항해단에 협력해줄 거야."

그날 저녁 셸터 앞쪽에서 오토바이 클랙슨 소리가 울려 이사나와 진이 총안으로 내려다보았더니, 거한의 오토바이 라이더가 이나코를 짐받이에 앉히고 산벚나무 줄기를 스칠 만큼 가까이까지 오토바이를 슬라이딩시킨 후 시동을 걸고 반회전하여 튀어 오를 듯한 기세로 길 위로 올라가 전속력으로 달아났다. 무거운 꽃봉오리가 흔들리듯, 이나코는 온몸을 흔들며 오토바이 라이더의 등에 달라붙어 뒤도 돌아보지 않았다.

12장
군사행동을 예행연습하다

　자유항해단이 이나코의 정인이 된 자위대원한테서 훈련 받을 장소를 물색하기 시작했을 때, 때마침 이사나는 별거 중인 아내에게서 전화를 해달라는 전보를 받았다. 괴가 사망했나 생각한 이사나는 라디오를 주의 깊게 들어보았으나 어떤 방송국 뉴스도 괴에 대해서는 전하지 않았다. 아내 나오비가 괴의 죽음이 아닌 다른 이야기를 준비해둔 거라면 그건 무시해도 좋다. 다만 이사나는 자유항해단의 연습장에 대해 나오비에게 부탁해볼 요량으로 역전까지 공중전화를 쓰러 갔다.

　"지난번에 심하게 맞았잖아요, 그 뒤 괜찮았어요?"라는 게 아내의 첫인사였다.

　"그다지 심하지 않았어. 그런데 당신이 때려도 좋다고 허락했던 거 아냐? 아무리 그래도 그 비서 참 열심히 일하더군."

"괴의 제일 중요한 비서로 인정받고 싶어서 조급해하죠. 특히 당신이랑 경쟁하고 있다고 생각해서 그랬겠죠, 아직……."

"셸터의 미치광이랑 경쟁할 건 없잖아? 괴한테 얼른 선거구의 후계자로 삼겠다는 보증을 받아내면 될 걸."

"선거구에서 그 후계자로 나를 선택했어요." 나오비는 기민하게 본론으로 들어갔다. "아버지처럼 평생 자기 지역구에 내려가 직접 챙기는 일 없는 정치가의 선거란 그 지역구의 큰 보스, 작은 보스들의 선거잖아요? 그건 또 아버지의 이름을 빌린 지역 사람들의 정치 표현이고. 결국 지역 사람들이 후계자에 대해서 가장 절실하고 강한 결정권을 갖고 있어요. 그리고 그걸 싸잡아 낡은 관행이라고 할 순 없죠."

"당신이 괴의 후계자로 선택된 것에 반대는 안 해. 지역이 지지한다면 선거는 쉽게 이길 수 있지. 그런데 그 비서는 용쓴 게 쓸모없어졌네."

"당신을 때려서 괴한테 있는 대로 잘 보이려고 괜히 힘만 썼죠."

"나는 괜히 맞았고."

"이 정도 얘기했으니 전화를 해달라고 한 뜻은 알겠죠?"
하고 새삼스럽게 나오비는 말했다.

"나와 진에게 괴 2세의 입후보를 방해하지 마라, 괴의 스캔들은 비밀로 묻어두고 선거에 협력하라는 건가?"

"내가 선거에 나가면 당신으로서는 괴가 죽어도 협박으로 돈을 뜯어낼 상대가 사라지지 않으니까, 섣부른 짓은 안 하는 게 좋지 않을까요?"

"알겠어, 난 당연히 당신 선거 방해할 마음 없어."

"지역의 선거 참모들은 지적장애를 가진 아들의 교육을 굳이 남편한테 맡기고 별거까지 하며 빈사 상태의 아버지를 대신해 내가 입후보한다는 '미담'을 지방신문에 쓰도록 했어요. 지금까지 그랬듯이 당신이 협력해준다면 그렇게 수월하게 연출할 수 있겠죠?"

"좋아, 받아들이지. 원래 나한텐 달리 살아갈 방법이 없으니까. 그런데 나한테도 한 가지 특별한 협력을 해주지 않겠어?" 하고 이사나는 요청했다.

"그야 당연히 해야죠, 거래니까요."

"괴의 입김이 닿는 부동산회사가 여기저기 별장 지구를 개발하고 있지? 내가 괴의 비서로 있던 시절에는 일단 식당을 짓고 반 정도 완성한 뒤 관할 관청에서 인가가 떨어지기

를 기다리는 데가 늘 두세 군데 있었는데 말야. 요트 합숙을
할 장소로, 그러니까 바닷가에 있는 장소로 지금 그런 데가
있으면 2, 3주 쓸 수 있게 해주지 않겠어? 나한테 동료 같은
게 생겼는데 말야, 그 사람들이 합숙을 하고 싶어 해."

"미나미이즈南伊豆 국립공원 지역에 별장 지구를 조성 중
인 데가 있어요. 이건 당신의 전문 분야지만 나무 때문에 어
려운 조건이 있어서 개발이 막혀 있어요. 그 근방 일대는 소
귀나무와 좀굴거리나무 군생을 보호하지 않으면 안 되는
구역이에요. 별장 지구를 조성하고 있으니 어느 정도 그걸
솎아낼 수 있을지, 관할 관청에 그 범위를 넓혀달라고 절충
하는 중이죠. 그곳이라면 제대로 숙식할 수 있는 사무실과
식당이 비어 있어요. 운동장은 없지만 달리기를 할 수 있을
정도로 다져놓은 땅은 있어요."

"그런 건 전혀 바라지도 않아." 이사나는 말했다. "소귀나
무와 좀굴거리나무의 가호를 입는 것 같군."

"괴가 천연기념물로 지정된 나무와 관련해서 관청에 특
례로 인정해달라고 강요하지 않는 거예요. 그 일대는 결국
개발하지 않으면 안 되니까 괴가 병원에서라도 전화든 뭐
든 해주었으면 좋았을 텐데. 그대로 괴의 병세가 악화돼 벽
에 부딪치고 말았어요."

"괴가 그렇게 소극적으로 변했다니 그런 소린 처음 듣는 군. 내 영향인가? 세상에, 괴가 소귀나무와 좀굴거리나무를 신경 쓰다니…….

"저번 당신 연설 때문에 그러는 건 아니에요." 나오비는 말했다. "암바이러스가 괴의 혼을 정화하는 게 아닐까요? 암 센터에서 계속 지켜보고 있으면 죽음의 공포와 원통함 으로 머리가 꽉 찬 젊은 환자들은 별개로 치고, 암은 역시 단념한 노인의 혼을 깨끗하게 하는 것 같아요……. 어쨌든 내일이라도 별장 지구 조성 현장의 상세한 안내도와 사무 실 열쇠 같은 거 그쪽으로 보낼게요. 그런데 진은 어때요?"

"새로 알게 된 사람들한테 요즘 진도 마음을 열고 있어. 이대로라면 나한테서 자립할 것 같은 기세야."

"정말 그렇게 되면 진을 그 사람들한테 맡기거나 그 사람 들을 집으로 오게 하고 당신이 사회로 복귀할 수 있나요?"

"내가 진한테서 자립할 수 없으니, 앞으로도 지금 이대로 일 거야."

"그게 선거에는 좋아요." 아내는 냉정한 목소리를 되찾고 말했다.

결코 약속을 어기지 않는 나오비가 보낸 심부름꾼이 6월 중순에서 7월 중순까지 언제든지 미나미이즈에 조성 중인 별장 지구의 사무실과 식당 가건물을 써도 좋다는 뜻을 전했다. 다카키는 그야말로 전광석화처럼 미나미이즈에서 실시할 훈련 계획을 세웠다. 다음 토요일 오후 자위대원이 한가해지는 대로 그를 불러내어 훈련대는 출발하는 것으로.

당일 이나코가 자위대원과 오토바이를 타고 셸터로 왔다. 지난번처럼 정인을 과시하고 싶었으리라. 이사나가 이나코에게 작별 인사를 하게 해주려고 진을 데리고 나갔는데, 가죽점퍼 가슴께에 위협적으로 팔짱을 낀 자위대원은 산벚나무 밑동에 오토바이를 기대어 세워놓고 양다리를 벌리고 서서 이사나 쪽을 돌아보지도 않았다. 이윽고 포환처럼 둥글고 검은 머리를 한 거한은 더욱 검고 둥근 헬멧을 고쳐 쓰고 오토바이 시동을 걸며 출발을 재촉했다. 그사이에도 양다리로 지면을 차는 몸짓을 해 보이는 남자는 오토바이와 더불어 한 마리 사나운 말 같았다. 이사나에게는 들리지 않는 목소리로 계속 말을 거는 이나코에게 진은 그 특유의 말투로 대답했다. 자위대원의 재촉에 이나코는 결국 진하고만 이야기했을 뿐, 이사나에게는 타는 듯한 호박색 눈길을 딱 한 번 주고 산벚나무를 향해 비탈길을 달려 내려갔다. 그리고 그녀가 세상에서 가장 부드러운 표정을 지으며 군인의 두꺼운 허리를 감싸 안자, 오토바이는 곧바로 요란스럽게 출발했다. 진은 홀로 남겨진 자의 감정을 맛보는 듯했다. 이사나도 슬며시 그것에 공감했다…….

일주일 후 미나미이즈 별장 지구 조성 현장이 자유항해단의 아지트로서 안전하다는 관측 아래 다카키는 오그라드는 남자와 홍당무, 또 한 명의 청년을 두 대의 차에 나눠 태우고 실전용 탄약을 가져오라고 보냈다. 오그라드는 남자가 탄 차는 사진작가가 취재 장비를 운반하는 왜건으로, 탄약류 운반을 위해 알맞게 위장하고 있었다. 홍당무가 운전하는 차는 이사나와 진을 아지트로 데려가기 위해 준비되었다. 그 배려는 이사나와 진이 이나코가 출발할 때 느꼈던 기분을 보상해주었다. 촬영소터 창고에서 이사나의 지하 명상실로 옮겨놓은 탄약을 홍당무와 다른 청년이 왜건에 싣는 동안 오그라드는 남자는 이사나에게 자유항해단의 전투 훈련 상황을 이야기했다. 흔하디흔한 근처 작은 항구에서 주인이 도쿄로 돌아가버린 후 계류 중인 스쿠너를 무단으로 빌려서 밤중에 바다에 띄워 선상 훈련을 한다. 낮에는 군대 초년병이 받는 온갖 육체 훈련을 한다…….

"와, 정말 대단해. 본격적인 훈련이야." 오그라드는 남자는 무겁게 깔아도 쳇소리임에는 변함이 없는 독특한 어조로 말했다. "나는 오랜만에 직업의식을 되찾았어. 카메라로 훈련하는 걸 막 찍어대고 있지. 위장 목적이 아니더라도, 새 카메라 장비를 왜건으로 가져가지 않으면 안 될 정도야. 피사체로서는 특히 군인이 훌륭해."

"군인? 그 사람은 그 다다음 날, 월요일까진 군악대 합숙소로 돌아갔겠지?"

"아니, 군인은 이나코랑 쭉 같이 있어. 자유항해단은 일본 자위대에서 적어도 한 명의 군인을 해방시켰어!" 오그라드는 남자가 말했다.

이사나와 진은 홍당무가 운전하는 차 뒷좌석에 타고 출발했다. 담요와 진이 차멀미로 토할 걸 대비해 비닐봉지도 옆에 두었다. 하지만 진은 자동차에 타자마자 바로 자리를 잡더니 목 안쪽에서 나는 미묘한 소리로 엔진 소리를 흉내 내어 오히려 진 스스로 하나의 자동차 부품이 된 것처럼 보였다. 오그라드는 남자와 청년 하나가 탄 왜건을 그들의 차가 추월했다. 그 이유는 금방 납득되었다. 홍당무는 자동차를 경멸하는 자들 중 하나이면서도 자동차와 함께 태어나기라도 한 것처럼 정교하고 아름답게 운전했고, 도메이 고속도로로 빠지기까지 오후 3시 혼잡한 시가지 길을, 어떻게 이렇게 작은 샛길들을 잘 아는지 의아할 정도로 자유롭게 달려 한 번도 교통 체증에 걸리는 일이 없었다.

더구나 그는 교통법규를 그것이 허용하는 마지막 지점에서 엄수하는 걸 즐기는 듯이 결코 제한속도를 넘지 않으면서도 상한에서 5킬로 넘게 속도를 줄이는 일도 없었다. 그리고 시종 운전에 집중하느라 과묵했다. 이사나는 그런 홍당무에게 새로이 흥미를 느껴 일단 고속도로로 나가 안정된 주행에 이르자 이렇게 말을 건네지 않을 수 없었다.

　"다마키치도 그렇지만 자넨 정말 운전을 잘하는군. 전체적으로 자연스러워서 기계를 타고 있다는 느낌이 들지 않을 정도야."

　"경찰한테 작은 일로 의심받게 되면 곤란하니 그렇게 운전하라고 다카키가 지령했어요. 이 차도 뒤의 왜건도 정식으로 렌터카 회사에서 빌린 건데, 일반적으로 렌터카는 성능이 떨어져요. 지금도 기계를 속여가며 운전하는 기분이죠." 청년은 정면을 향한 채 귀가 불타는 듯 붉히며 말했다. "그래도 운전도 어쨌든 하고 있는 동안에는 그 일에 집중하니까 prayer라 할 수 있겠죠? 언젠가는 새로운 feeling과 meaning이 떠오르지 않을까 하는 느낌이 들어요. 설령 시시한 것이라고 해도 가만히 집중하면서 운전하고 있으면."

　"정말 넌 주의 깊게 집중하는구나. 차를 타보니 잘 알겠어. 그건 성격이기도 하겠지만……."

"아니에요, 오히려 난 내가 험악하게 운전해서 자살하는 것처럼 폭주할지도 모른다고 생각해요." 홍당무는 말했다. "난 부모님이 둘 다 자살로 돌아가셨기 때문에 스스로도 자살하는 것에 자유로운 기분이 들거든요. 이 얘기를 하면 다 마키치는 사람들이 싫어하는 그런 이야기를 할 권리는 아무에게도 없다고 말하지만요……."

"권리는 있겠지."

"부모님은 차로는 아니고, 한쪽은 목을 맸고 다른 쪽은 가스로 자살했어요."

"네가 우릴 태우고 자살의 폭주를 시작할 거라고 생각하지는 않아." 이사나는 말했다.

"아버지는 식당을 경영하던 요리사였고 어머니는 고등학교에 근무하고 있었는데요."

"급식 담당으로?"

"아니요, 학교 교사였어요." 자신이 지레짐작을 하게 만들었다는 듯 청년은 서둘러 정정하고는 다시 또 귀를 붉혔다. "이상한 한 쌍이죠? 아버지도 원래는 이과 교사였어요. 그런데 식당을 시작하던 무렵부터 조금씩 상태가 이상해졌어요. 마지막에는 녹색 카레라이스를 팔았어요."

"녹색 카레라" 하고 이사나가 말하자 진이 그때만큼은 기계음을 따라 하는 신음을 그치고, 카레, 입니다 하고 말했다.

"클로렐라를 넣은 카레예요. 아버지는 예전부터 우주여행을 연구했어요. 우주비행사가 지상의 식사와는 달리 특별 제조된 알약으로 식사하지 않으면 안 된다는, NASA가 이미 부정한 주장을 아버지는 계속 믿고 있었어요. 그래서 필요한 영양이라는 사실 밖의 다른 요소에 영향을 받아 우주비행사가 식사를 가리지 않도록 먼저 그들을 색이나 형태의 선입견에서 해방시키지 않으면 안 된다고 생각했어요. 결국에는 전 인류가 이 지구에서 대피해야 할지도 모르니 그 준비 훈련도 될 거라며, 클로렐라가 들어간 녹색 카레를 팔기 시작한 거예요. 그런데 안 팔렸죠. 그래도 얼마간은 노력을 한 뒤에 목을 맸어요. 정신이 이상해졌다고 하는 사람들도 있지만 심한 우울증 정도였을 거예요. 어머니는 직업이 있으니까 재혼하지 않아도 됐는데 아버지가 돌아가시자 두꺼운 화장을 하더니 시시한 남자들을 계속 데리고 왔어요. 하지만 수학 교사로서 실제로는 완고하니까요, 어머니는. 처음에는 기분이 좋던 남자도 얼마간 이야기하고 나면 한결같이 불쾌해져 뾰로통한 거예요. 어머니도 화려한 안경을 쓰고 하얗게 분칠한 미간에 땀을 흘리며 필사적으로 두통을 견뎠고요. 그래도 남자가 돌아가려는데 못 가게 말리다가 결국 맞기도 했죠. 그리고 가스로 자살을 했어요……. 아버지는 녹색 카레가 팔리지 않아 경영 부진으로 죽었다, 그런 건 아니에요. 어느 날 갑자기 목을 매달았죠. 어머니도 재혼을 갈망했는데 이루어지지 않아서 죽은 게 아니에요. 그런 난잡한 생활이 한동안 계속되다 씌었던 귀신이 떨어져 나간 것처럼 조용해졌으니까요. 그러던 어느 날, 대학 진학반 답안지 채점을 마치고 가스로 자살했죠……. 그래서 난 내가 자살해도 아무도 이상하게 생각하지 않을 거라고 느껴요. 단지 이런 정도인데 이 이야기를 하면 다마키치는 짜증을 내죠. 당신도 내가 과시라도 하는 것 같아 보이나요?"

"아니, 그렇지는 않아." 이사나가 말했다. "오히려 과시하는 것 같아 보이지 않으니까 다마키치가 짜증을 내는 게 아닐까?"

"역시 입을 다물고 있는 게 가장 좋겠죠. 자유항해단에는 말의 전문가도 생겼고. 나는 한번 그 말의 전문가에게 이야기하고 싶었을 뿐이에요." 청년이 이렇게 말해 이번에는 이사나의 얼굴이 빨개졌다.

이사나 옆에서 진은 청년의 완벽한 운전 덕분에 푹 잠이 들었고 진의 볼은 잘 때 높아지는 체온에 빛이 났다.

"자유항해단 말인데요, 다카키는 지금 신문에서 자주 예언하는 대지진에 대해서 이렇게 생각해요. 우리처럼 도움이 안 된달까, 비순응적이라고 할까, 그런 인간은 혼잡한 틈을 타 살해당할 거라고. 우리처럼 사회를 위해 아무것도 하지 않는 젊은 사람이 제일 미움을 사기 쉽기 때문이래요. 그래서 미리 스스로를 지켜야 한다, 대지진이 시작되기 전에 배에 올라 우리만의 자유로운 항해를 해야 한다는 거죠. 가능하면 국적도 이탈해서 어렵게 대지진 가운데 살아남은 이후, 도시 재건 부대로 소집되거나 하지 않도록 준비해두어야 하고. 안 그러면 이번에는 도시 재건의 혼잡한 틈을 타 죽임을 당할 테니까. 그건 피해망상 같은, 자기가 약하다는 걸 아는 인간의 소심한 주장이겠죠? 그런데 다마키치는 사실 대지진을 두려워하는 게 아니라 오히려 기다리고 있어요. 대지진이 나면, 이 세상의 자연과 사회의 질서가 뒤집혀 화재와 페스트가 만연할지도 모르고 바다로 나간 자유항해단만 살아남게 되면 좋겠다고 말하죠. 그래서 군사훈련이라고 해도 다카키는 대지진 후에 자유항해단의 배를 빼앗기지 않도록 막는 걸 목적으로 하는데, 다마키치는 대지진이 일어나지 않으면 전 도쿄를 무장 공격해 스스로 대혼란을 야기할 생각이고 훈련 내용도 그런 군사행동이에요. 나는 반대예요. 다마키치에게 바보 취급당한 대로, 대단한 이유가 있는 건 아니에요. 모터스쿠너의 엔진 하나만 하더라도 우린 그걸 수리하는 정도는 가능해도 새롭게 생산하지는 못해요. 실제로 갖고 있는 스쿠너 엔진이 끝장나면 그걸로 끝이겠죠? 스쿠너 그 자체가 그렇죠. 배의 생명이 다하면 끝이잖아요? 우리들은 그 무엇도 만들어내지 못하니까. 그래서 대지진에 자유항해단이 살아남더라도 결국은 점점 피폐해질 테고, 다마키치는 태평양 양쪽 해안이 지진으로 괴멸한다 해도 우린 살아남을 거라고 말하지만 자유항해단만이 지구상에 남는다면 그걸로 인류 문명은 끝날 거라고 생각해요. 우리들은 정말로 아무것도 기억하지 못하니까……. 오히려 나는 머지않아 모든 인류가 앞다투어 자유로운 결정에 의해 자살을 하게 되지 않을까 싶어요. 그렇다면 자유항해단은 그런 인류의 미래를 나타내는 신호가 아닐까 해요. 나는 언제나 그런 생각을 하며 잠이 들어요."

"신호라 치고, 그건 어떤 미래를 나타내는 거지?"

"자유항해단의 단원들은 모두, 보이까지도 앞으로 자기가 나이를 먹는다고 지금의 자신이 아닌 사람으로 변해갈 거라고 생각지 않아요. 어른이랄까 노인이랄까, 그런 사람이 되기 전에 자기를 포함한 세계가 멸망할 거라 생각한달

까요? 아무튼 장래는 없다고 보고 자신의 미래를 위한 준비
는 조금도 하지 않아요. 대부분이 집단취직했던 사람들이
지만 기술을 익히기 전에 모두 일을 그만두어버렸어요. 우
리끼리 지구를 짊어지고 일어설 대계획을 갖고 있다는 다
마키치 자신도, 무장해서 대소동을 일으키면 그 소동 마지
막에 가서는 우리도 멸망할 거라고 생각해요. 그렇지만이
랄까, 그래서랄까, 빨리 폭동을 일으키고 싶어 하는 것 같고
요. 대소동으로까지 번지기 전에 실패한대도 그걸로 족하
다고도 생각하는 것 같아요. 총격으로 잡힌다 해도 미성년
이라 사형은 안 당할 테고, 20년 금고형에 처한다 해도 형
이 집행되어 끝나기 전에 세계가 멸망할 테니까, 누구도 우
릴 충분히 벌할 수는 없다고, 언제나 자신만만하게 얘기하
죠. 그리고 그건 그걸로 좋다고 나도 생각해요. 그게 가장
자유로운 삶의 방식이니까. 단지 말이에요, 나는 자유항해
단이 졸업 전에 죽을 어린아이들만 1학년으로 모아놓은 특
별학급 같다고 생각될 때가 있어요. 그건 학교 전체가 가까
운 시일 내에 망한다는 신호일 테죠?"

　오그라드는 남자가 탄 왜건이 추월 차로로 바싹 뒤쫓아
와서는 옆을 달리더니 운전석의 청년이 머리를 흔들며 신
호를 보냈다. 금방 얼굴이 빨개지는 습성과는 반대로 홍당

무는 냉정하고 침착하게 응답하는 신호를 보내고 갓길로 왜건을 이끌면서 부드럽게 속도를 줄였다.

"저쪽 엔진 상태가 이상한 것 같아요, 과열 때문이겠죠. 렌터카 정비원한테 연락하면 상황이 복잡해지니까, 어떻게든 우리끼리 해볼게요." 청년이 설명했다.

"너라면 그대로 어른이 되어도 상당할 것 같아." 이사나가 말했다. "어떤 이유로 너는 자유항해단에 들어갔어? 가족이 자살해서?"

"그냥 제 자유로 들어왔어요, 이러쿵저러쿵 말하지만 모두 그게 그거예요."

홍당무는 뒤에 멈춰 선 차의 보닛에서 김이 피어오르는 걸 뒤돌아 바라보다 운전석 아래에서 빨간 깃발을 꺼내 펼쳐 들고 내렸다. 그리고 후방에 고장 차 수리 중이라는 표시를 해놓고 무척 주도면밀하고 재빠르게 작업을 시작했다. 그처럼 실제적인 행동에 몰두한 청년에게는 얼굴이 붉어질 기미조차 나타나지 않았다. 오그라드는 남자와 함께 이사나는 현실적으로 필요한 수작업에 도움이 안 되는 아무짝에도 쓸모 없는 인간으로 옆에 서 있을 뿐이었다. 특히 오그라드는 남자는 그동안의 주행으로 몹시 울적해져서는 이사나에게 말조차 걸지 않았다. 저녁이 가까워지자 보닛 안을 들여다보는 청년들의 얼굴은 점점 어둠에 가렸고 엄숙해지기조차 했다. 자동차 두 대가 다시 출발할 수 있었던 건 날이 완전히 저물고 나서였다.

이사나는 그들의 차가 이즈반도의 무성한 녹음이 이루는 암흑을 지나기 시작하자, 잠든 진의 머리를 자기 허벅지로 받치며 그때까지의 피로를 모두 보상받는 듯한 고양감을 맛보았다. 헤드라이트가 낮고 깊게, 후려쳐 베듯 무성한 나무를 비출 때마다 셸터를 가까이 둘러싸고 있던 것과는 다른 나무의 혼을 느꼈다. 그것들은 바다 쪽을 향하는 급사면의 산허리를 이끼처럼 뒤덮고 있는, 상록관목의 우거진 나뭇잎이 발하는 나무의 혼이다. 두 대의 자동차는 민물고기를 잡는 어살처럼 규모가 작은 마지막 유료도로를 빠져나와 그대로 내려갔다. 꼬불꼬불 돌고 끝없이 가라앉았다. 어둠 속, 차를 둘러싼 무수한 나무의 혼은 마치 바다의 정령 같았다. 그것은 엷게 바다 냄새를 띠고 있었다. 왼쪽 비스듬히 앞으로 칠흑의 바다가 있었다. 건너편의 희미한 빛은 어촌이나 작은 온천장 같았다. 오른쪽 비스듬히 앞으로는 칠흑의 벽으로 이루어진 깎아지른 듯한 곳이었다. 차가 거길 향해 달리자 빛은 벽에 가로막혀 결국에는 아무것도 보이지 않게 되었다. 바다마저 실재하지 않는 것 같았다.

홍당무는 차의 속력을 떨어뜨렸다. 그는 좁아진 길과 그 옆의 빽빽한 관목 숲에 조급한 시선을 던졌다. 이윽고 전방에 점멸하는 손전등 빛이 나타났다. 홍당무가 순간 클랙슨을 울리자 손전등 빛은 무성한 관목에서 도로를 향해 움직였다. 도로 옆 깎아지른 듯이 솟아 있는 비탈에서 멈춘 차의 헤드라이트 빛다발 속으로 뛰어내린 건 보이로, 눈부셔 눈을 내리깔고 있었다.

"선두 차량이야?" 그가 조수석 문을 열면서 말했다.

"응, 왜건은 뒤쫓아 와. 갈림길을 놓쳤나 하고 있었어."

"나도 놓쳤나 싶었어. 다행이야."

"길을 가르쳐주려고 기다린 거야? 얼마나 기다렸어?" 이사나가 물었다.

"시계가 없어서 모르겠는데, 아지트를 나온 게 7시였어."

"다섯 시간이나 기다리고 있었네." 이사나는 그렇게 말하며 끔찍하다고 느꼈다. "암흑 속에서 혼자 뭘 생각했어, 다섯 시간이나?"

"어두워서 아무것도 보이지 않으니 아무것도 생각하지 않았지." 보이는 내치듯 독특한 말투로 대답했다.

그때까지 차는 바닷가를 돌아서 왔는데, 거기서부터는 곶의 기저를 향해 올라갔다가 다시 능선을 따라 곶의 돌출된 부분으로 나가야 했다. 곶의 가장 높은 지점에 전철역이 개통되어 그곳에서 위쪽 이즈산맥을 향해 올라가는 비탈은 이미 별장 지구를 이루고 있었다. 차가 길을 벗어나지 않도록 숲속의 숨은 길모퉁이마다 척후병들이 기다렸다. 그로 인해 잠깐 사이 차 안이 관목 사이에서 나타난 척후병들로 가득 찼고 이사나는 잠든 진의 몸을 무릎 위로 안아 올려야만 했다. 관목 사이에 숨어서 싸늘한 풀을 몸에 감고 있던 청년들과는 정반대로 불타는 듯한 진의 몸을…….

"아, 잊어버리겠다, 또 잊어버려, 아무것도 하지 않은 것과 똑같아져!" 조수석에서 동료들 사이에 끼어 졸고 있는 보이가 애절한 목소리를 냈다. 다른 청년들이 일제히 키득키득 웃으며 악몽을 자기선전하는 보이를 깨우고 또 조롱했다. 잠자코 입을 다문 보이 대신 청년들이 그가 반복적으로 꾸는 악몽을 이사나에게 설명했다. 막 잠에 들며 보이는 지금까지 자신이 사실은 무엇 하나 해내지 못했다는 생각에 사로잡혀 갓난아이 같은 일천함과 무력감을 느낀다. 잠이 깊어짐에 따라 겨우 한 가지 정말 한 게 있다고 스스로 인정한다. 그다음 순간부터 꿈이 시작된다. 가련하게도 꿈이 시작되면 보이는 그 하나가 무엇인지 잊어버린다. 기억의 실마리는 모래시계 안의 얼마 남지 않은 모래처럼 스르르 망각 속으로 빠지려 한다. 그래서 보이는 아, 잊어버리겠다, 또 잊어버려, 아무것도 하지 않은 것과 똑같아져 하고 탄식할 수밖에 없다…….

"그러고 나서 어떻게 되지, 지금처럼 탄식할 때 누가 깨워주지 않으면?" 이사나는 직접 보이에게 물었다.

"그걸로 꿈은 끝나. 모든 것을 잊어버리고 죽은 듯 잠들 뿐이야." 보이는 우울하게 말했다.

이사나 일행의 차는 숲길 막다른 곳에 이르렀다. 바로 정면에 흰코뿔소의 피부처럼 석회색의 미세한 금과 큰 금이 간 거대한 나무줄기가 그들을 가로막고 있었다. 나무에 너무 가까이 다가가 차를 세웠기 때문에 나뭇가지가 받치고 있는 울창한 작은 잎들의 일부분을 올려다볼 수 있을 뿐이다. 하지만 소귀나무! 하고 이사나는 감동하며 모든 소귀나무 중 진짜 소귀나무의 혼이 전조등을 끈 어둠을 지나 다가오는 걸 느꼈다. 좋아, 알겠어 하고 이사나는 미세 조정된 자기 혼의 안테나로 소귀나무의 혼을 받아들이며 내부의 소리를 발했다. *나랑 아들은 네 비호를 받게 되겠지. 여기서 설령 무슨 일이 일어난다 해도…….* 입을 다문 채 내리는 청년들에 뒤이어 이사나도 차에서 내렸는데 실내등이 희미하게 새어 나오는 자동차 밖은 완전한 암흑으로, 허물어지기 쉬운 용암 자갈로 뒤덮인 땅이 진을 담요로 감싸 안은 이사나를 멈춰 서게 했다. 그는 그대로 밤공기에 가득한 소금 미립자의 습기 차고 무거운 느낌을 차가운 피부로 느끼고 있었다.

이윽고 그의 바로 앞 암흑 속에서 한 발자국 다가온 벽 같은 것이,

"야아" 하고 말을 걸었다. "발밑만 손전등으로 비출 테니까, 내 뒤를 따라 비스듬히 왼쪽으로 내려와. 거기가 당신의 숙소야."

"네 또래는 모르겠지만 나는 한밤중 공습경보 대피가 생각나는군. 정말 삼엄한데?" 이사나가 말했다.

"우린 군사행동을 예행연습하고 있으니까." 다카키가 대답했다.

그리고 한 걸음 내디디며 다카키가 손전등으로 바로 아래쪽을 비추었다. 그 빛의 고리 안으로 족쇄로 연결된 사람들이기라도 한 양 동시에 발을 내디뎠을 때다. 늦게 도착한 왜건에서 청년 하나가 어둠도 개의치 않고 뛰어내렸다.

"오그라드는 남자가 이상해. 파수를 서던 우리가 모두 차에 타니까, 그것도 곶의 돌출 부분에 도착하니까, 갑자기 뛰어내리더니 나무 사이로 도망갔어. 반은 장난처럼 우리가 쫓아갔는데 엄청난 기세로 때리고 차고 하면서 저항하는 거

야. 그래도 잡아 오긴 했는데 도대체 왜 그럴까? 장난일까?"

심히 당황한 청년의 보고에 다카키는 답이 없었다. 이사나는 그의 숨소리를 들었다. 왜건에서 계속 사람들이 치고받는 듯한 소리가 침묵 속에서 전해지다, 금세 조용해졌다.

"그건 장난이 아니야." 다카키는 마지못해 대답했다. "어쨌든 놓치지 말고 잡아둬. 진을 재우러 가야 하니까. 나는 금방 돌아올 거야……."

그대로 다카키는 이사나한테는 아무 말도 하지 않고 좁은 빛의 고리를 밟으며 걸어갔다. 오히려 돌발된 오그라드는 남자 문제로부터 이사나를 떨어뜨리려는 것 같았다. 어쩔 수 없이 이사나도 입을 다문 채 다카키를 따라 용암 자갈을 짓밟으며 10미터 정도 내려갔다. 그곳에서부터 바로 아래로 내려가는, 용암 지반을 깎아 만든 계단을 빛의 고리가 순간 비추었다. 그들은 왼쪽으로 돌면서 나아갔다. 그리고 통로 바로 오른쪽에, 통나무를 깎아 간단히 만든 베란다가 짧은 나무 계단으로 이어지는 곳에서 그들은 멈춰 섰다. 다카키는 손전등을 비추어 칠하지 않은 나무판자를 옆으로 나란히 연결해 못을 박은 산장 느낌의 현관문을 이사나에게 확인시켜주었다.

"여기에서 군인과 이나코가 지냈어. 달리 독립된 방이 없으니까" 하고 다카키가 정신없이 말했다. "등화관제를 하니까 문을 닫고 나서 불을 켜. 스위치는 들어가서 바로 오른쪽에 보통보다 조금 높은 곳에 있어……. 오그라드는 남자 말야, 농담이 아니라고 말한 건 곶의 돌출 부분에서 당신이 타고 있던 차를 지켜보던 척후가, 세 번째 자동차가 따라오더니 곶으로 오르는 길 입구에서 대기하고 있는 것 같다고 먼저 보고했기 때문이야. 물론 그 차는 이미 도쿄 쪽으로 되돌아갔지만……. 하지만 당분간 이건 내 문제니까……."

"그건 그렇지." 이사나는 대답했다.

"그럼 진을 재워." 다카키는 그렇게 말하고는 일부러 그러는 듯 서둘러 용암 자갈을 밟는 소리를 냈다.

이사나는 갑자기 짧은 계단을 올라가는 것마저 귀찮을 만큼 피로감을 느끼며 그대로 그곳에 서 있었다. 도대체, 오그라드는 남자는 뭘 꾸미는 거야? 미행하는 차? 그는 암흑 속에서 자기를 둘러싼 곶의 나무의 혼에 호소했다.

"쏙독새, 입니다." 진이 잠에서 깨 은근하게 힘주어 속삭였다.

"아아, 그래?" 겁먹은 목소리가 되어 이사나가 말했다. "나는 쏙독새 소리를 못 들었어, 진. 진은 안심하고 자요."

"진은, 안심하고 자요, 입니다." 담요에 싸인 작고 뜨거운 아이가 말했다.

그리고 그제서야 이사나도 젖어 있지만 맑은 공기를 타고 전해오는 쏙독새 소리와 낮은 곳에서 들려오는 파도 소리를 들었다. *오그라드는 남자는 뭘 꾸미는 거야? 다카키 무리는 거기에 어떻게 대처할 셈이지?* 이사나는 나무의 혼과 파도 소리 저편의 고래의 혼에게 호소했는데, 서글픈 초조함과 혐오감을 띤 예감이 솟구쳐 나무의 혼·고래의 혼에 집중할 수가 없었다. 안고 있는 어린아이처럼 이사나도 오랜만의 장거리 자동차 여행에 지쳐 있었다.

……거세게 엄습하는 생각에 잠에서 깨어 사지는 마비된 채로 무력하게 눈을 뜨자 손전등 빛이 얼굴을 스치고 지나갔다. 입구 옆 전등 스위치를 계속 켰다 껐다 하는 사람을 포함해 몇 명이 어두운 방 안에 서 있었다. 이사나는 의식하기에 앞서 분명한 방어 본능에 의해 한쪽 팔을 진을 향해 뻗고 가만히 있었다. 그러고는 자신이 지금 누워 있는 장소가 어디며 누가 침입해왔는지를 의식 위로 건져 올렸다. 천으로 싼 전구에 바로 스위치가 달려 있는 걸 발견한 사람이 겨우 그걸 비틀어 전구를 켰지만 침입자들의 상체는 어둠 속에 잠긴 채였다.

"깨워서 미안해. 그런데 여기 말고는 오그라드는 남자를 감금할 수 있는 방이 없어서" 하고 다카키가 양해를 구했다.

"수갑은 벗길까?" 한 청년이 물었다.

"나는 수갑을 벗기는 데 반대야." 다마키치의 목소리였다. "진을 인질로 해서 오그라드는 남자가 석방을 요구할지도 모르니까."

"그런 짓은 안 해, 안 그렇겠어? 설령 그런대도 진을 희생하면서라도 나를 가두어두자고 다름 아닌 네 녀석이 말하겠지." 오그라드는 남자가 다마키치에게 노골적인 혐오를 드러내며 고무장갑 같은 것으로 재갈 물린 듯한 소리로 말했다.

"수갑을 앞으로 채워, 그러면 등을 대고 잘 수 있으니까." 다카키가 말했다.

"조금씩 타협하면 마지막에는 아무것도 남지 않아. 보이의 꿈처럼 아무것도 하지 않은 것과 똑같아져." 다마키치가 말했다.

"나도 그 생각에는 찬성이야" 하고 오그라드는 남자가 말했는데, 그러면서도 수갑을 바꿔 채우는 데 얌전히 응했다.

"그러면 눕혀봐." 다카키가 말했다.

"그럴 필요 없어, 내가 스스로 지구의 인력을 이용해서 누울게." 오그라드는 남자는 그렇게 말했지만 둘러싸고 있던 사람 중 하나가 다리를 걸어서 그는 벽에 붙인 널빤지에 머리를 박으며 방 한구석으로 넘어졌다.

"멋대로 굴지 마, 다마키치!" 다카키가 피로와 혐오에 젖은 목소리로 꾸짖었지만, 당사자는 아무렇지도 않은 듯한 얼굴이었다. "밖에서 자물쇠를 채울게. 당신이랑 진은 더 잘 거지? 문밖에 감시병을 둘 테니까 밖으로 나올 때는 문 너머로 얘기해. 당분간 오그라드는 남자에 대해서는 뭐라 하지 말고 우리들한테 맡겨주면 좋겠어."

"놓아준다고 해도 나 자신이 받아들이지 않을 테니까 걱정 마." 오그라드는 남자가 말했다.

다카키 무리가 나갈 때, 이사나는 관목림의 생동하는 녹음 위로 안개가 움직이는 것을 보고 이미 새벽이 왔음을 알았지만, 다시 암흑 속으로 들어가 그냥 이불에 몸을 뉘었다.

"다마키치는 진짜 사람을 잘 때리는 놈이야, 너무 많이 맞아서 입안이 너덜너덜해." 암흑을 사이에 두고 오그라드는 남자가 말했다.

"그런데, 무슨 일이야? ……무슨 일에 말려든 거지?"

"말려들었다?" 오그라드는 남자가 앵무새처럼 따라 하는 목소리에는 이사나를 움찔하게 할 만큼 고양된 기분이 드러났다. "완전히 반대야. 내가 자유항해단을 말려들게 한 거야.

앞으로 내가 돌이킬 수 없는 전환점 너머로 그들을 데리고 갈 거야. 자유항해단은 비로소 진정한 결사가 되는 거지."

"도대체 무얼 하려는 거야?" 의혹에 사로잡힌 이사나가 물었다.

"현실적으로, 벌써 할 건 다 했어. 앞으로는 그 녀석들이 극복하는 걸 관찰할 뿐이야. 지금 모두가 쇼크 속에서 냉정을 잃었어. 하긴 모두가 시행착오를 겪지. 밤새 녀석들이 심문하던 모습은 갈팡질팡 가관이었지. 녀석들은 충혈된 눈을 하고 심문이 서툴렀던 걸 자아비판하고 있을 거야. 모반의 당사자인 나는 편하게 누워서 한숨 자려는데 말야."

오그라드는 남자는 그렇게 말하며 실제로 몸을 뻗으려다가, 윽! 하고 정말 생생하게 고통을 드러내는 신음을 질렀다. 이사나는 위로의 마음을 담아 물어보지 않을 수 없었다.

"할 건 다 했다, 하는 건 뭐지?"

"말 그대로야. 군사훈련 사진을 찍고 있다고 했잖아? 나는 직업적인 훈련을 쌓은 것이라고는 카메라 일밖에 없으니까 말야. 녀석들이 바다에서 보트를 타고 와 절벽을 기어오르고 숲을 빠져나가 조성 공사 중인 계곡을 공격하는데, 카메라를 가지고서가 아니면 내가 녀석들을 따라갈 수 없었던 사정도 있었고……."

"사진을 찍은 게 잘못이었다는 거야? 그렇다면 촬영한 시점에 다카키 무리가 바로 항의하면 됐잖아?"

"군사훈련이 사진으로 기록되는 걸 기뻐하며 녀석들은 분발했어. ……단지 녀석들은 그 사진들을 내가 주간지 그라비어(오목판 인쇄(그라비어 인쇄)로 찍은 페이지를 일컫는 말)에 팔 거라고 생각 못 했지."

"정말 주간지에 팔았어?" 이사나는 망연히 되물었다.

"그래, 정말 팔았어. 난 원래 주간지 그라비어 사진가니까. 어디에서 어떤 집단이 이 군사훈련을 하는지는 공개하지 않는 조건으로 사진을 팔았어. 하지만 편집부 쪽에서 그 훈련이 사진용 연출이 아니라는 것 정도는 확인하고 싶다잖아. 그래서 우리가 훈련지로 들어오는 갈림길까지 차로 미행하는 걸 허락했어."

"그래놓고 여기에 도착하기 직전이 돼서야 공포심을 느낀 거야? 모든 게 탄로 난 거 아닐까 하고……. 미행하던 차로 도망가 그 사람들과 같이 도쿄로 꽁무니를 빼려 했나?"

"처음부터 갈림길까지 도망칠 생각은 없었어. 어두운 숲속에서 몸이 다 오그라든 남자가 도망가는 건 불가능하지."

"그렇지만 도망가려고 했다고, 잡히자 심하게 저항했다고, 말하던데?"

"말한 대로지, 그러지 않으면 아무것도 시작되지 않으니까! 그렇게 해서 자유항해단을 말려들게 했지. 도망간다, 잡혀서 저항한다. 그러면 놈들은 나를 심문하지 않을 수 없겠지? 또 이미 놈들은 내 저항에 맞서 폭력을 휘두르고 있으니까, 폭력을 부르는 *마중물*은 충분히 흘려보낸 셈이지. 심문하는 동안에도 녀석들은 금세 도발되어, 나한테 계속 폭력을 휘둘렀어. 그러는 동안 다시 돌아갈 수 없는 전환점을 통과해버리고 만 거야."

"하지만……."

"하지만, *왜 그런 게 필요한가, 하는 거야? 거꾸로 내가* 묻고 싶은데. 당신은 이대로 녀석들이 군사훈련 흉내를 내고 있으면, 자동적으로 자유항해단이 불량소년들 모임 이상의 독자적인 조직으로 도약할 수 있을 거라 생각해?"

"그렇게는 생각하지 않아. 그런 도약이 있어야 한다고 생각하지 않으니까. 그들은 지금 이대로, 나이 먹어도 변하지 않겠지만, 그건 그대로 괜찮지 않을까? 왜 무리해서 그들을 독자적인 조직으로 도약시켜야 하지?"

"*그건 오그라드는 남자의 예언을 실현시키기 위한 거지!*" 오그라드는 남자가 그로테스크할 정도로 고양되어 말했다. "내 예언이라는 건 말야, 먼저 당사자인 내가 오그라들 대로 오그라들어, 그 수축에 따르는 압력에 내장이 활동을 멈춰 어느 날 내가 고통스러워하며 죽는 것으로 시작해. 그때 나는 이 세상의 탄생에서 죽음에 이르는 자연스러운 이치에 혼란, 역전이 일어나기 시작한 것을 전 인류를 향해 알릴 수 있겠지? 그거야말로 고통스러워하면서 오그라드는 남자인 내가 나타내는 예언 아니야? 예언의 달성 아니겠어? 하지만 그 오그라들 대로 오그라들어 맞이하는 죽음에 의해 내가 나타낼 예언이 실현되려면 아직 꽤 시간이 걸릴 것 같아. 나는 서둘러야 한다고 느끼기 시작했어. 그것도 자유항해단이 점차적으로 붕괴하기 전에 해야 한다고. 자유항해단의 청년들이야말로 내가 실현한 예언을 퍼뜨릴 사람들이니까! 그래서 내가 새로이, 녀석들이 나를 증오로 때려죽이고 그로 인해 오그라드는 남자의 예언이 실현되도록 구상한 거야!"

"때려죽인다고? 자유항해단은 그런 짓 안 해. 다마키치가 아무리 난폭한 사내라 해도." 이사나가 말했다.

"어제까지의 자유항해단이라면 말이지. 하지만 지금 이미 변하고 있어. 날이 밝으면 다시 심문이 시작될 거고 그중에서도 어린 녀석들은 나를 죽이지 않고는 견디지 못할 거야. 그렇게 오그라드는 남자의 예언이 실현되고, 동시에 자유항해단은 권력에 두들겨 맞고 뿌리 뽑히지 않는 이상 소멸되지 않을 진짜 단체가 될 거야. 그때부터는 내 피로 더럽혀진 청년들의 활동 그 자체가 모두 오그라드는 남자의 예언을 퍼뜨리는 활동이 되는 거지."

이사나는 항변을 위한 온갖 말이 낭비된 뒤 그가 느낄 우울을 예고하는 듯, 약한 탄식으로 가득 찬 울음소리를 들었다.

"진이 울고 있어." 흥분이 가신 침울한 목소리로 오그라드는 남자가 말했다. "*왜 우는 거지?*"

"진은 안 울어도 돼, 진, 진……."

"괴로워서 우는 거 아니야? 피곤에 지쳐 자고 싶은데 우리들이 시시한 잡담을 하고 있으니까, 그래서 괴로워서 우는 거 아닐까?"

한두 번 울음소리를 냈을 뿐, 금방 울음을 그친 진의 이상할 정도로 뜨거운 볼에 손을 살짝 대보며, 이사나는 시시한 잡담인가 싶었다. 그리고 그는 자유항해단의 청년들이 끔찍하게 모욕당하고 있다고 느끼며, 앞으로 계속 더 크고 더 가혹한 모욕이 가해질 걸 예감했다. 하지만 결국 그에게는 다시 얕은 잠을 자는 것밖에 달리 방법이 없었다.

(2권으로 이어집니다.)

오에 겐자부로 大江健三郎, 1935~2023　　　1994년 노벨문학상을 수상한 세계적인 소설가이자 사회활동가. 작품 안팎으로 일본 사회의 문제점을 고발하고 나아가 인류 구원과 공생을 역설했으며, '행동하는 일본의 양심' '전후 민주주의 세대의 거성' '시대의 지성'으로 불려왔다. 1954년 도쿄대학교 불문과에 입학, 재학 중 발표한 단편 〈기묘한 아르바이트〉(1957)로 평론가들의 호평 속에 데뷔했고, 이듬해 단편 〈사육〉(1958)으로 아쿠타가와상을 수상하며 신진 작가로 주목을 받기 시작한다. 이후 《개인적인 체험》(1964)으로 신초샤문학상을, 《만엔 원년의 풋볼》(1967)로 다니자키준이치로상을, 《홍수는 내 영혼에 이르고》(1973)로 노마문예상을, 《레인트리를 듣는 여인들》(1982)로 요미우리문학상을 수상하였고, 1994년 일본문학사상 두 번째 노벨문학상 수상자가 되었다. 이 밖에도 《체인지링》 《우울한 얼굴의 아이》 《책이여 안녕!》 《익사》 등의 소설과 《읽는 인간》 《말의 정의》 《회복하는 인간》 등의 에세이 및 르포르타주 등 다양한 분야의 글들을 썼다. 2023년 3월 3일 타계했다.

옮긴이 김현경　　　고려대학교에서 언어학과 일어일문학을 이중전공하였고 졸업 후 일본 문부성 장학생으로 도쿄대학교 대학원에서 비교문학을 전공했다. 현재 가천대학교 아시아문화연구소 연구원으로 언어와 문학, 문화를 연구하고 있다.

홍수는 내 영혼에 이르고 1

1판 1쇄 발행 2023년 7월 18일
1판 2쇄 발행 2023년 8월 28일

지은이·오에 겐자부로
옮긴이·김현경
펴낸이·주연선

(주)은행나무
04035 서울특별시 마포구 양화로11길 54
전화·02)3143-0651~3 | 팩스·02)3143-0654
신고번호·제 1997—000168호(1997. 12. 12)
www.ehbook.co.kr
ehbook@ehbook.co.kr

ISBN 979-11-6737-316-8 (04830)
ISBN 979-11-6737-315-1 (세트)